魅丽文化　花火工作室

一朵棉花糖

尼古拉斯糖葫芦 ❤著❤

百花洲文艺出版社
BAIHUAZHOU LITERATURE AND ART PRESS

图书在版编目（CIP）数据

　　一朵棉花糖 / 尼古拉斯糖葫芦著．-- 南昌 ： 百花
洲文艺出版社，2021.12
　　ISBN 978-7-5500-4548-4

　　Ⅰ．①一… Ⅱ．①尼… Ⅲ．①长篇小说－中国－当代
Ⅳ．① I247.5

中国版本图书馆 CIP 数据核字（2021）第 247791 号

一朵棉花糖
YI DUO MIANHUATANG
尼古拉斯糖葫芦　著

出 版 人	章华荣
出版统筹	曾英姿
责任编辑	蔡央扬
特约编辑	黄　欢
装帧设计	苏　茶
出版发行	百花洲文艺出版社
社　　址	南昌市红谷滩区世贸路 898 号博能中心 A 座 20 楼
邮　　编	330038
经　　销	全国新华书店
印　　刷	湖南天闻新华印务有限公司
开　　本	880mm×1230mm　1/32　印张 9
版　　次	2021 年 12 月第 1 版第 1 次印刷
字　　数	250 千字
书　　号	ISBN 978-7-5500-4548-4
定　　价	46.80 元

赣版权登字：05-2021-456

网址 http://www.bhzwy.com
图书若有印装错误，影响阅读，可向承印厂联系调换。

目 录
CONTENTS

1

第 一 章
江 警 官 好

初秋，C市。

列车即将进站，顾桉倚着车窗打瞌睡，冷不丁被手机铃声吵醒，广播同时响起。

"各位旅客，列车即将到达C市车站，请在C市车站下车的旅客准备好自己的行李下车。"

顾桉坐直，揉揉眼睛。她的眼角偏圆，瞳仁黑亮剔透，整个人像只误闯人间的小鹿，迷迷瞪瞪，纯良无害。

她接起电话，眼睛往窗外看去："哥，我到车站啦！"

明明几个小时前她还在江南水乡，几个小时后就到了这座北方城市，听说这里四季分明，冬天有雪，气候干燥，没有连绵雨季。

几个月前，顾桉的亲哥顾桢因为工作调动，从西南边境调到C市刑侦支队，在这座城市安了家。

父母离异，兄妹俩一个跟着父亲一个跟着母亲，而现在顾桢一切稳定下来，第一件事就是把妹妹接到身边读书。

"我这边有个案子暂时脱不开身，地址发给你，自己打车回去，不要心疼钱。"

顾桉从行李架上取了行李，随着人潮往外走，忍不住笑着露出小虎牙："你放心吧，我自己也可以的！"

C市公安局，一楼的走廊尽头。

电话那边，老人语气柔和地道："之前，你一消失就是好几年，家里整天提心吊胆，现在工作稳定了，是不是应该考虑一下终身大事了？

"你爷爷给你订过婚约，之前你在外地工作，就没跟你提过，现在跟你说说，有个心理准备……

"过几年，等人小姑娘再大一些就定下来，怎么样？"

"奶奶，请您取消。"接电话的男人长身鹤立，一身警服肃穆，声音很好听，只是眼睑半垂，神态不驯。

电话那边的人顿了顿，继续循循善诱道："听说那小姑娘跟个小瓷娃娃似的，特别可爱，说不定你一见到人家就喜欢了呢？"

江砚一脸总结案情的波澜不惊的表情："没有这种可能。"

"你看看你呀，现在也老大不小了，老李上个月都抱第二个重孙子了，你也该为自己打算打算了……"

过了十多分钟，电话才挂断。

手机屏幕暗下去，江砚解锁，点开同事顾桢的对话框。

两人是同一所警校的同学，有着"过命"的交情。

江砚："你家还有客房吗？"

江砚："最近不想住家里。"

顾桢："阁楼留出来，其他房间任选！"

就在这时，带着浓重哭腔的声音从身后传来："警官，我要……要报案！"

女孩哭得上气不接下气，说话断断续续没有逻辑，在女警的安抚下，情绪才慢慢平静。她抬头，坐在对面的男警察看了过来。

他的头发很短，五官立体，过分英俊，又冷又酷的一张脸，只是睫毛长且密，当他抿唇时，嘴角竟然浮现一点很浅的梨涡。

她看呆了，直到他剑眉微扬，她才红着脸开口："我今天在 C 市火车站，遇到了人贩子……"

大学开学，报案人这天从家里坐高铁来 C 市。出站时被老太太搭讪，在她意识到不对劲的时候，老太太的同伙，一名中年男子围上来，说报案人是他媳妇儿，怎么跑出来这么多天不回家。

路过的行人围过来，听到他们这样说，分分钟脑补"狗血"八点档家庭伦理大戏，谁也不想掺和别人的家事。

"就在他们要把我拖到面包车上的时候，我砸了路边摊主的手机，这才……这才引起大家注意……"

报案人做完笔录，徘徊在大厅门口一直没有离开，转身就见刚才的冷面警官换了便装，简单的黑色外套、黑色长裤，双手插在裤兜里，正在下楼。

他瘦高白皙，肩背挺直，不穿警服简直像个二十出头的警校生，一身少年气毫不违和。

"江警官，能加个微信吗？"

女孩的脸颊微红，真是塞翁失马焉知非福，报案竟然能遇到这么极品的警察帅哥。

江砚垂眸，她盯着他的睫毛出神，呆呆地举着二维码，脸颊泛红："就……就是有线索的话，可以联系您……"

"有事可以给我打电话。"

女生眼中满是惊喜之色。

"110。"江砚颔首，错身而过。

黑色 SUV 开出公安局大院，刑侦支队的小伙子们百忙之中凑成堆，八卦之魂熊熊燃烧。

"江砚，还有那个一起来的顾桢，到底是什么背景？"

"'空降'刑侦支队不说，当时还是省厅特意打的招呼……"

"据说这哥们儿前几年在西南边境禁毒一线，前几年部里督办的'7•11'惊天大案听说过没？我猜是上头的保护政策，把大功臣塞到我们这儿。"

"就像有些人蓝衬穿到老一辈子都混不到白衬，也有些人，警校刚毕业三年，就刷出了别人一辈子刷不出来的履历……"

火车站南街，顾桉察觉自己走错方向，行李箱立在身边，重新加载地图查看路线。

从侧面看过去，她的脸颊肉肉的，满是胶原蛋白，加上背带裙和卡通短袖，完全就是个软萌可欺的中学生。

"小姑娘，自己一个人呀？"老妇人笑眯眯地凑过来，一副拉家常的样子，"是打算去哪儿？"

顾桉的手机信号不好，她看着屏幕皱眉："××小区。"

"听口音不是本地人吧？奶奶也去那儿，"顾桉想转身，却被她握住手腕，"我们一起走，拼车还便宜呢……"

地图缓冲出来，车站南街的公交车可以直达，顾桉弯起嘴角："不用啦，我去前面坐公交车就好。"

听她这样说，刚才还笑眯眯、一脸慈祥的老妇人瞬间变脸，皱纹堆积在满是横肉的脸颊上，看着十分恐怖。顾桉想要挣开手，老妇人却攥得更紧，顾桉的手背被指甲划出一道红痕。

几道闷雷之后，天色瞬间暗下来。

车站南街路人稀少，大家行色匆匆，就怕下个瞬间落下大雨。

"请您放开我……"

冷意顺着顾桉的毛孔扩散，脊背发凉，她挣开妇人的手就要走，骂骂咧咧的男声在她的头顶响起："小小年纪不学好，从家里偷了钱出来玩？你还有没有良心？"

肥胖的秃顶男人拦在她面前，劣质烟草的味道猛然逼近："有什么事回家说，妈，别在这儿跟她废话。"

"我不认识你们，请你们松手……"

行李箱倒地发出闷响，顾桉被人拖拽拉扯，极度恐惧让她的腿脚发软，心脏快要撞破胸腔，原本软糯的声音带了哭腔，引得路人频频回头。

老妇人立刻换了一副抹眼泪的可怜相："我家孩子偷了钱出来玩，被我们遇到还不服管教，这养孩子真是罪过啊！罪过！"

马路对面停着一辆黑色面包车，车门大开，如同恶魔张开血盆大口，下个瞬间就要将她吞食入腹。

华灯初上，绵密的雨滴落下，周遭雾蒙蒙的。

路上行人稀少，黄灯几秒之后变成了红灯，像是电影里的画面。而这时，她抬眼一看，见到了马路对面的年轻男人。

他没打伞，瘦高，很白，眉眼浓如水墨，黑色冲锋衣领口紧抵着下颌。

两人的视线蓦地对上，绿灯一亮，他长腿一迈，往她这边走来。她的心跳和他的脚步声重叠在一起，每一帧画面都像是死里逃生的慢动作。

擦身而过的瞬间，刚才死死钳制着她手腕的手蓦地松开。

人贩子面容扭曲，手腕被反拧在身后，狗急跳墙地从夹克内兜里拿出什么，男人直接在他的膝窝狠狠踹了一脚，直接将人摁在地上。

男人侧脸清俊，鼻梁挺秀如剑刃，漆黑眉眼充满冰冷的压迫感，额前的碎发已经被雨打湿。

顾桉的手止不住地发抖，强定心神拨出的 110 报警电话刚刚接听，对面的人声音亲切："您好，110……"

人贩子的脸因为痛苦而变得扭曲，恶狠狠看向顾桉时更显狰狞，大脑经历过强烈恐惧彻底死机，顾桉嘴里的字词毫无逻辑连不成句子："我……我这儿，人贩子……车站南街……"

突然看见什么，顾桉睁大眼睛，彻底失语。

泛着冷调金属光泽的手铐，干脆利落地锁在人贩子的手腕上，与此同时，她听见他的声音，带着凛冽寒意。

"警察。"

C市公安局，顾桉做完笔录，对面的警察递过纸笔："如果确认无误，请签字。"

顾桉接过来，一笔一画地写下自己的名字，手指关节因为用力而有些泛白，对面的警官还说了些什么，她的大脑却空白一片。

"小姑娘，你可以走了，以后可得长个心眼。"

顾桉站起身，如果不是正好遇见路过的警察，她现在又会是怎样的处境？

冷意从她的骨头缝里渗出，她的声音小小的，还有些颤抖："请问刚才那位警官呢？"

"哦，你说江砚啊？忙去了吧。"

她还没有和他说声谢谢呢……

"那您方便给我个联系方式吗？"

又是一个被帅哥冲昏头脑的人？

当初江砚入职，C市公安系统就跟着颤了三颤，这哥们儿过往清白，履历神秘，上级单位特意打过招呼不说，偏偏人家还生了一张能吊打娱乐圈小生的冰山脸。

他调来C市这短短几个月，在他上下班路上围追堵截的，包括但不限于家里"有矿"的富二代、系统内部公认的警花、领导大舅子家的外甥女，以及人民群众热心介绍的几十个适龄女青年……

然而时至今日，无一人近得了他的身，他就是个行走的制冷机器。

"这种暴躁小哥哥，就只有脸好看而已，"警察小哥有些于心不忍地看了她一眼，"你知道今天有小姑娘问他要电话，他怎么说的吗？"

顾桉懵懂，乖巧摇头。

"他说，可以打110。"

顾桉笑得眼睛弯弯，小虎牙冒出可爱的尖："那麻烦您替我说声谢谢呀！"

顾桉走出大厅路过宣传栏，看到什么，蓦然停住脚步。

宣传栏里那张寸照，和亲哥顾桢的照片并列。

照片中的人一身警察常服，英俊挺拔，五官线条冷硬，偏偏抿起的嘴角一侧有一点浅浅的梨涡，眉宇干净，直直看过来，让人无端想起暴雨洗过的湛湛青空。

右下角黑色宋体备注：刑侦支队，江砚。

如果他不是穿着警服，倒更像个清俊少爷。

而旁边，吊着一边嘴角在笑，一看就不是个正经人的那个，是她的亲哥，顾桢。

所以，这里是哥哥上班的地方，而自己遇到的警官是哥哥的同事？

顾桉暗暗下定决心，等哥哥回来，一定要让他帮忙好好谢谢人家。

出了公安局大门，她叫了出租车："师傅，到××小区。"

出租车一路向东行驶，她扒着车窗往外看，经过C市一中校门口，正是放学时间，学生们穿着蓝白校服成片往外走。再过两个十字路口，出租车在小区门口停下。

目光所及之处都是绿树，小区公园里是刚放学的幼儿园小朋友，叽叽喳喳，吵吵闹闹，生活气息极其浓重。

顾桉下车，买了杯甜甜的奶茶给自己压惊。

她拿出手机扫码付款时，绿色软件冒出红色小圈圈。

顾桢的微信静静躺在手机里，时间正是她遇到意外的时间。

"我哥们儿有特殊情况临时借住，时间不久，你到的话按门铃就行。

"那厮虽然皮相绝佳但是性格暴躁，你住阁楼，没事别往他跟前凑。"

怎么这么多暴躁又好看的警察叔叔，她马上就要遇见第二个。

小区太大，顾桉绕了好几圈，等找到11号楼1101室，已经是半个小时以后。

她吸溜了一口珍珠，按响门铃。

甜腻香浓的奶茶冲淡了她的恐惧，嘴里的珍珠软糯"Q弹"，她还没来得及咽下去，门就已经从里边打开。

开门的人个子很高，入目的便是他干净宽松的白色短袖。人清瘦挺拔，肤色偏冷，低头时黑色碎发柔软地落在眉宇间。

顾桉微微仰起脑袋，视线对上那双漂亮到凛冽的眼。

等看清他的长相，她把嘴里的珍珠囫囵咽下去，眼睛彻底瞪圆了。

竟然是他！

从她仰视的角度，她还能看到他下颌的红色划痕，是之前和犯罪嫌疑人近身肉搏受的伤。

"找谁？"江砚开口，声音有些刚睡醒的暗哑。

他连日熬夜头脑混沌，来顾桢这儿挑了个房间刚刚睡着。这会儿冷不丁被人吵起来，江砚的眼睛还没完全对焦，只觉得是个矮得要命的小姑娘。

小姑娘坐在行李箱上，长发在头顶绑了个小鬏鬏，眼神懵懵懂懂地看着他。

她嘴里咬着奶茶吸管，奶茶放在背带裙前兜里，身上背着菠萝斜挎包，像个倒放的豌豆射手——

豌豆射手"突突突"地吐豌豆。

她绷着一张小脸，"嗖嗖"地吸奶茶里的珍珠。

"你好！"小姑娘静止几秒后，咽下嘴里的珍珠，从行李箱上下来，笑着露出尖尖的小虎牙，"今天谢谢你啦！"

"你是顾桢的……"江砚抿唇，嘴角的梨涡浅浅的，那张冷酷俊脸莫名透出少年气。

"妹妹，"小姑娘的声音脆生生的，大眼睛一眨不眨地看着他，"我叫顾桉。"

两人站在门口，一个像在审查犯人，一个像回答老师问题的幼儿园小朋友。

顾桉兜里的奶茶已经被喝光，她抿着嘴不知道说什么的时候，有只白皙修长的手从她身侧拎起行李箱，很淡的薄荷沐浴露的味道拂过鼻腔。

"请进。"

顾桢买的房子带阁楼，阁楼带独立卫生间，从拱形窗户能看到天空和软绵绵的云朵，床就在窗户边，棉被、枕头蓬松柔软，散发着阳光的馨香。

小时候，爸妈离婚前，顾桉看动画片，指着动画片里的阁楼告诉顾桢："顾桢，我喜欢这样的房子，能抱着星星月亮一起睡觉。"

她给顾桢发微信报平安，等消息的间隙，去楼下药店买了消炎药和创可贴。

江砚沾了枕头刚睡着，门铃再次响起。

他打开门，面前站着刚到他胸口位置的小姑娘，她仰着小脸看着他，有些懊恼："不好意思……我还没有钥匙……"

她的声音软软糯糯的，还有些奶气，可怜兮兮的小虎牙冒了个尖。

江砚无端想起警犬基地刚出生的德牧幼崽。

"嗯。"

江砚眼角眉梢的烦躁之意悉数敛起，冷着那俊脸，刚要转身回房间，就被小姑娘扯住短袖的下摆。

他垂眸，她立刻松手。她眼睛圆、瞳仁大，眼尾温柔下垂，仰头看人的时候更显乖巧无辜。

"还有事？"

小姑娘抿了抿嘴角，然后细白的手指指着自己嘴角和下颌的位置，给他比画："你这里，和这里都擦伤了。"

她把手里的东西举高到他面前，抿着嘴，小心翼翼地看着他。

是消炎药，和带着黄色海绵宝宝图案的创可贴。

"得抹药，不然会好得很慢。"

表皮擦伤而已，他们当警察的哪有这么多讲究。

"不必。"

他的话一出口，小姑娘刚才还弯弯的嘴角，以肉眼可见的速度撇下去了。

她委屈的样子，莫名其妙和他记忆深处的小小身影重合。

那年在南方，也是个绑着鬆鬆的小团子，屁颠屁颠地跟在他身后，小话痨一个，嘴巴嘟嘟囔囔的，不知道停下来——

"哥哥，你受伤了吗？

"哥哥，你还疼吗？

"哥哥，我的糖可以分你一颗，就只能分一颗……"

他被吵得不耐烦，皱眉看着她："你好吵。"成功一秒吓呆捧着糖罐来献宝的小团子。

小团子一秒凝固，就在他以为她要哭的时候，她眨了眨眼，笑得眼睛弯弯，因为开始换牙还有些漏风，又丑又可爱："原来！你会说话！"

他被气笑，问："你叫什么名字？"

她板着小脸倒背着手，口齿不清地拼给他："gu——an——guan。"

一直到他离开，都不知道，这个"guan"字到底是哪一个。

晚上七点，阁楼的门被人敲响。

顾桉"嗒嗒嗒"地跑去开门，江砚站在门口："今晚队里聚餐，顾桢让我带你一起去。"

"噢！好的！"顾桉抬头，面前的大帅哥肤白貌美，只不过下颌的位置露出海绵宝宝的小脑袋，竟然显出一种奇异的反差萌。

她和海绵宝宝大眼瞪小眼片刻，忍不住抿起嘴笑了。

江砚轻咳了一声："楼下等你。"

C市入秋后，昼夜温差极大。

顾桉白天还穿着短袖背带裙，晚上就套了长袖卫衣。

她偷偷瞄了一眼开车的江砚，他侧脸白皙，鼻梁很高。

两人一路无言，直到黑色SUV路过一家火锅店，江砚打了方向盘。他倒车停车，一只手闲散地搭在方向盘上，另一只手搭在她的座椅后面。

那张毫无瑕疵的俊脸仿佛白玉雕刻而成，就在她的脸侧，他下巴微抬，距离太近又或者是他皮肤太白，她似乎能看到他青色的胡楂。

"待会儿有队里几个哥们儿。"他似乎是因为哥哥的关系，要帮忙照顾她，所以他语气生硬地尝试和她交流，"顾桢九点多到。"

顾桉点头，鼻腔都是他身上那种薄荷混了青柠的味道，落在耳边的声音带了冷意。然而他说话时呼吸又是热的，若有若无地扫到她的耳郭。

她坐在副驾驶座上，一动不敢动，心跳却突然开始不规律，就怕稍微一偏头，碰到他的脸……

他先她一步解开安全带下车，又绕到她这一侧，帮她开了车门。

他没有穿警服，在家穿的白色短袖，外面随意套了一件黑色飞行夹克，黑色长裤下长腿笔直，只有挺直的肩背保留着几分职业特征。

雨断断续续地下着，他腿长，步子又大，顾桉捞起卫衣帽子扣在脑袋上，生怕跟丢了。

刑侦支队的小伙子们执行完任务直接到了火锅店，奔波劳累了一天，终于能坐下来吃口热饭。他们一边在心里嘟囔着饭菜快点上，一边祈祷着电话不要响起，今晚能睡个囫囵觉。

"要饿死了。"

"江砚怎么还没来？打个电话问问到哪儿了？"

"来了。"

"女朋友？这也忒小了吧。"

众人看着他们那个名声在外的冷面警官，背后跟了一个小姑娘，发顶大概刚到江砚的肩膀，卫衣帽子扣在脑袋上，只露出白皙柔软的脸颊，像朵行走的棉花糖。

"哟，这小姑娘是谁啊？"

"传说中的'制冷机'开窍了？！"

"这不今天报案的那个吗？"

"今天报案的哪个？要电话结果要到110然后哭着跑掉的那个？"

"不是，这是另一个。"

"看这年龄差……"

"你哥的同事。"江砚微微低头。

顾桉"噢"了一声笑笑，在陌生的环境里，小虎牙都含蓄地收了起来。

他又向同事们介绍她："顾桢的妹妹。"

"顾桢竟然有这么可爱的妹妹？"

"今年多大了？"

"跟顾桢长得一点都不像！"

江砚低头，小姑娘乖乖巧巧地打完招呼就变得拘谨，低头时睫毛密密地垂下来，嘴唇抿成一条线。

"先吃饭。"

江砚开口，成功把大家的注意力转移了。尤其是看见江砚的下颌处那个画着海绵宝宝和他本人气场完全不符的创可贴，大家的眼神都变得意味深长起来。

"怎么了这是，被哪个姑娘啃了？"

"这么萌的创可贴，怕不是女孩子贴的吧？"

队里一群大小伙子聚在一起，嘴上没个遮拦。

顾桉的脸几乎一秒就烧了起来，而且还有越来越烫的趋势。

而下一秒，她被他轻轻扯到身前。

他身上的青柠味道淡而好闻，铺天盖地地环绕下来。

顾桉的视线沿着黑色夹克领口向上，直愣愣地和他对视，才发现，他不光有梨涡，还有一双过分漂亮澄净的眼，瞳孔清透，是纯粹的黑，双眼皮从眼角至眼尾缓缓变得开阔，弧度精致得令人瞠目。

滚烫的温度从顾桉的脸颊蔓延到耳郭，她的心跳也变得不规律，变得越来越清晰。

就在这时，他修长的手指隔着卫衣帽子捂住她的耳朵，周遭的喧嚣彻底被屏蔽。

那张脸还是冷，眼角眉梢不带任何情绪，只是因为距离太近，他嘴角的每道弧度都很清晰，顾桉读出了他的唇语。

很低又很轻的声音似乎从她的头顶落下来："小朋友在，嘴干净些。"

跟 我 回 家

"小朋友在，嘴干净些。"

江砚的语气冷得起码零下十摄氏度，还在开玩笑的大小伙子们瞬间噤声。

小姑娘被江砚隔着卫衣捂住了耳朵，现在安安静静地坐在那儿，眼神懵懵懂懂，不知道该往哪里看，像只一不小心栽进猎人陷阱的小兔子。

"妹妹，不好意思啊，你就当什么都没听到……"

"对、对，他们嘴上没有把门的，饿了吧？吃饭、吃饭！"

顾桉耳边的手放下，热热闹闹的声音一起涌入，刚才蓦然过快的心跳慢慢平复。

她去公安局时接警的小哥也在，他拉开身边的椅子："来哥这儿坐！"

顾桉犹豫要不要坐过去，回头看了一眼身侧的人。目光相撞的瞬间，她心里有些说不出、前所未有的感觉。

江砚那双漂亮眼睛平静无澜，他却在下个瞬间帮她抽开椅子，下巴轻仰，示意她坐下，而后自己坐到她的旁边。

他腿长，空间似乎有些逼仄，白皙修长的手指把一次性筷子掰开，确认没有木刺，才放到她面前的碟子上。

顾桉为避免再次成为全场焦点，小声道谢。

江砚"嗯"了一声，清朗的声音因压低显得柔软："有忌口吗？"

"没有！"顾桉摇头，绷着一张小娃娃脸说，"我啥都吃！"

空气有一瞬间的凝滞，跟她有过一面之缘的接警小哥问："听口音，妹妹不是南方人？"

"我是，可我同桌是东北的，"顾桉有些不好意思地抿嘴笑了笑，"结果一不小心给我带偏了。"

糯米团似的萌妹子，软糯的南方语调，很神奇地掺杂了一点东北味，刑侦支队众人被萌得肝颤，兄弟的妹妹那就是自己的妹妹，他们都热情地道："来，尝尝这个油焖大虾！"

比掌心还要大的海虾，裹了一层金灿灿的料汁。

顾桉庆幸低头吃饭的时候没有人再关注她，专心致志地剥虾。

"这创可贴的来历还没交代呢，肯定是小姑娘贴的吧？怎么，真有情况？"

顾桉的脸颊旁边像被人点了明火，"噌"的一下烧起来。

顾桉走神的瞬间，虾头上尖锐的虾枪照着手指直直刺下去，几秒后清晰的痛感从指尖传来。

她悄悄拿纸巾囫囵擦着手指，破了皮，没有流血。

"皮痒直说。"江砚抬了一下眼皮，冰山脸又冷了几分，垂眸看见顾桉的手指，眉心微不可察地皱起。

那张小娃娃脸因为不安微微绷起，从他的角度看过去，睫毛乖巧地垂着，她小口小口地吃着面前的食物，像只懵懂的仓鼠崽，极力把存在感降到最低。

手指被划伤，顾桉放弃油焖大虾，心里想着：顾桢快点来，饭局快点结束。

身边的人一晚上没动过筷子，就在这会儿，他取了一次性手套戴上，随后去了壳的虾肉便落到她面前的碟子里，带着漂亮的纹路，光是看着都能想象到美味。

顾桉的视线上移，是江砚的手。隔着那层塑料纸，她都能看出手指瘦直，骨节分明但并不突出，皮肤在灯下完全就是白色，手背有突出的青筋，但看起来依旧干干净净。

她咬着虾肉，悄悄看他。

他取了消毒湿巾慢条斯理地擦着手指，眉眼低垂听同事说话，偶尔发表一下意见，也就几个字，是她听不太懂的案件信息。

九点多，包间门被推开。男人个高腿长，身高一米八五往上，寸头，面部线条凌厉。

"顾桢，你终于来了啊。"刚才还在插科打诨、嘴上说着"顾桢再不来就把东西全吃光散伙"的人，才真正开始大快朵颐起来。

"顾桉，胖了。"顾桢在她的另一边坐下，毫不留情地揪起她脸颊的软肉。

顾桉咽下嘴里的食物，杏眼圆睁。

当着这么多人的面……还有她身边的人……他竟然先说她胖了！

她不要面子的吗？

莫名其妙的懊恼情绪蔓延，顾桉揉揉被揪疼的脸，蹙着眉头："我只是脸圆，我不胖的！"

第二天，顾桢请了一个小时的假，送顾桉去 C 市一中报到。

高二（七）班班主任叫罗北，是个四五十岁的中年男人，"地中海"，戴着副框架眼镜，人很和气。

"我们班学习成绩最好的同学叫江柠，性格很开朗，这样，安排你和她做同桌，你有不会的问题就多多向她请教。"

顾桉到了班里，简要地自我介绍，班里的男生悄无声息地来了一阵躁动，安排座位的时候，更是有人主动要求和她做同桌。

"你们这些男生，心里打着什么小算盘呢？"有个齐耳短发、圆眼睛的小姑娘举手，"老师，让顾桉坐我旁边吧！"

顾桉坐下来才知道，这个新同桌正是班主任说的江柠。

她收拾书的间隙，江柠帮她把第一节课要用的数学课本抽出来，转过脸问："你为什么转学啊，不管是考试大纲还是试题，差别都挺大吧？"

顾桉弯起嘴角："我哥工作调到这儿啦。"

"在哪儿，离学校远吗？"江柠看着萌妹子油然而生一股保护欲，"现在学校宿舍好像已经满了，不能再安排住校。"

"不远，就在C市公安局。"顾桉把书收拾好，接过江柠递过来的数学课本和习题册，"谢谢你！"

"我小叔叔也在C市公安局！"江柠瞪大了眼睛，"但是他就是个魔鬼，中考完那个暑假给我辅导数学，我平均每天哭十次的……"

顾桉呆住。

"学神的智商跟我们凡人太不一样了，让他讲个题，直接由步骤一跳到步骤五，"江柠撇了撇嘴，"听不懂他就想摔笔，还说我脖子上架了个球，半点思考能力没有……"

想起被魔鬼支配的暑假，江柠忍不住打了个寒战。

难怪小叔叔一直到现在都娶不到媳妇儿，谁会想不开嫁给一个玉面煞神？

不过，他能凭借卖相上乘骗到无知少女也说不定。幸亏家里有先见之明，给他定了婚约。

江柠想起那个未曾谋面的跟他有婚约的小婶婶，摇了摇头，可怜，太可怜了。

顾桉戳了戳发呆的同桌，露出小虎牙，欢欢喜喜地道："说不定我哥哥认识你小叔叔。"

"肯定认识，跟你说，我小叔叔虽然像个魔鬼，但是长得可好看了，是他们局的'警草'。"

顾桉莫名其妙地，从心底蹦出一个念头。

这个念头让她脸颊有些发烫。

这位传说中的"警草"，会比江砚还好看吗？

已经开学一个月，C市一中又是市重点高中，教学进度明显比之前的学校快，顾桉明显感到吃力。

各科老师不约而同地对这个新同学十分好奇，每次提问大家都低下头装模作样的时候，就会点一下她。

放学铃声响起时，顾桉已经像个被拔了气门芯的轮胎，肉眼可见地瘪了下去。

随堂小测的数学试卷一片叉号，触目惊心。

顾桉鼓着腮大力呼了口气，额前的小刘海乱飞。

顾桉到家时，家里没人。

一直到晚上九点，她改数学错题改到一半，顾桢和江砚才回来。

她"嗒嗒"地跑过去："又加班了吗？"

"嗯。"顾桢把黑色外套往玄关一挂，"今天在学校还行？"

"那可不！"顾桉的余光瞥见江砚下颌的创可贴已经不见，但是伤口隐隐有发炎的趋势。

"那行。"顾桢倒了杯水一口气灌下去，"我出去跑个步，饿了冰箱有速冻水饺。"

顾桉从小药箱里翻出昨天买的药，敲响了江砚的房门。她的手指紧紧捏着纸壳外包装，心中没来由地紧张忐忑。

门打开，清冽的沐浴露味道扑面而来。他穿着宽松的白色短袖、黑色运动裤，头发半干，搭在眉宇间，眼睛更显黑沉。

"江砚……"顾桉蹭了一下鼻尖，不知道该叫警官还是哥哥，最后抿了一下嘴唇，"你的伤口有些发炎，如果不想贴创可贴，抹点药才能好得快。"

"谢谢。"江砚的声音冷淡且毫不在意，却见小姑娘像是完成了很重大的任务，在他接过药之后彻底松了口气。

笑意从她的嘴角蔓延到软软的脸颊上，连眼睛都变成两道月牙，和卧蚕相呼应。

她背着手往后退了两步，歪着脑袋看着他笑："那晚安啦！"

"嗯。"

小心翼翼的神情，满心欢喜的眉眼，都太像他以前凶过的人，那个他短暂停留、转身离开时，吧嗒吧嗒掉眼泪的小团子。

顾桉把错掉的数学题从头到尾又认真写了一遍，困难重重。最后泄了气，趴在客厅的餐桌上等顾桢回来。

江砚出房间倒水，看到的就是这一幕。

小姑娘的脑袋抵在课本上，像朵自闭的小蘑菇。

水杯落在餐桌上，发出清脆的响声。

顾桉抬头，脑袋上翘着一撮小呆毛，发芽了似的。

江砚懒洋洋地抬了一下眼皮："怎么了？"

顾桉搓搓脸让自己清醒，小眉毛皱成波浪线："这个题彻底给我整蒙啦。"

他弯腰看她面前的习题，左手搭在她身后的椅子背上，右手无意识地撑在桌子上。

她整个人被清冽的薄荷味道环绕，不自觉地屏住呼吸。右肩的位置，他侧脸冷漠专注，鼻梁又直又挺，因为距离太近，她甚至能看清他长而浓密的睫毛。

他修长的手指在试题上点了一下："求导这里就开始错了。"

顾桉老实巴交地点头，眼里都是迷茫之色。

"还不明白？"他声音冷淡还带着点懒意，但是音色干净偏少年，清泉一样。

顾桉怕挨批评，嘴角撇着，紧张兮兮地看着他。

如果被江柠看到江大少爷发善心，给人讲最基本的数学定理却不气急败坏地摔笔，现在很可能会怀疑自家小叔叔被人"魂穿"。

江砚抽了把椅子坐下，姿势闲散自在，灯光兜头洒下，衬得他的轮廓更加清俊。

如果忽略那层拒人于千里之外的气场，他的眼睛其实生得极其温柔多情，眼窝深，瞳孔温润发亮，安静看人的时候，温柔得能将人无声溺毙。

"高中生。"

"嗯？"

"会了？"他白皙的手指轻敲习题册。

顾桉摇头。

江砚微微侧开，距离骤然拉近。

这样近的距离，顾桉能看到他瞳孔深处的自己。他的睫毛长而温柔，比女孩子的还要漂亮。

她呆呆看着他，脑袋里所有的数学公式，在云雾缭绕中手牵手起舞，渐渐地混为一团理不清的毛线团。

而他拿签字笔一端轻戳她的额头，清朗的声音带了无奈："看书，不要看我。"

翌日，顾桉前脚刚到教室，课代表们后脚就开始收作业。

"顾桉，你的数学试卷。"

"噢，好的！"

她低头，海绵宝宝双肩包张开大口。

数学试卷平整地夹在课本里，当她翻开课本，映入眼帘的就是那道导数题，题目旁边的注解是不属于她的字迹。

笔锋凌厉俊秀，是他一笔一画写下来的。

昨天晚上，江砚就坐在她身边，用那双给枪上膛扣动扳机的手，从推导步骤到具体用法，给她写下一个再基础不过的导数定理。

他的语调冷冰冰又懒洋洋的，但是他并没有嫌弃她笨，和江柠的魔鬼小叔叔天差地别，就像是个哪里不会点哪里的学习机！

今天她还想回去点！

"打水吗？"江柠交完作业，拿着自己的水杯起身。

顾桉回过神来，拿着蓝色保温杯跟上："好。"

正是早上到校时间，走廊里人来人往，有女生三五成群地倚在窗边说话。

"你们听没听说？隔壁班有个女生叫姜萍，昨天晚上从家里出来就没回去，家长到处找不到人，已经报警了。"

"什么情况？"

"不知道啊，家长都已经急疯了，他们班班主任也跟着去找人了，同班同学被挨个叫去了解情况……"

这个消息无异于往平静的高中生活里扔了个炮仗，消息像火花一样四下炸开，短短一天时间里已经传了无数个版本。

时间一分一秒地流逝，恐慌如同乌云层层笼罩下来。临近放学时，班主任赶到教室召开紧急班会，不光是他，其他班班主任都面色沉重："大家一定要提高安全意识，这根弦一定要时时刻刻绷紧，近期能不外出就不外出，外出一定要有家长陪同……"

顾桉放学回到家，把各科作业摆在书桌上，选秀一样翻了数学作业的牌子。

她双手合十地许愿："学神保佑，每题我都会，下笔全部对！"

等她撸起袖子拿起笔，又托着腮想：还是不要全部会了……如果全部会，还怎么让他给自己讲题呢？

至于她为什么想让人家给自己讲题……

当然是因为她一心向学！

可是后来，分针每走过一圈，她的期待就被消磨掉一点点。

直到她收到顾桢的短信："今晚加班，我和你砚哥都不回去，记得锁门。"

翌日，清晨六点，尖锐的闹铃声响彻整个阁楼。

顾桉闭着眼睛坐起来，闭着眼睛叠好被子，闭着眼睛摸到卫生间里洗漱。

长发随意扎了个鬏鬏,身上奶白色的长袖长裤睡衣,满是黄灿灿的煎蛋图案,每一枚煎蛋的表情都在挤眉弄眼,拒绝早起。

她打着哈欠下楼,打算去厨房找点面包垫垫肚子,眼前仿佛还蒙着一层水雾,却因为看到什么,猛地停住脚步。

昨天在她的小脑袋瓜里时不时蹦跶的人,现在就站在流理台旁边——厨房是开放式的,没有明显分区,她站在台阶上,他弯腰做饭的侧影一览无余。

他一米八七的身高摆在那里,穿什么都清瘦挺拔,浅蓝色棉质衬衫不像警衬硬挺,是某种软绵绵的材质,阳光无障碍地透过,劲瘦腰身映出浅浅轮廓。

他的衬衫袖子挽起,手臂线条清晰,而骨节分明的手指拿着白瓷刀,正在把番茄切片,放到刚刚烤好的面包片上。

顾桉的第一反应是上楼换掉自己的睡衣,把头发仔仔细细地扎好,然而时间已经来不及,因为他已经端着三明治往餐桌旁边走来,视线与顾桉相撞便微微颔首,声音带一点鼻音:"早。"

顾桉就像是长在台阶上,脑袋上翘起的小呆毛迎风飞舞,足足缓了半分钟,才慢吞吞地下楼:"早上好⋯⋯"

江砚把碟子推到她面前,又倒了牛奶给她。

其实她不喝牛奶,只喝酸奶,现在却觉得一定得喝,毕竟喝牛奶能长个子!

"顾桢在专案组很忙,"坐在对面的人开口,嗓音因为熬夜有些低,"你最近不要独自外出。"

顾桉咬着面包的动作一顿,两颊被食物塞得圆鼓鼓的,像只静止的小仓鼠。

小仓鼠呆滞一瞬,费劲地把食物咽下去,才开口:"应该不会这么巧被我遇到坏人吧?我上学的那条路上人都还挺多的⋯⋯"

姜萍已经失踪三十多个小时。

顾桉的手臂不知不觉间起了一层鸡皮疙瘩。

江砚半垂着眼，抽出消毒湿巾仔细擦手，薄唇轻抿，没有要说话的意思。

从家到 C 市公安局，要经过 C 市一中。

如果……如果他能顺路送自己上学就好了。

可认识的短短几天，她已经不知道麻烦他多少次了。

顾桉小口小口地吃着三明治，把让他顺路送自己上学的想法就着牛奶一起吞进肚子。

"你今天不上班吗？"她小声地问他。

"一会儿就走。"他的语气淡淡的，好像给她讲题时，短暂出现的温柔都是错觉。

"谢谢你的早饭！"

顾桉利落地收拾好碗碟，起身去楼上换了校服，边走边把书包往肩上背。

"那……我去上学啦。"

"嗯。"

她出门，攥紧了小拳头。

有什么可害怕的！光天化日的！

她哼着歌给自己壮胆，全然没有察觉，身后几十米开外有人。

那人穿着黑色冲锋外套和黑色长裤，竖起的领口挡住下颌，只露出平静漂亮的双眼和高挺鼻梁，身形挺拔如利剑。

经过他身边的女生小声说着"好帅""极品"这样的字眼，目光黏黏腻腻往他身上飘。

他个子高，步伐却不快，目光锁在前方某处，然后似乎慢慢变得不像往常冷冽。

矮个子蓝白校服的小姑娘哼着歌，目不斜视地经过早早开业的奶茶店，走过去好远又背着手折回来："老板，我要一杯奶茶！我还想要多一点珍珠。"

她站在奶茶店外，踮着脚探头探脑，大眼睛里全是光，接过奶茶时笑弯了眼睛，咬着吸管……

直到看着她走进一中的校门，看见她甜甜地和门卫大爷打招呼，又遇到某个自己熟悉的小屁孩，被那个小屁孩一把揽进怀里把脸捏扁揉圆，江砚自嘲地扯了一下嘴角，拦下一辆过路的出租车。

"师傅，C市公安局。"

下午放学回家，顾桉等到的依然是加班短信。

第二天是周六，她比往常上学起得还早，做了玉米排骨汤、番茄牛腩、杂粮饭、凉拌时蔬。

炖排骨汤的间隙，她烤了一盘蛋挞，一盘纸杯蛋糕。

临近中午，她把这些食物装饭盒的装饭盒，打包的打包。

C市公安局完全没有周末的气氛，每个人都面色凝重步伐匆匆，在自己的岗位上随时待命。

顾桢紧盯着显示器，从海量监控画面中寻找线索。

"顾哥，你妹妹来了！"帮顾桉叫人的是当初接警的小哥，名叫楚航，今年刚从警校毕业。

"哥哥，这个是给你的。"顾桉把饭盒递过去，刑侦支队众人满脸羡慕。

顾桉又赶紧把小蛋糕、小蛋挞拿出来，让亲哥分一分，抱歉地道："我做不了很多人的饭……"

江砚呢？

江砚在哪儿？

顾桢挑眉："那你抱着的这个饭盒是给谁的？"

顾桉鼓了鼓脸颊，慢吞吞地道："给江砚哥哥。"

"算你有良心，还挺知恩图报。"顾桢并没察觉什么不对，"江砚凌晨出警，现在还没回来。"

顾桢的语气稀松平常。

顾桉却瞪大了眼睛。

凌晨，C 市刚迎来一场强降雨，降雨量二百五十毫米以上，冷空气接踵而来。

身后脚步声匆匆，顾桉回头。

江砚穿着防弹背心，身上已然湿透，警用作战靴满是脏污，而他正低着头边走边把身上的装备往下解。

视线相撞，他微怔。

"这小家伙给你送饭呢。"顾桢提着点心去分给大家，转身进了会议室，走廊上只剩顾桉和江砚大眼瞪小眼。

C 市突然降温，她穿了明黄色的卫衣，娃娃脸瓷白，倒是跟她喜欢的煎蛋图案有几分相像。

江砚垂眸看自己，身上是这样的装备，实在不适合见小姑娘。

"等我一会儿。"他的声音莫名有些软。

等他再出来，已经换了一身衣服，头发微微湿着，软软地搭在眉宇间。材质硬挺的淡蓝色警衬扎进制服长裤里，白皙手指正在扣着第一颗扣子。

清瘦笔挺，肃穆冷淡，他穿警服，好看到令人失语。

"江砚……"直呼人的名字实在是没有礼貌，顾桉顿了顿，又鼓足勇气加了两个字，"哥哥？"

江砚"嗯"了一声，面前的小姑娘圆眼睛一眨不眨地看着他："你弯一下腰呀。"

他照做，微微欠身。

就在这时，她走近了些，凑到他的眼皮底下。

清甜的牛奶味道扑进他的鼻腔，她的额头就在他的下颌边，睫毛长而卷翘，似乎要扫到他的侧脸上。

而她目光专注又认真，端详他的伤口的长势。

"好啦，你站起来吧。"

江砚站直，慢了半拍。

"你是不是一直没在意，平时沾了汗、淋了雨也不在乎？"顾桉皱着小眉毛，那张可爱的娃娃脸天真稚气，却板得十分严肃，"不然不会这么多天都长不好的……"

"你等我一下下。"她低头，从自己的菠萝斜挎包里拿出一把创可贴。

他静静地看着她的睫毛，没有说话。

"挑一个自己喜欢的。"她手里举着一把创可贴，花花绿绿，各种图案。

江砚揉了揉鼻梁："煎蛋图案的。"

顾桉笑眯眯地递给他："那你麻溜地贴上！"

他撕开包装纸，连角度都不在乎，随手就要往自己的下颌上贴。

"你可别浪费创可贴呀！

"哎呀，歪啦歪啦！"

顾桉板着小脸仰着头像个监工的包工头，小嘴嘟嘟囔囔。

毫无预兆地，一米八七的年轻警官在她面前俯身。

距离猝不及防地拉近，她从仰视变成和他平视，面前就是那张毫无瑕疵的脸。

他脸型偏瘦，眉宇干净，忽略那身警服，更像是个清俊美少年。

美少年皮肤白皙发透，刚洗过的头发干净清爽地搭在额前，睫毛长而柔软，根根分明。

顾桉的目光顺着他的眉骨、鼻梁往下，她第一次看清他的唇形……唇边一指的地方有个漂亮的梨涡。

心跳猝不及防地加速，顾桉呆呆地立在原地，忘了自己是谁、在哪里、要干吗。

而他微微侧开头……那道怎么也不好、让她心心念念的伤口，现在完完整整暴露在她的视野中。

"那，有劳顾桉同学。"

江砚的眼帘微垂，皮肤近看毫无瑕疵，精致的下颌线近在咫尺。

顾桉屏住呼吸，将创可贴小心翼翼地对准伤口，再把翘起的边角轻轻按下去，缓了好一会儿才想起自己这次来的主要任务。

她把饭盒递给他，手在身后轻轻绞着："我不知道你喜欢吃什么，所以……你要是喜欢吃肉就吃肉，喜欢吃素就啃菜叶子，都不喜欢还有杂粮饭……对啦，伤口一定不能再沾水了，知道吗？"

江家是军警世家，只有江砚父辈从商。父母的公司起步忙得不可开交，他便从小养在爷爷身边。江老爷子在部队带了一辈子兵，管教方式堪称严苛，喊疼、示弱，从江砚记事起就已经不被允许，会被打手心。

在边境禁毒那三年，他在枪林弹雨里摸爬滚打，子弹上膛生死尚且可以置之度外。

而现在一道浅浅的伤痕，在这个发顶刚到他肩侧的小女孩眼里，好像是很严重的事情。

江砚的嘴角轻抿，梨涡陷下去，漂亮得不可思议。

他看着她的发顶，轻声说："知道了。"

三天后，C市公安局召开"C市一中姜某失踪案"新闻发布会，目前案情侦破已到收尾阶段。

高二女生姜萍在网上认识了张某，两人熟悉之后变成了朋友，九月二十日，两人约好见面。

姜萍喜欢猫，张某见面后以家里有只布偶猫为由，带她去家里看猫。

路上姜萍察觉不对劲，情绪激动，不惜打开车门跳车，被路过的村民所救。

城郊都是山路，张某以为她已遭遇不测，落荒而逃，删除所有聊天记录并且将人拉黑……

九月二十五日，张某于家中被逮捕，而姜萍至今还在医院重症监护室里，身体多处骨折，生命体征微弱。

"顾桉，以后你不准一个人上学。"顾桢难得调休半天，能陪妹妹一起吃早饭，"早上江砚跑步，顺路送你，晚上我接。"

江砚早上跑步。

江砚送她上学。

顾桉因为没睡醒而混沌的脑子里，因为这几个字，吧嗒按下开机键。

她迷迷瞪瞪地抬头，江砚剑眉微扬，是默认。

"江砚哥哥，我请你喝奶茶吧？"

顾桉扎着马尾，穿着蓝白校服，校服拉链规规矩矩地拉到锁骨的位置。她弯着眼睛，背着手倒退着走路。

江砚帮她提着书包，冷淡地道："哥哥不喝奶茶。"

他竟然不喝奶茶……

那人生岂不是少了很多乐趣？！

顾桉皱了下鼻子，锲而不舍，像校门口奶茶店花钱请的"托"："很好喝的，尤其是那个珍珠，嚼啊嚼啊超级开心！"

江砚站定，弯腰和她平视，眼睛微微眯起："你是自己想喝奶茶，还是想请哥哥喝奶茶？"

"我自己想……"

顾桉伸手蹭蹭鼻尖，一不小心把真心话说出来了……

"去吧，"江砚的手机响起，他低头看了一眼，"我在这儿等你。"

顾桉开开心心地跑开："老板，要一份大杯奶茶，再多加一份珍珠！"

"好嘞！"

她隔三岔五光顾，和奶茶店老板已经是老熟人。

奶茶店老板远远看了一眼接电话的年轻男人，招招手把顾桉叫到旁边，压低了声音说话："小姑娘，那个男人你认识吗？"

顾桉大力点头，也学着他用气音说话，音调拉得老长："认……识……啊……"

"那你们是什么关系？"

顾桉蒙了一下，老实巴交地回答："他是我哥哥的同事！"

非亲非故，却是最让人没有防备心的熟人，他长了那么一张好看的脸，如果是个正经人，什么样的媳妇儿娶不到？

奶茶店老板越想越觉得生气。

"小同学，不是我吓唬你，前几天的失踪案你看到没有？女生出事，百分之七八十是熟人作案！"

哇，好多珍珠！单是看着都能想象出软软甜甜的味道！

多放一点，再多放一点……

奶茶店老板半天得不到回应，低头就见顾桉像见到鱼干的小猫一般，大眼睛一眨不眨地盯着珍珠。

看给人孩子馋的，他赶紧又舀了满满一勺珍珠："我前几天就觉得他不对劲。"

"哈？"

"每天你上学，他都跟在你身后。

"当时不正好有女学生失踪吗，我还怀疑他就是凶手，但是看新闻发现不是。

"这个人你小心啊，快点跟你哥哥说。

"可离他远一点吧！"

他每天……都跟在她身后？

顾桉抱着奶茶，转头看过去。

江砚一身黑衣，站在十米之外的路边打电话。

熹微晨光洒在他身后，他低着头，黑发落在眉宇间，侧面剪影如同水墨勾勒。

她的心脏停滞一拍后又重重地跳起来，空白的大脑自动还原他每天送她上学的画面。

国庆假期之后，一中将迎来今年的秋季运动会，放假前，各个班级组织学生报名。

"顾桉，你参加吗？"

"嗯！"顾桉脆生生地答应，手指顺着项目一览表往下，"有篮球吗？我想打篮球！"

"你……篮球？"江柠怔住。

顾桉笑眯眯的，得意地露出小虎牙："虽然我矮，但是我确实会打篮球！"

小时候哥哥拍着篮球跑，她在身后跌跌撞撞地追。

他说等她长大一点就教她，等着等着，却先等到父母离婚。

那年她九岁，他十六岁。

顾桢就在离开前的晚上，带她到了篮球场上，一点一点给她讲，带球、投篮，NBA，他喜欢的球星……

她听不懂，打着小哭嗝。

他说："桉桉，哥哥会来接你的，所以不要哭。"

国庆假期期间，顾桢、江砚排满值班，甚至因为是黄金周，工作比平时更加繁忙。

顾桉白天写作业，到了下班时间就下楼，坐在小区的秋千上等哥哥们下班。

顾桢选的这个小区绿化很好，有漂亮的小公园，下班放学时间都是叽叽喳喳的小朋友，生活气息浓郁。

顾桉脚尖点地，秋千悠悠荡荡，傍晚的风舒舒服服地吹到脸颊上。

她低头吸溜了一口奶茶，珍珠软糯香甜。

远处，两个又高又扎眼的帅哥正低头说着什么，越走越近。

顾桉"嗒嗒嗒"地跑到他们面前，一个紧急刹车站定："哥，我们去打球吧！"

"这小矮子运动会报了篮球。"顾桢扬着嘴角，轻嗤道。

江砚睨了眼垂头丧气的小姑娘："NBA 最矮球员身高只有一米六，但是不妨碍效力十四个赛季。"

顾桉攥紧小拳头，瞬间充满斗志。

可是半个小时后，战绩为零的她已然快被亲哥虐哭，追着篮球满场跑，毫无技巧可言。

到了最后，顾桉直接抱着顾桢的袖子耍赖："你把球给我嘛，我投一个就好！"

"撒娇耍赖算什么男子汉？"顾桢挑眉。

江砚站在球场边，黑色夹克外套、黑色长裤，身形挺拔，冷淡至极。有路过篮球场的小姑娘，偷偷拿出手机拍他。

他手里拎了一瓶水、一杯奶茶，视线落在球场上奔跑的小小身影上。

"小矮子，你行不行啊？让你多吃点你却还要减肥，你看，肉没减下去，个子不长了吧？"

"我都瘦了！我没有长肉！"顾桢带着球上篮，顾桉绝望地看着篮球再次进入篮筐。

"不打了、不打了，"顾桉撇着嘴角，赌着气嘟哝，"我再也不和你打球了。"

她的额头、鼻尖都是细细密密的汗，碎发粘在额角，瓷白的小娃娃脸泛起淡淡的粉色。

她怀里抱着好不容易抢到的篮球，被欺负得狠了，㖷着毛，眼圈隐隐有发红的趋势，像只可怜兮兮的小动物。

江砚将手里的奶茶放到一边，走向篮球场。

"江砚，你干吗？你不会要带着小崽子作弊吧？"

顾桢眼看着江砚将外套袖子随意挽到手臂上，站到了顾桉身后，在警校时篮球比赛被江砚虐的惨痛回忆兜头而来。

顾桉顺着顾桢的目光回头，刚好撞进江砚澄净的眼底。

她还没来得及问一问他怎么了，他身上淡而清冽的味道毫无预兆地笼罩下来。

江砚侧头，清朗的声音因为微微压低，显出几分能蛊惑人心的温柔，字音清晰地扫过她的耳郭："投完这一个。"

他的声音落在她的耳际，而下个瞬间手臂从身后环过来，让她的大脑彻底死机。

顾桉一动也不敢动，僵在原地，像只蒙掉的小兔子。

只是，江砚个子高又绅士，手臂从身后松松环绕过来时，没有碰到她半点。

白皙修长的手指扶住篮球，篮球带着她的手举高，眼前每一帧画面都像极了慢动作。

下一秒，篮球不知道是从她手中还是他手中抛出去的，在傍晚的余晖中画出一道完美的抛物线，"哐当"掉入篮筐，成为她这天唯一投进的三分球。

篮球入筐，大力地回击地面。

顾桉的小心脏顿了一拍，缓过神之后就开始跟着球回弹的频率，重重地撞着胸腔。

他站在身身后帮她投篮，刚才她大脑空白，现在却开始无比清晰地一帧一帧循环播放这一幕。

"顾桉，傻了？腿短还不走快点。"顾桢回头叫她。

她前面的大帅哥也转身看过来。

江砚侧脸的线条完美，薄唇好看勾人。

顾桉挪开眼，看天看地看风景，背着手小声哼歌，攥起的手心微微冒汗。

翌日，顾桢和江砚难得调休。

顾桉起了个大早，她头发已经快到腰，每次绑个马尾，都觉得头皮很痛。

她穿了明黄色连帽卫衣，米色长裤，蹬上白色帆布鞋："哥哥，我要去楼下剪个头发！"

顾桢皱眉："楼下？刚开业的你也敢去？"

顾桉欢欢喜喜地道："啊，我看开业大酬宾，买一赠一呢！"

"啥玩意？"

"就是买一个头赠一个头，我剪你就可以剪，要不要一起呀？"

"不去，"顾桢干脆利落地把钱给她转过去，"给人当小白鼠剪坏了，不准哭。"

顾桉被顾桢一说，有些犹豫，但是一到理发店门口，小西装、紧身裤、豆豆鞋的托尼热情地把她领进了店里："你看你长得这么可爱，非常适合时下流行的漫画刘海呢……"

耳边的托尼像个复读机一样说个不停，很快另一个叫凯文的设计总监也围上来说要帮她亲自设计，最后她也不知道怎么的，就坐在了理发店的椅子上……

"您给我剪短一点点就好了。"顾桉交代完毕，打起瞌睡。

不知过了多久，身后托尼大功告成，轻声赞叹："完美。"

顾桉睁眼，镜子里的小女孩发尾到锁骨，刘海在眉心往上，跟她微信里的表情包有九成相似度，成功把她逗笑。

笑完她才发现，这人……好像……贼眼熟……

顾桉捂着剪坏的刘海，祈祷自己能短暂拥有隐身技能。她悄无声息地回到阁楼里，伸手拿钥匙才想起这天换了衣服，钥匙在昨天的衣服口袋里。她硬着头皮破罐子破摔，按响了门铃……

门打开，空气有一瞬间的凝滞。

"哈哈哈……"

顾桉撇着嘴角，伸长手臂上去捏顾桢的脸不让他笑，奈何顾桢个高腿长，还是个刑警，她根本不是他的对手。

他往后退一步跑开："顾桉，我们单位的警犬都比楼下托尼啃得好，哈哈哈……"

顾桉在顾桢后面追，一只手捂着刘海一只手去拽顾桢的衣角，正好江砚手里拿了本书从房间里出来，顾桢躲到他身后："江 sir（长官）！她袭警！"

江砚："……"

顾桉一个不留神磕到桌子角，眼泪大颗大颗掉下来，突然就觉得满心委屈："我也不想这么好笑……"

顾桢愣住，也不跑了："哭了？顾桉，你小时候的梦想不是当个男子汉吗？怎么现在这么……"

顾桉撇着嘴角，手背胡乱一抹眼泪，拿起玄关挂着的小书包就往外走："我要离家出走了！去图书馆！不要找我！"

天阴沉沉的，乌云随时待命酝酿着暴雨。几声闷雷之后，瓢泼大雨突然而至。

坐在沙发上的江大少爷毫无寄人篱下的自觉，目睹一场家庭闹剧之后，懒洋洋地倚在沙发上，两条长腿大大咧咧地敞着，手里拿着一本《犯罪现场勘查学》，看得认真。

顾桢无奈："去给顾桉送把伞？"

江大少爷冷淡地抬眼皮："你妹妹还是我妹妹？"

"不是被我惹哭了吗？"

江砚合上手里的书，扔在茶几上，发现自己好像也没看进去几个字。

发顶也就刚到他肩侧的小姑娘，眼圈通红地凝着眼泪，卷翘的睫毛都沾了一层水汽，却还不忘在出门前交代清楚自己去哪儿，不让人担心。

江砚觉得烦躁，不耐烦地起身，拿起把黑色雨伞出门。

"谢谢江 sir ！"

顾桉到图书馆时，雨还没下。

她借了几本数学辅导书，找了最角落的位子，在知识的海洋中转移注意力。

想起什么，她又把卫衣的帽子捞起来，绳子也赌气似的系紧，衬得一张小脸像朵太阳花。

"同学，旁边有人吗？"

顾桉抬头，是个不认识的男生。

她不喜欢和陌生人坐在一起，更何况现在空位子那么多。

"有。"

低沉好听的男声从头顶落下来，顾桉回头，刚好撞进了声音主人的眼底。

身后的人穿着炭黑色牛仔外套、黑色长裤，干净清瘦，只不过长期从事刑事侦查工作身上自带气场，冷淡又严肃。

他把手里的书放到她旁边的位子上，抽开椅子坐下，男生只好讪讪地走开。

"你怎么来啦？"

江砚手里转着笔，面前摊着一本《中国刑事证据学》，没有抬头："借几本书，顾桢太吵。"

顾桉很小幅度地弯了一下嘴角："噢。"

"你呢，是来看书还是来跟小男生聊天的？"

顾桉眨眨眼睛，迷迷瞪瞪的，不知道他什么意思，这时一只手把她的脑袋掰正，又在她的发顶按了一下："看我能考满分吗？"

江砚冷着那张俊脸，修长手指在她的课本上敲了下，发出清脆的声响："看书，不会的叫我。"

几个刚进图书馆的女生，其中一个看见什么，猛地站住，手指轻轻往江砚的方向指了下，面露惊喜之色。

"我要去要那个小哥哥的微信！"

"有生之年竟然能见到这样帅的，从此小说男主都有脸了……

"就这种冷冷淡淡的男生最招人了！"

女孩生得漂亮，漂亮到自信，走到江砚身边，俯身问："小哥哥，请问旁边有人吗？"

顾桉抬头。她坐在江砚左边，江砚右边没人。

"没有。"

他低头看书，侧脸白皙，没有抬头看人。

女生坐下来，大大方方地往旁边的人身上瞟。

这个年轻男人远看非常高冷，可离得近了，就会不自觉被他吸引所有注意力。

"小哥哥，能加个微信吗？以后占位子可以互相帮忙。"

"没有手机。"

大帅哥声音干净清朗，因为压低带一点鼻音，单单那把嗓子就让人觉得被撩到了。

只是帅哥向来都难搞。

女生娇俏地笑了下，抬手顺了顺长发："那你们没有手机平时怎么联系？"

这下，"小哥哥"总算给她正脸了。

他有一双过分温柔深情的眼睛，只是眼角眉梢的不耐烦之色不加掩饰，就差把"我脾气不太好离我远一点"写在脸上。

他看着她，冷淡又败兴地说了几个字。

"漂流瓶。"

两个人出图书馆的时候，已经是中午，雨势渐小。

顾桉抱着小书包站在图书馆门口，出门的时候太生气，没看天气预报，更没想到带伞。

而就在这时，黑色雨伞在身侧撑开。

撑着伞的手微微抬高，伞下那张脸帅得叫人瞠目。

"高中生，过来。"

好听而又带着冷意的声音响起。

下一秒落在头顶滴滴答答的雨全部不见了。浅浅的阴影笼罩下来，是一把黑色的伞，上面带着白色的"警察"字样。

顾桉的视线顺着伞顶往下，看到江砚那张冷若冰霜的俊脸。

"下雨啦！"

"可是我没有带伞……"

"人家都有男朋友送伞！"

"那长相、那气质、那身高，就是偶像剧男主啊！"

顾桉仰起脸，江砚漆黑的瞳孔在眼睫掩映下更显漆黑，眼尾深长，这样看着当真肤白貌美。

如果他之前读的不是警校，而是综合性大学，即使是女生很少的理工院校，追他的女生大概都能毫不夸张地绕学校三圈。

"谢谢你……"

两人同撑着一把伞，距离实在是太近。

顾桉有些冷，伸手蹭了蹭胳膊，一不小心就碰到他的手肘。

北风不留情面地兜头而来，她打了个喷嚏。

好冷啊……

江砚把伞递给了她。

等他再把伞接回去的时候，她肩上多了一件黑色牛仔外套。

他只穿一件宽松的黑色短袖，白皙的手臂覆着一层肌肉，线条干净利落。

"我不冷。"察觉她的目光，江砚垂眸。

他的外套对她而言实在是太大了，她就像个偷穿大人衣服的小朋友，衣摆快要到膝盖，现在正绷着小脸把袖口往上折了一道又一道……

"谢谢。"顾桉抿起嘴，身上都是他的外套的味道，冷淡好闻。

她抬头，却刚好撞进江砚含笑的眼底："你笑什么呀？"

"没什么。"江砚刚才弯起的嘴角回归平直。

"啊！我知道了！你是在笑话我矮呀是不是？"顾桉的眉毛皱得像小波浪线，"我还会长高的！我还小呢！而且虽然我个子矮，但是我会打篮球！"

嘟嘟囔囔吵得他头疼，但是……他又觉得她岁毛的样子很好玩。

"你不会也跟顾桢一样，在笑话我的新发型吧？"顾桉彻底自闭，变成一朵郁闷的小蘑菇。

"你倒是提醒我了。"下个瞬间，江砚微微俯身靠近，那张毫无瑕疵的冰山俊脸近在咫尺，正饶有兴趣地打量她的刘海，嘴角梨涡浅浅的。

"不准看啦！""小蘑菇"捂脸，手心滚烫。

她没抬头，所以没看到，传闻中脾气差又毒舌的年轻警官破天荒地偏过头笑了。

她被他往自己旁边带了一下，伞悄无声息地倾向她那边。

而后她听见很轻的声音从头顶落下，带着未散的笑意。

"跟警察叔叔回家。"

第 三 章
岁 岁 平 安

"谢谢你来接我。"

雨没有要停的意思，刚到 C 市那天，也是这样的阴雨天，顾桉又小声地补充道："之前也谢谢你。"

她在头顶绑了个小鬏鬏，刚剪过的刘海到眉毛上面，眼睛没有任何遮挡，干净无辜，像警犬基地刚出生的德牧幼崽，偶尔看他的时候，有些怯生生的。

江砚挪开视线，眉眼微垂，散漫地道："为人民服务。"

两个人到家已经十二点，饭菜上桌，有她最喜欢的蛋黄焗南瓜。

茶几显眼处摆着一个大大的纸袋，顾桉吸了吸鼻子，哇，好香！余光瞥见顾桢进了厨房，她做贼似的伸出一根手指，扒开纸袋看了一眼。

她的眼睛不自觉睁得滚圆，小虎牙也不再矜持含蓄，开开心心地冒出尖。

青团、蛋黄酥、肉松小贝、芋泥珍珠车轮饼……还有加了半杯珍珠的奶茶！

顾桉抬头用嘴形和江砚说"好吃的、好吃的，全是好吃的"，眼睛亮亮的，满是小星星。

江砚嘴角微挑，眼看着小女孩伸长手臂把零食抱了个满怀，像个给块糖就能骗走的小朋友。

出息。

江砚转身进了厨房，刑警小顾系着围裙做饭的场景诡异又违和，错身而过时，江砚把借来的书拍到他怀里。

"这是什么？"

"给你借了本书。"

顾桢怔住的瞬间，厨房的水龙头被打开，江姓轻度洁癖患者正在慢条斯理地洗手，比他洗菜的时候还要讲究千百倍。

这位大少爷刚上警校时是出了名的少爷做派，从警之后少爷脾气收敛不少，现在不光帮忙接妹妹，还好心给他借书。

真是个……嘴硬心软的小天使。

顾桢："谢谢。"

江砚嘴角若有若无地翘了一下："客气。"

等顾桢满心感动地把书皮反过来，闪闪发光的几个大字差点闪瞎他的"狗眼"：《说话的艺术》。

——我谢你个鬼！

这一年的中秋在国庆假期里。

顾桉已经提前做好月饼馅，莲蓉、蔓越莓、奶黄……就等这天包进饼皮，放入烤箱。

她终于能和哥哥一起过中秋了！

早上六点，楼下有声响，顾桉起床。

顾桢将整理好的双肩包扔在一边，正弯腰换鞋要出门。

"哥哥，你不在家过中秋了吗？"

顾桉穿着煎蛋睡衣，紧张兮兮地小声问。

"之前有起案子，"顾桢一身黑，把警官证塞进衣服内侧的口袋，"线人来信息，嫌疑人昨天出现在南方老家。

"大过节的想吃什么自己买，别心疼钱，你哥养猪还是养得起的。"

顾桉的眼睛有些发热，她低头看拖鞋上的小蘑菇："我知道啦，你注意安全……"

顾桢挑眉，伸手把她剪坏的刘海搓到额毛："走了。"

江砚早饭过后去了单位，顾桉把月饼馅包进饼皮，看着它们热热闹闹地挤在烤箱里，厨房慢慢被香香甜甜的味道填满，她轻轻叹了口气。

下午六点，江砚回家，洗完澡后换了身衣服。

他平时为方便出警，都是黑色冲锋衣、黑色夹克，在家就是黑色或者白色 T 恤，清一色黑色运动裤。

这天很不一样。

质地考究的白色衬衫扎进腰带，黑色西装裤下长腿笔直，看起来很贵的黑色西装外套随意地搭在手肘上。

他眉眼英俊，气质干净，因为瘦瘦高高总带几分毫不违和的少年感，这样看着，就是个养尊处优的清贵少爷。

"我去爷爷家。"因为身高差，他半垂的睫毛浓密清晰，"自己在家锁好门。"

顾桉点头，把烤好的月饼递给他一盒，弯着嘴角笑道："江砚哥哥，中秋节快乐，爷爷奶奶也中秋节快乐！"

江砚坐进车里，心里却莫名其妙地有些烦躁。

大概因为车内空间逼仄，空气不流通，他伸手扯开衬衫领口刚扣好的两颗扣子，又开了车窗透风进来。

黑色 SUV 在城郊一处私人庭院门口停下。

江家向来重视中秋节，这一天所有长辈、小辈都要聚在一起吃一顿团圆饭。

这是时隔七年，江砚在家过的第一个中秋节。

江砚推门而入时，长辈坐在正厅喝茶聊天，小辈规规矩矩地站在一边问好。

江柠例行公事一样向长辈汇报完近期的学习成绩，转过身看见江砚，脆生生地喊了句："小叔叔！中秋节快乐！"

江砚是父亲的堂弟，是和她年龄差最小的长辈。

对江砚，江柠的害怕和崇拜一样多。

江砚读书时头脑极其聪明，没到上学年龄就被家里扔进学校，从小到大都是班里年纪最小的那个，成绩却一直稳在全校前三，高中完全可以走竞赛保送免受高三之苦。

而且他的履历很传奇。听父亲说，他这个最小的堂弟幼年时爱好天体物理，理想是当一名天文学家。

只是十几岁时遭遇绑架，那段时间没有人知道他经历了什么，就在大家担心他会不会有心理阴影时，他高考填报志愿直接填了公安部直属院校。

很多人遭遇不测留下终身阴影，而江砚不一样，朗朗乾坤下，鲜衣怒马，意气风发。

"柠柠，过来帮忙，不要玩手机了。"

"妈，等一下，我跟我同桌说句拜拜。"

江柠吐了吐舌头："外面不是又开始下暴雨了吗？他们家停电了，她哥又出差，现在自己在家……我好担心她。"

"就是你那个新转来的小同桌？"

"嗯！"

江柠本来想问江砚认不认识顾桉的哥哥，却见江砚皱眉坐在沙发上，周身都是生人勿近的少爷气场，简直是个玉面煞神啊，玉面煞神……

她以为是自己过分聒噪吵到他，赶紧乖乖闭嘴。

江砚转头看窗外时雨又噼里啪啦地砸下来，那股不知从哪儿来的烦躁情绪在雨声中无限膨胀。

满满一盘月饼还温热着，顾桉吃了两口，突然小腹一拧一拧地疼。

原来……是生理期。

她蜷缩成一小团窝在沙发上，安静等着疼劲过去，听江柠说她见到小叔叔了，几年不见小叔叔更好看了，也更可怕了……

突然之间屋里什么都看不到，窗外对面的高楼也瞬间隐没在黑暗中。窗外风声、雨声搅在一起，下一秒恶魔仿佛要破窗而入。

手机还有百分之十的电。

顾桉和江柠说明情况便退出聊天，怕万一顾桢找她。

顾桉关于中秋节的记忆，好像都不算太好。

小时候跟着外公外婆住，后来外公外婆去世，她被接到舅舅家。

父母尚在世，开开心心组建新的家庭。

亲生父母都不管她，而舅舅肯照顾她，她心里很感激。

即使他可能……只是为了每个月到账的抚养费，爸爸打来的、妈妈打来的、哥哥打来的……

今年中秋节，虽然哥哥不在身边，但是她有家了。

这个念头让她觉得心里暖烘烘的。

顾桉迷迷糊糊地睡着了，小腹的疼痛也变得遥远。

门铃却冷不丁地响起，像是梦里的错觉，在她迷糊时，门铃声再一次清晰地传来。

这个时间会是谁？要不要装作家里有人的样子？

"哥哥，好像来客人啦！"

顾桉攥紧拳头，尾音却依旧发颤，喊完这一声，才假装镇定地去问门外的人："请问是谁呀？"

门外的声音冷淡又散漫，听着特别"大少爷"："开门，警察。"

顾桉跳到嗓子眼的小心脏，重重回落。

客厅没有灯，没有蜡烛，因为暴雨，落地窗透不进来半点星光。

江砚打开手机自带的手电，眼前有一小块地方被照亮。

"你怎么还按门铃呀？"

江砚想起她虚张声势给自己壮胆的那声"哥哥"，声音不自觉地柔和了些：“怕冷不丁开门吓哭你。”

"哦……"顾桉疼得直不起腰，"那你怎么回来啦？"

"手机充电器忘带了，"江砚随便扯了个理由，把食盒往她面前一推，"顺便就给你带了吃的。"

他从江家老宅带来了蜡烛，昏黄的光影有些暖。

女孩瓷白的小脸被照亮，他对上她的眼睛时，堵在心口一晚上的烦躁情绪奇迹般平复。

"挑喜欢的吃，不喜欢的扔掉。"

当真是个养尊处优的公子哥。

眼前的点心精致得让她不忍心下筷，那些她叫不出名字的菜肴美味得让她瞪圆了眼睛。

顾桉餍足地眯起眼睛："谢谢江砚哥哥。"

吃完饭，她把食盒刷干净擦干，没吃完的饭菜分门别类地打包放好，拿了小毯子到沙发一角窝着。

"怎么还不上楼睡觉？"

顾桉不想说自己怕黑，怕了江砚要照顾她的感受，不好意思离开，只是小声问："江砚哥哥，你不走吗？"

明明她怕得要命。

江砚轻描淡写地道："等雨小些，开车方便。"

顾桉没忍住弯起眼睛，声音也带了甜甜的笑意："那你可以给我讲讲不涉密的案子吗？"

他是警察，哥哥也是，神圣不可冒犯且遥不可及。

她想了解。

江砚无奈，揉了揉鼻梁。

蜡烛柔和的光柔了他侧脸的轮廓，那轮廓精致得让人心动。

"你想听什么？"

身边的女孩拿小毯子把自己裹成圆滚滚一小团，眼巴巴地看着他，满怀期待，认真思考。

"没有选项吗？"顾桉思考半天无果，"故事书还有目录让人挑呢！"

江砚："有。"

顾桉眼睛一亮，江砚慢条斯理："你比较想听哪一个案件？"

他冷质的声线落在耳边，顾桉忍不住往毯子里缩了一点、又一点，最后可怜兮兮地选择放弃。

这个世界远比她所见所想更加复杂和残忍。

他见过的阴暗面，她一辈子都不会见到。

灯亮起的瞬间，顾桉条件反射地转过头看他，那双眼睛显出原本温柔的样子，黑白分明有柔和的色泽，漂亮得令人失语，而他也正静静地看着她，不知道在想些什么。

他竟然就这样陪她坐了一个晚上。

在这个不知道什么时候灯才会亮起的夜晚。

在这个下着暴雨的中秋节。

江砚站起身，身上的白衬衫已经不像出门时挺括。

就这么几秒的时间，他又恢复平常那副冷冰冰的少爷模样，懒洋洋地道："时间不早了。"

见她没有反应，他微微欠身，明亮的灯光兜头而下。他人高瘦，脸又白净，白衣黑裤衬得人清俊异常。

"不早了，可以睡觉了。"

顾桉微微一怔，片刻后乖巧点头。

暴雨初歇，室内的灯光兜头而下，笼着那抹清瘦颀长的身影。

"怕狗吗？"江砚冷淡地出声。

"嗯？"顾桉仰起小脸。她瞳仁很黑，一眨不眨地看人的时候，懵懵懂懂，乖巧无辜。

"不怕！"她摇头，脑袋上的小鬏鬏也跟着晃，"我喜欢狗狗，尤其是大的！"

江砚剑眉微扬："那过来锁门。"

“好……”顾桉慢吞吞地跟上去。

门带上前，顾桉扶着门把手，从门后面探出个脑袋，小声和江砚道别：“哥哥再见！”

江砚“嗯”了一声，双手插兜下了楼。

顾桢不在家，他一个陌生男人住在这里不合适。

到底是有多害怕，她才会在门铃响起时对着空气喊“哥哥”给自己壮胆？

她是顾桢的妹妹，又不是他江砚的妹妹。

江砚皱眉，烦躁又开始有萌芽的迹象。

一直到十一楼东户的灯关掉，那辆黑色越野车才发动，驶出小区的大门。

翌日，清晨。

阁楼窗外，暴雨洗过的天幕，像极宫崎骏漫画里的画面，白云如同触手可及的棉花糖。

顾桉迷迷糊糊，但依然记得自己有很重要的事，她起身拿起手机，看到红红的小圈一。

她昨天睡前给顾桢发的信息，在这天凌晨有了回音：“本来脑子就笨，不要胡思乱想，你哥好着呢。”

顾桉七上八下的小心脏这才找到落脚点，往后一仰，舒舒服服地倒进蓬松柔软的棉被，却不知道哥哥现在又在经历着什么。

顾桢刚工作的前三年，几乎音信全无，她每天提心吊胆。

那时候外婆尚且在世，老人信佛，总会为哥哥念几句祈求平安。

顾桉一骨碌爬起来。

这天一定要出趟门。

她打开冰箱，刚想要把昨天剩下的饭菜放到微波炉热一下，转头就瞧见江砚从外面进来，将手里精致的餐点随意地放到餐桌上。

他穿了一身没有图案的黑色运动服，拉链拉到领口挡住白皙的下颌，黑发落在额头上，眉宇干净、鼻梁高挺，像个刚跑步回来的冷漠小哥哥。脚边一条黑黄相间的德牧，威风凛凛，目光却很温和。

顾桉和德牧大眼瞪小眼片刻，终于没忍住"哇"了一声。

她仰着小脸看看江砚，又悄悄打量面前的大型犬，嘴角翘起，小虎牙冒出个尖，天真稚气。

所以，她喜欢？

江砚的嘴角轻扬，骨节分明的手指给德牧一下一下顺着毛。

顾桉的眼睛一眨不眨地跟着德牧转："你从哪里牵来的？好帅！"

"收养的。"江砚的声音缓和，睫毛低垂下来，长而温柔。

"从哪儿收养的？"

顾桉攥拳，这么威风的崽崽，要收养就收养一箩筐！一大箩筐！

"他爸爸是一只缉毒功勋犬，服役五年立功无数，"江砚漆黑的眼底像是笼着一层薄雾，看不清情绪，"在一次执行任务时，帮一个刚上班的毛头小子挡了一颗子弹，牺牲了。"

顾桉吃过早饭，又蹲到德牧旁边，毫不怕生："崽崽，姐姐要出一趟门，回来给你带什么好吃的呀？"

德牧崽崽"嗷呜"一声作为回应，顾桉摸摸它的脑袋，心都萌化了，恨不得把所有好东西都捧到它面前。

她穿着牛油果图案的卫衣，牛仔裤、帆布鞋，从玄关挂钩取下自己的菠萝斜挎包，看起来像个行走的小菠萝。

"你要去哪儿？"

小菠萝板着娃娃脸，认真地道："我要去祈福。"

寺庙建在山上。

顾桉爬了不知道多少级台阶，到最后，小腿像是绑了沙袋，恨不得手脚并用。

而身旁的大帅哥，气定神闲一步两级台阶，双手插兜，闲适得像是遛弯的帅气大爷，就是表情好像不太开心，一脸"我想揍人"的样子。

应该买个鸟笼子给他提着的，顾桉心想，偷偷偏过脸笑出小虎牙。

到了寺院门口，顾桉回头问江砚："哥哥，你没有什么愿望吗？"

江砚淡淡地道："我是无神论者。"

他想实现的只有靠他自己，有一分光发一分热，其他不奢求。

"噢！"顾桉平日里走路蹦蹦跶跶，此时规规矩矩，就连小虎牙都含蓄矜持地藏了起来，如假包换的小小淑女。

她的个子很矮，从身后看过去更是。她虔诚认真地上香。

她有要说给神佛的心愿吗？

考试顺利，或者是，高考考个好大学？

过了一会儿，顾桉出来了，步子欢快，像是了了一桩很大的心事。

"求了什么？"江砚漫不经心地问道。

"希望你和哥哥岁岁平安，万事胜意！"

她背着手，歪着脑袋看他，目光认真。

江砚的视线停留在她的脸颊上，微微怔住。

他们这群人，昼夜行走在刀尖，早就将生死看淡。

这时，顾桉朝他勾勾手指："我们快点走啦，崽崽自己在家害怕。"

她迈着小短腿"噔噔噔"下山。

江砚看着她小小的背影，齿尖咬住下唇，难得地笑了。

下山之后，顾桉拿出手机，点开地图软件，从山脚下到小区有直达的公交车："我们不要打车啦。"

这边停车不方便，江砚来的路上打车花了很多钱，能买好多好多杯奶茶，顾桉想想就肉疼。

江砚挑眉："难不成走回去？"

"不走不走。"顾桉摇头，怕大少爷不同意，直接拉住他的手腕往公交车站走，"我们坐公交车吧，还能看看沿路的风景呢！"

但凡认识江砚的人，都知道这哥们儿虽皮相绝佳，但人冷、嘴毒、脾气差，还有轻度洁癖以及对不必要的肢体接触的零容忍。

这样的人怎么会当警察？

他就应该生活在玻璃房里，当个高高在上的阔少爷。

刑侦支队的同事们曾在背后默默探讨过了，江砚每次不得已和犯罪分子近身肉搏，都下手利索稳准狠，肯定有很大一部分原因是讨厌肢体接触。

如果被江砚的同事或者同学看到，大少爷被人抓着手腕往前走，大概要不约而同地倒吸一口冷气，觉得很可能下个瞬间，这个可爱的小姑娘就要被扔出去。

江砚垂眼，小姑娘细白的手指隔着那层运动服布料，轻轻握在他的手腕上。

他垂着眼皮，耳根却泛起一抹薄红，因皮肤白皙而格外清晰。

"公交车来啦！"

顾桉"嗷呜"一声，从山上下来的游客聚成一堆，差点就要把公交车撑破肚皮。

车上人挤人，站都快要没地方站，顾桉敏感地察觉大少爷那张冷若冰霜的俊脸终于带了情绪——不开心、不高兴、想跳车。

顾桉有些愧疚，又觉得好玩，他像个小男孩。

江砚个高腿长，一只手毫不费力地抓着扶手，一只手撑在顾桉身侧的座椅上，不动声色地把她和周边的喧嚣隔开。

正是国庆出行高峰，返程又在下班时间，原本一个小时的车程，一个半小时还没到，好在后半程乘客下得差不多，有位子坐。

顾桉上山、下山走了两个多小时，现在腿酸软，眼皮沉，混沌的脑袋一点一点的。

猛地碰到什么，她惊醒——眼前是他干净的鬓角和白皙耳侧，鼻尖还有他身上淡淡的薄荷味道。

视线相撞，顾桉瞬间坐直，脸也跟着涨得通红，目光躲闪不敢看人："不好意思呀……"

江砚抿唇看向窗外："没事。"

顾桉困得撑不住，神志已经有些迷糊，怕再把脑袋搁到人家的肩膀上，赶紧把身体侧向车窗那一边。

她迷迷糊糊刚要睡着，人行横道上蹿出一条流浪狗，公交车一个紧急刹车，她的脑袋"哐当"撞到车玻璃上。

顾桉真的太困了。昨天"大姨妈"疼，家里停电害怕，又等不到顾桢的微信，失眠到天蒙蒙亮。

她伸手揉揉脑袋，嘴角可怜兮兮地撇下去，没多会儿，又睡过去了。

秋日午后的阳光温温柔柔地落在她身上，脸颊的小绒毛清晰可见，脸圆鼓鼓的，像个小团子。

小团子的脑袋一点一点，眼看着就要再次撞上车窗。

江砚冷着脸，伸出了手。

顾桉因为神经紧绷睡眠很浅。

脑袋怎么不晃啦？

呀……怎么办怎么办？她好像又把脑袋搁人家的肩膀上去了！

不过……他的肩膀靠着真舒服，身上的味道清冽干净。

她不想起来。

她依然记得，认识之初，刑侦支队的人是怎么形容江砚的——性格冷淡、少爷脾气、洁癖患者，即使追他的女生能绕辖区三圈，也从没见过谁近得了他的身。

就在顾桉强迫自己睁开眼醒过来，顺便措辞跟人家表示不好意思，全身神经都紧绷着的时候……

身侧的人不动声色地调整坐姿。

"没关系，靠着吧。"

极轻的字音落在顾桉的耳边，带着一点鼻音。

其实他的声音很好听，但是绝大多数时候冷淡至极，而像现在这样的距离，耳语一般，杀伤力超乎想象。

顾桉靠在江砚的肩膀上，一动都不敢动。

他的黑色外套有干净好闻的薄荷香，体温透过那层运动服布料，缓缓渗透传到脸颊上。

心跳前所未有地慌乱，顾桉甚至都害怕跳动的幅度太大，被身边的人察觉。

好在颠簸的公交车自带催眠效果，没过一会儿，她就又真的睡过去。

"前方到站，××小区。"

江砚半合着眼，肩背倚在座位上，脊梁却依然挺拔得像把利剑，是警校生涯和良好家教使然。

听到报站广播，他才抬起眼皮去看顾桉。

大概是真的累坏了，她靠在他的肩膀上睡得正香。

原来她不笑的时候，嘴角也会弯弯翘起。

他偏过头，抬手碰碰她的脑袋："顾桉，到家了。"

顾桉"噢"了一声，小树懒一样慢吞吞地坐直，伸出小手揉眼睛。

她跟在他身后，看着他挺拔清瘦的背影，佯装什么都没发生，没有察觉到他调整坐姿，也没有靠着他的肩膀睡半个车程。

直到她回到阁楼，关上房间门，绷紧的神经才一点一点松懈下来。

她怎么能真的睡着呢？！

她的睡相有没有很差劲……比如流口水什么的？

万一有怎么办？可是，这能怪她吗？

明明是他说："没关系，靠着吧。"

顾桉挠挠头，剪坏的小刘海乱糟糟的。

她拍拍心口，希望小心脏不要再上蹿下跳，可是完全没用，最后大字形扑到床上，抱着枕头给顾桢发微信。

"哥哥，我今天去爬山啦！

"打车好贵，能买好多杯奶茶了。"

顾桉抱着抱枕，盘腿坐在床上。

身后就是拱形的窗户，傍晚天空暖调渐渐变色，如同泼了油彩。

"回来的路上好困，就……枕着江砚哥哥的肩膀睡着了，但是他的脾气真好，都没有把我从车窗扔出去……”

他低声说话时的语气、肩侧的触感、身上浅淡的青柠薄荷味道，她竟然都记得清清楚楚。

顾桉的脸颊开始发烫，手忙脚乱地删掉了最后面那行字。

她好像突然之间，有了不能说出口的秘密。

关于他的。

整个假期，顾桢出差在外，江砚的出现完全没有规律。

有时候是清早，有时候是晚上，每次他都会带很多她没见过的好吃的东西。

每每这时，稳重帅气的德牧崽崽都会欢快地摇尾巴。

顾桉餍足地眯起眼睛想，如果她有小尾巴，现在是不是也要翘上天了呀？

国庆假期最后一天，顾桉牵着崽崽出门遛弯。江砚送来的这条德牧虽然看着威风凛凛有些吓人，但其实性格很温驯，很乖，很听她的话。

不知道怎么回事，顾桉走着走着就到了某家单位门口。眼前“C市公安局”几个石刻大字庄严肃穆。

顾桉有一瞬间的愣怔。

她就是出门遛个狗而已，怎么不知不觉就走到这里来啦？

唯一合理的解释就是——崽崽认路，在她一不留神的时候，就领着她到这儿了。

顾桉低头，嘟囔：“崽崽，是你要来找他的对不对？”

德牧崽崽纯良温驯地看着她，到了自己熟悉的地方，开开心心地“嗷呜”了一声。

顾桉点点头：“是这样的，肯定是你要来找他的，不是我。”

她绷着一张小娃娃脸，眼睛却看向一墙之隔的机关大院，马上就是下班时间，下个瞬间某人是不是要出现了呀？

不知道为什么，温柔稳重的德牧突然雀跃，抬起前爪站起来，顾桉顺着它看的方向看过去，刚好就看到了江砚。

他穿了宽松的黑色外套和黑色长裤，一边侧着头和同事说话一边下楼，侧脸白皙，而眉眼墨黑，五官看不分明，单看轮廓，都知道是个肤白貌美的大帅哥。

大概是多年刑警生涯让他格外敏感，就在她悄悄看他的时候，没有任何缓冲，他们的目光于空气中相撞。

顾桉赶紧移开视线，看天、看地、看风景。

随着他的脚步一点一点变近，她的脸一点一点升温。

她开始在心里措辞：是恚恚要来找你的，是恚恚要来找你的，不是我不是我。

"怎么过来了？"江砚单手插兜懒散地站在她面前，一双漂亮眼睛没什么情绪地盯着她。

"我跟恚恚出门，然后，它就朝着这边跑来啦。"

顾桉边说边比画，跟江砚还原刚才的场景。这条表面稳重的德牧兄弟有多不听话，怎么变身活蹦乱跳的"二哈"，拉着她七拐八拐，正正好好拐到 C 市公安局门口。

江砚勾了勾嘴角。刚到他肩侧的小姑娘，绑着小丸子头，剪坏掉的刘海在眉毛上方，脸颊圆鼓鼓的，说话时会露出小虎牙。

顾桉说完，江砚没有回应。

她心虚极了，抬眼看他，却见他在看她。

那张脸还是冷若冰霜，只是眼尾微弯，除此，并没有多余的表情。

顾桉背着手，看看天、看看云、看看风景，余光突然瞥见不远处的篮球场上，少年肆意挥洒汗水。

"想去打篮球？"江砚漫不经心地给恚恚顺毛，手腕干净修长。

顾桉大力点头。

马上就要开运动会，她太需要练练球，只是上次被顾桢虐到哭之后就没迈入篮球场半步。

江砚把自己的黑色外套脱下来，随意搭在操场的栏杆上。身上的黑色短袖宽松，白皙手臂有干净利落的肌肉线条。

顾桉站在篮球场上，突然有些紧张。

"来吧。"江砚那张脸清俊而漫不经心，现在就在她微微仰头能碰到的地方，眼睛因为迎着光微微眯起，眼尾深长。

她的心突然跳得厉害，像是刚跑完一场八百米长跑。

顾桉想要带球过他身边，完全不可能，对面的大帅哥个高腿长，防守毫不费力，跟带孩子玩似的。

顾桉手里的篮球还没热乎，他伸手随便拦一下就到了他手里，下一秒轻飘飘地进了篮筐。

江砚看着她眼巴巴的小眼神，嘴角轻扬。

小女孩板着小娃娃脸抢他手里的篮球，可怜兮兮又严肃认真，就差上来揪住他的衣角抢球。

她皱着小脸的样子实在可爱。

在她认认真真把手里的篮球投出去的那一刻，江砚伸手，轻而易举地把球扣了下来。

她看着他手里的篮球，突然觉得委屈，傻兮兮地跟着他跑了满场，一个球都没进。

她引以为傲的控球技能已经被人虐得渣都不剩。

她在他面前很丢脸。

她站在原地，像只受伤的小鹿，抬手随意抹了抹脸颊上的汗，呆呆地看着篮球画出漂亮的抛物线，江砚随手就投了个三分球。

"我不打了……"

她的额头、鼻尖上已经全是汗，嘴角可怜兮兮地向下撇。

他会不会觉得自己"会打篮球"是说大话，实际上很菜，还要在他面前显摆？

可是她是真的会打球呀……

女生里又很少有他这么高的人。

不知道怎的，她的眼圈突然有些发热。

她除了丢脸，还有些小委屈，密密麻麻变成酸涩。

旁边球场上有一群男生，下手没个轻重，一个球完全偏离原先路线，直接冲着她飞过来。

速度太快了，她的大脑瞬间死机，最后呆呆地站在那儿不知道如何是好。

顾桉的眼睛紧闭，脸颊上拂过一阵急促的风。

她并没有等到和篮球的亲密接触，取而代之的是他身上浅淡好闻的薄荷香。

江砚一只手握住她的肩膀把她揽到身前，另一只手把球挡开，拍了两下扔出去，篮球落在地上发出重重声响。

她的心脏同样"怦怦怦"地跳，好像下一秒就要跳出来。

江砚垂眸，身前的小姑娘仰着小脸，蒙蒙地看着他。

她的眼睛圆，瞳仁黑而大，眼尾很无辜地垂下去，鼻尖还有些红，是刚才打球时被他欺负狠了。

小小的一团，可爱又可怜。

顾桉看看飞出去的篮球，又看看江砚，抿着嘴，茫然无措。

而这时，他微微压低上身，手撑着膝盖和她平视。

那张冷若冰霜的人间绝色脸，在读书时绝了全校男生的桃花，现在近在咫尺。

他的眼睛清澈又明亮，藏着柔软月色一般。

"哥哥错了。"他冷淡至极的声音，带着清冽的薄荷味道，落在她的耳边。

顾桉低着头，刚才的大片酸涩突然就消失不见。

她慢吞吞地"噢"了一声，咬住不矜持想要上翘的嘴角。

"顾桉，你多高？"江砚压低视线。

"一米六，怎么啦？"顾桉充满警惕，"你是不是在笑话我矮还打篮球？"

顾桉的小孩子脾气一秒上来，气鼓鼓地和他对视："我还小呢，我会长高的！我从今天晚上开始就要每天喝一杯牛奶，不，早上一杯晚上一杯，一年以后，我肯定会长好多好多……"

她嘟嘟囔囔半天，小嘴说个不停，小话痨技能满格，却突然听见他的笑声，干净清澈的少年音色，很好听。

顾桉抬眼，刚好撞进江砚清澈的眼底。冷若冰霜的大帅哥，眼睛弯起的弧度漂亮极了，浓密眼睫都带了笑。

他的手在她的发顶揉了揉，而后直起身，手从她的发顶上缓缓平移，落在自己肩膀下方的位置。

"干吗？"

美色惑人啊，美色惑人，顾桉的声音小得毫无底气。

江砚修长的手指指了指自己的肩侧："画个刻度线，今年刚到哥哥这儿。"

那双令人心动的眼睛，现在只看着她一个人，瞳孔深处是她小小的影子，嘴角梨涡浅浅，干净温柔，尽是少年气。

他认认真真地看着她，轻声开口："看看我们顾桉同学，明年能长到哪儿。"

江砚不笑的时候，随便往那儿一站就是个让人不敢靠近的冰山帅哥，不知道碎过多少小姑娘的芳心。

可偏偏就是这样一个冷面警官，距离嘴角一厘米的地方，有个漂亮的梨涡，笑时近乎灼眼，温柔得几乎能将人溺毙。

顾桉站在江砚身前，脸颊热度还没有退去，低垂着脑袋不敢抬头，脑袋里却密密麻麻地飘起了弹幕：呜呜呜，他的梨涡好好看！

她好想戳一戳呀……

三天后的傍晚，顾桢出差回来。

他一推开门，大型不明生物亲昵地扑上前，跟在不明生物后面的，是个小个子姑娘顾桉，眼睛一眨不眨地看着他。

顾桢一只手给德牧顺毛，一只手去揉顾桉的脑袋："我大侄子怎么在我们家？"

顾桉惊喜地道："你和崽崽认识呀？"

她本来还怕哥哥不让她在家养狗，还想着怎么措辞留下崽崽。

看来崽崽人见人爱，花见花开，顾桢见了，仿佛遇到同类。

顾桢揉揉德牧的脑袋，比揉她的脑袋还温柔："嗯，认识。"

"那你为什么叫它大侄子？"

顾桢把黑色双肩包放到玄关柜上，蹲下时德牧崽崽又亲昵地凑上来。

他人虽然好看，但是好看里总带几分坏兮兮的不正经，闻言，嘴角的笑意敛起："他爹是我的战友。"

"哦……"顾桉并没有多想，只是凑上前去摸崽崽毛茸茸的脑袋，眼睛笑得弯弯的，"江砚哥哥说你们不在家的时候，崽崽可以在家陪我。"

"你说什么？"顾桢像是瞳孔地震。

到底是自己听力坏掉了，还是江大少爷被人"魂穿"了，竟然舍得让他养尊处优的宝贝干儿子，给个小屁孩当保镖？

半晌，顾桢盯着顾桉傻兮兮的小刘海，意味深长地吐了几个字："那您还挺有能耐。"

"嘿嘿。"顾桉眼睛弯得像月牙似的，笑得像个缺心眼。

国庆假期后，C市一中秋季运动会如期而至。

"哥哥，你今天来不来看我打球呀？下午四点开始！"顾桉吃过早饭，背上海绵宝宝书包，凑到顾桢眼皮底下，小虎牙都充满期待地冒出个尖。

一中运动会有专门的家长区。

亲哥这么年轻！这么帅！坐在一群家长中间，肯定贼拉风，有面子！

顾桢伸手揉她的脑袋。别人哥哥都是摸头杀，自家哥哥简直就是在胡噜毛。

他的力道太大，她的脑袋都有些晕，才听见他用惯常的欠揍语调说话："一群小屁孩抱着个球跑，有什么好看的。"

顾桉的嘴角撇下去，迟疑着，最后脑袋还是转向顾桢旁边的人："那江砚哥哥，你来吗？"

她状似不经意地开口，垂在身侧的手却无意识地揪着书包带子，紧张又忐忑。

"做梦呢？"顾桢轻哂，"我和你江砚哥哥都忙得要死。"

江砚盯着顾桉不安轻颤的睫毛，嘴角轻抿。

这天要出外勤，顺利的话他能在午饭前赶回单位，下午可以请两个小时的假，不顺利的话，大概得到半夜。

说不准的事情，他还是不要让她期待比较好。

顾桉顶着乱糟糟的小刘海出门，小脸皱成圆滚滚的苦瓜，一边往外走一边小声嘀咕："怎么就不好看啦……"

江砚都没有回答她。

可是亲哥都嫌弃无聊的事情，江砚怎么可能会去呢……

生活不易，桉桉叹气。

高中开运动会，氛围不亚于过节，关在四方格子里的小高中生们呼啦啦拥向操场，难得放松。

上午是开幕式和田径项目，下午是篮球比赛。今年新增了女生篮球赛，堪称这届运动会里最受关注的项目。

顾桉里面穿着自己的白色短袖，外面套着正红色球衣，抱着篮球喜滋滋地想，这是《灌篮高手》里湘北的颜色。

"呀！"江柠钩着顾桉的脖子揉她的脑袋，"怎么这么可爱，快到姐姐怀里来！"

顾桉的脸短且圆，甚至都有些看不出骨骼线条，但是脸盘很小，纯良无害毫无攻击性，让人看着就想摸摸头、捏捏脸。

顾桉被她夸得不好意思，笑得露出小虎牙。

下午四点，裁判鸣哨，比赛开始。

长得可爱又会打篮球，顾桉毫不违和地同时拥有这两种属性，一下子就吸引了所有人的目光。

她皮肤白，穿红色球衣的时候尤其凸显优势，篮球裤露出的小腿纤细且直，在室内灯光下白得发光。

"这么矮还能打篮球？有一米六吗？"

"绷着小脸传球的时候萌得我肝颤啊！"

"七班这学期转来的，叫顾桉，大家私底下都觉得一中有校花了。"

体育场家长区，坐着一个穿黑色夹克、黑色长裤的男人，气质冷漠，唇线平直，年轻得过分。

顾桢："帮我拍几张照片。"

江砚打开相机，随手按了几下，角度毫不在意。

高糊照片顺着网线传到对面。

顾桢："你可真是个人才！"

顾桢："你把我妹妹拍得好像短腿柯基，哈哈哈。"

顾桢没一会儿就做了个表情包出来。

江砚嘴角轻扯，点了"保存"。

上半场比赛，七班比分遥遥领先。

中场休息时，对面三班队员围到一起，目光屡屡往顾桉身上飘。

"楠楠，她们的矮个子后卫叫顾桉。"

叫"楠楠"的女生转身看过去，数不清的男生围在顾桉身边给她送水，其中还有"校草"。

只不过顾桉一一道谢后拒绝了，最后只是抱着自己的蓝色保温杯灌水，小脸撑得圆鼓鼓的。

嫉妒如藤蔓一般滋生，楠楠的目光阴冷："喊，装可爱。"

下半场，赛况白热化。

就在开场几分钟后，裁判鸣哨，做出打手犯规的手势。

三班叫楠楠的女生，带球时直接将顾桉撞倒。

顾桉撑着地站起身，手掌心传来钻心的、密密麻麻的疼，她活动了一下膝盖，才发现膝盖处鲜红一片，那里皮薄，没有任何缓冲。

观众席全是家长和同学，她站在视线中心，突然有些不知道该怎么办了。

嘈杂人声中，她听见脚步声朝着她这边过来，没来得及回头看，有黑色外套落在身上，有着冷冽却熟悉的味道。

她刚对上他的视线，下一秒整个人失重，被拦腰抱了起来。

瞬间，她的心跳声掩盖所有喧嚣，眼睛瞪得滚圆："江砚哥哥？"

"嗯。"江砚的唇线平直，那张俊美的脸上仿佛覆着一层薄冰，即使他绝大多数时候不会笑，但顾桉还是清晰感知，他好像有些生气。

她不知道他为什么生气，直觉认为是因为自己，心虚又害怕："你……那个，我……我能自己走……"

江砚的视线扫过她鲜红一片的膝盖和她擦伤的手肘。

"顾桉，"江砚垂眼，声音冷得吓人，"你就是让我来看你受伤的吗？"

他皱着眉，说话时浅浅的气息落在她的额头上："乖乖待着，别动。"

他把外套裹在自己身上，大概是为了防止走光，又或者是为了防止他的手臂和自己有任何接触。他身上只有一件宽松的白色 T 恤，喉结线条流畅，往下，平直的锁骨露出一点端倪。

江柠买了顾桉最喜欢的柠檬汽水回来，疑惑地看向场内："顾桉去哪儿了？"

旁边的女生激动地道："帅哥！我的妈！啊啊啊！"

校医院这会儿没什么人，只有个值班女医生。

女医生帮顾桉清理好伤口："没关系，只是表皮擦伤，我给你开点碘酒，自己涂一下。"

"好的，谢谢您。"顾桉乖巧地应着。

碘酒递过来，被人半路拦截。

她坐在凳子上，江砚在她面前蹲下来。

从她的角度只能看到他的头发，跟他的人不一样，他的头发很软，她刚才被他抱着，不小心碰到了……

他白皙修长的手指拿着棉签，轻轻贴到了她的伤口处，痛感冰凉又刺骨。

"江砚哥哥，你是请假来的吗？"顾桉坐在椅子上，手指撑在自己的身体两侧，小声地找话题。

"嗯。"

篮球赛之前，他把自己的休息时间都拿来和她练球，现在是不是很失望？

她不知道他是什么时候来的，也不知道他是不是清楚看见她摔倒，怎么每次在他面前，她都是这么丢人？

不知道七班的比分会怎样，连个替补都没有。

"我还以为你和哥哥都不会来。"

江砚没有接话，长睫低垂，唇线紧抿。

顾桉无地自容，又委屈自责，极力忍着的小情绪因为江砚冷着的脸瞬间决堤。

江砚手中的棉签蘸了碘酒，动作是不曾有过的温柔。

严重百倍、千倍的伤落在自己身上可以毫不在乎。

她是不是最好去医院拍个片？

校医院的医生靠谱吗？

在看到顾桉被人故意撞倒时，江砚那张冷若冰霜的俊脸上就带了薄怒。而此时，看到她因为疼微微蹙起眉，却还要极力忍着，江砚那双漂亮的眼睛又暗又沉，尽是戾气。

"不好意思呀……"顾桉开口，软软糯糯的鼻音，拼命抑制着话音里的哭腔，"又给你添麻烦了……"

眼泪大颗大颗地滴落在他的手背上。

江砚怔住。

"哭什么？"他这才仰起脸看她，眉心却是皱起来的。

顾桉更觉得委屈，从吧嗒吧嗒掉眼泪，变成抽抽搭搭地哭。

江砚从没有过哄哭鼻子小姑娘的经验，以前江柠哭直接拎到堂哥面前就好。

"怎样才可以不哭？"江砚的声音不自觉地柔和下来，手背蹭去她眼角的泪滴，却发现越擦越多，"嗯？"

顾桉的眼睫上都是水汽："倒是，也……也有个办法……"

年轻英俊的冷面警官，不笑时冷冷淡淡拒人千里，不见梨涡。

"嗯，哥哥听着。"江砚站起身把碘酒放到桌子上，垂眼看着自己面前哭鼻子的小姑娘。

那些曾经被江砚的美色迷了眼的小姑娘，不知道有多少泪洒C市公安局大院。

那些年被江砚的毒舌打击的江柠，不知道多少次哇哇大哭到上气不接下气。

如果看到眼前的场景，她们不知道会做何感想。

顾桉眼圈儿通红，小心翼翼地问他："可以给我看看你的梨涡吗？"

他笑一笑就不那么冷漠了，这天的江砚看着好凶。

江砚没听清："什么？"

顾桉声音越来越小，却很执着："我想看你笑……"

江砚在警校四年从警三年，见过亡命徒抓过通缉犯，枪林弹雨里生死一线，从没想过自己有一天要凭借卖笑来哄哭鼻子的高中生。

"行吧，小哭包。"

他人瘦高，现在双手插兜，俯身和她平视。眼缝里都是清朗的光，眼尾弯弯的，延伸出一道上扬的弧度，嘴角缓缓牵起，她最喜欢的梨涡无所遁形。

"可以了吗？"他轻声问她。

顾桉的心跳蓦地有些快，在那道干净目光的注视下，乖巧点头。

窗外阳光暖暖落在她身上，阴霾在他笑给她看的瞬间一扫而光。

十月之后，这座北方城市一秒入冬，气温降到了十摄氏度以下。

周六清晨，天刚蒙蒙亮。

顾桉坐到餐桌旁时，顾桢在煎鸡蛋，江砚在盛粥。

两位年轻警官分工明确，有条不紊，可见是工作及生活上的好拍档。

她的睡衣已经从纯棉长袖变成某种毛茸茸的材质，整体是只绿色小恐龙，显得人圆滚滚一团，小短手、小短腿，后面还有一条小尾巴。

"小恐龙"下楼后就一直是梦游状态，迷迷瞪瞪地搓了搓眼睛："我的头发好像又长长了。"

她可爱的眉上刘海，凭借自身努力在十一月成功盖住眉毛。

顾桢和江砚相视一眼，不约而同地选择低头吃饭。

不能呛，不能笑，这个小姑娘太会哭鼻子，哭鼻子他们还得哄，不说话保平安。

顾桉往上吹了口气，小刘海乱飞："你们怎么都不说话？"

顾桢的嘴角一顿，用公筷给江砚夹了个煎蛋，吊着眉梢笑道："江sir，你尝尝今早我煎的这个鸡蛋，火候掌控得特别好，外焦里嫩。"

江大少爷难得配合，低头咬了一口，语调懒散："嗯，绝了。"

"是吗？"顾桉赶紧夹了一个煎蛋，嘴里鼓鼓囊囊的，"哇！好好吃啊！"

为防止再次惹到小哭包，顾桢和江砚饭后迅速撤离现场。

带娃不易，两人走出家门，决定去小区菜市场散散心。

上次理发的经历实在是惨痛，理发师永远理解不了顾客说的"修一点点"是多么"一点点"。

吃一堑长一智，自那以后，顾桉有针对性地收藏了一堆教程，包括但不限于"迷倒男神就靠这个空气刘海""慵懒法式刘海""韩剧女主同款漫画刘海"……

在经过两个月的漫长等待后，她的刘海终于从眉毛上方长到眼睛的位置。

正是造作的好时机。

顾桉哼着歌洗头发，欢呼雀跃地吹干它。

阁楼卫生间采光不是特别好，她把穿衣镜从阁楼搬到客厅阳台，又找了个小凳子坐到镜子前。

反正顾桢和江砚一时半会儿回不来。

顾桉小同学摩拳擦掌。

顾桉小同学跃跃欲试。

"今天，我们自己剪一个空气刘海。"

"Tony顾"把刘海精心梳直打湿，拿起她网购的理发专用剪刀，小心翼翼的样子，不知道的还以为她是在做高精尖实验。

"嗯，有点长。

"我们修一修。"

咦？两边好像不一样长？

剪一剪。

修一修。

好像还是不太对。

剪剪剪。

修修修。

"Tony顾"眼光毒辣，手法专业，势必要当这条街上最靓的崽。

"顾桉，你在干吗？"

顾桢的声音冷不丁响起，顾桉的心猛地一跳，手无意识地一抖，剪刀发出"咔嚓"一声脆响。

空气瞬间凝滞，世界一秒安静。

看到什么，顾桢嘴角开始抽搐。片刻后他单手捂脸，一副牙疼得痛不欲生的样子，伸手拍拍江砚的肩膀，浑身颤抖着回了房间。

江砚转身，就见顾桉呆头呆脑地坐在阳台镜子前。

小桌子上摆着梳子、剪刀、小喷壶，旁边的架子上搭着毛巾。过家家似的，她竟然给自己搭建了个简易理发室。

顾桉充满爱怜地看了亲哥一眼，不知道他又抽的什么风。

只是刚才被顾桢打断，头发楂儿好像一不小心掉进了眼睛里。

她揉了揉，眼皮处的不适感加重，只能眯着一只眼睁着一只眼，仰起小脸看江砚。

如果现在她照一眼镜子，肯定要"哇"的一声哭出来。

如果她现在去推开亲哥的房门，会发现好好一个大帅哥，笑得直发抖，像筛糠。

可现在她面前的是江砚，她脑子里一片空白，瞬间卡住。

江砚身上是宽松的白色短款羽绒服，浅色牛仔裤，白色板鞋。他穿白色可真好看，顾桉默默想。

他干净瘦高，一身少年气毫不违和。

江砚俯身看着她，清俊眉眼近在咫尺："头发弄到眼睛里了。"

眼前是他白皙的下颌，漂亮线条往下没入衬衫领口，羽绒服领口的拉链没有拉到顶，能看到内搭的浅蓝色牛仔衬衫，他身上的味道淡而冷冽，像雪后初霁。

他拿湿毛巾帮她擦眼睛。还是那张冷冰冰的少爷脸，动作却温柔得不像话。

顾桉手指无意识地攥住睡衣袖口。

"睁眼。"

顾桉乖乖睁开："好像还是有点痒。"

她的眼角圆润，眼尾下垂，清澈无辜得像小鹿斑比，现在一眨不眨地看着他。

"我看看。"江砚清朗的声音不自觉地柔和。

他屈着手指关节轻轻抬高她的脸。

因为刚从外面回来，他的指尖冰凉，顾桉忍不住瑟缩了一下。

眼前的人眉眼低垂，睫毛长而温柔，落下弧形阴影。

她忍不住分出闲心来想：自己现在是不是像颗熟透的番茄，很丑？

"好了。"

毛巾落回毛巾架上，江砚站直。

顾桉小树懒似的慢吞吞地道了声谢，又慢吞吞地转身去看镜子。

江砚牙齿咬住嘴唇内侧，直觉此地不宜久留。

"哎呀——"顾桉看着再次回到眉毛上面的小刘海，愁肠百结肝肠寸断，捂着额头欲哭无泪。

懊恼的小奶音在身后响起，江砚的脚步顿住。

小姑娘的脸已经皱成带褶的糯米团，肩膀深深耷拉下去。

江砚嘴角轻抿，没忍住低下头笑了。

顾桉剪完刘海，决定化悲痛为动力，好好学习，天天向上。

她抱着一摞习题册从阁楼上下来。

阳光从落地窗照进来，客厅里两个大帅哥一个低头打游戏，一个抱了本《犯罪心理学》，岁月静好，十分养眼。

"哈哈哈！"顾桢以为自己在房间笑完了现在已经无感，但当看到顾桉顶着一头小呆毛的样子时，还是没有收住，"顾桉，你真是个人才！"

顾桉幽怨地看他一眼，嘟囔："我要写作业，请不要吵我，谢谢。"

她深吸一口气，翻开数学习题册。

没多久，餐桌对面的椅子被人抽开，江砚手里拎了一本书在她对面坐下。

他袖口的扣子没扣，露出一截清瘦的手腕，而那本《犯罪心理学》完整挡住那张俊脸。

顾桉低头专心写题。

江砚手里的书悄无声息地下移，对面的小姑娘似乎遇到难题，秀气的小眉毛皱成波浪线，左手攥拳，右手攥笔。

他在心里默念：3、2、1……

"江砚哥哥，这道几何题我不会。"

她伸长手臂，习题册从她面前推到他的眼皮底下，她下巴抵在餐桌上，叹了口气，毛茸茸的睡衣衬得她像个恐龙宝宝。

江砚将手里的书合上，长睫低垂，嘴角却悄悄扬起，梨涡若隐若现。

"江砚哥哥，你今天心情很好吗？"

江砚轻抿嘴唇，冷淡地道："没有。"

他抬头看她一眼，嘴角就翘起来一点。

顾桉就眼睁睁看着，大帅哥唇边的笑意越来越深。

顾桉顶着一头小呆毛，小眼神幽怨地飘到江砚那里："那你在笑什么呀？"

江砚刚才还微微翘着的很好看的嘴角，现在瞬间抿了回去，回归平时冷淡的样子，他低头看她的数学题："没什么。"

顾桉揪起自己的刘海："你在笑我对不对？"

江砚摇头，嘴角却又有上扬的趋势："没有。"

顾桉心说：我信你个鬼呀！

平时冷着一张冰山脸的人，从来不笑的人，无缘无故笑这么"祸水"……不是在笑话她还能是什么？

小孩子脾气上来，她凑到江砚的眼皮底下，声音软糯毫无震慑力："我这个刘海很好笑吗？"

"扑哧——"

顾桉皱起小眉毛抬头。

顾桢喝水呛到，一边咳一边笑出眼泪："抱歉、抱歉，我真没笑你，我笑江砚呢！他长得好好笑，哈哈哈！"

如果被那些学生时代追过他的女生知道，自己的高冷男神其实是个幼稚小学生，不知道会做何感想。

"噗，哈哈哈……"顾桢简直要把房子笑塌。

江砚冷淡地看他一眼，顾桢拼命忍着笑闭嘴。

顾桉站在顾桢面前，娃娃脸绷得严肃极了，耳朵却已经红透，弯弯的嘴角撇着，圆眼睛湿漉漉的，委屈巴巴的，可爱而不自知。

顾桉紧紧抿唇。

顾桢怎么可以一直笑她！最重要的是，当着江砚的面笑！

"顾桉，过来。"江砚的声音干净，落在她耳边。

饱受打击的小哭包拼命忍着委屈，往前走了一步。

她站着他坐着，他仰起来头，很认真地看着她。

他嘴角的梨涡清浅，嘴角牵起的弧度漂亮，距离很近，她能清晰读出他唇语：

"好看。"

窗外阳光很好，空气中的细小浮尘都带一层温柔的暖色调。

顾桢在客厅另一端忍着笑，而在这个小小的角落，江砚眼睫半垂，语气温柔。高冷的人冷不丁笑一下杀伤力致命，顾桉心底刚刚萌芽的细小委屈，因为这句话瞬间平复。

顾桉深吸一口气，半晌才慢吞吞地道："那我们看那道我不会的题吧，马上就要联考了……"

江砚翻开那本数学习题册，翻到什么，目光顿住。

有张电影票露出一角，校园电影，主题是暗恋，场次安排在圣诞节晚上七点。

"你的？"大帅哥肤白貌美，语气却带着审犯罪嫌疑人的专业冷漠意味。

顾桉凑近看了一眼，老实巴交地道："我也不知道是谁放的，会不会是放错啦？"

江砚把电影票翻过来，上面清清楚楚写着"顾桉"两个字。

顾桉拿笔挠头："我认不出来这个字是谁写的。"

篮球赛之后，自己的确收到不少奇奇怪怪的东西，小卡片、巧克力和毛绒玩具，都被她一一还回去了。

匿名的有些麻烦，她就全部抱到教学楼一楼的失物招领处。

"知道了。"

江砚淡淡地应了声，却见顾桉的眼睛紧盯着那张电影票。

她这才多大一点，不会被那些小男生骗吗？

他皱眉："想去看？"

"不看、不看……"

顾桉心里没来由地心虚，摇头时小刘海乱飞。

晚上，顾桉回她的小阁楼，早睡早起。

顾桢坐在客厅的沙发上，戴着耳机看《海贼王》。

突然耳机被人摘下，他抬头对上江砚不带任何情绪的眼："干吗？想一起看吗？"

说着，他往沙发里面挪了挪，给江家少爷让了个位置。

"顾桢，"江砚的声音很冷静，"你妹妹，多关注些。"

"关注什么？"顾桢摘下另一只耳机，手机屏幕上正是眼冒桃心的山治，"顾桉乖得跟个小鸡崽似的，有什么可关注的？"

江砚倚在沙发上，两条长腿大大咧咧地敞着，刚洗过的黑发落在眉宇间，懒散道："高中早恋高发期。"

顾桢"啧"了一声："就她那小崽子怎么可能？男生怎么会喜欢……"

他话说到一半，生硬地转了个弯："就她那小崽子，好像关系好的男生朋友还不少？"

"我高中那会儿，顾桉上小学，在我们学校对面，放学会等我一起走，"顾桢冷笑，"那时候我们班男生老喜欢开玩笑来逗我妹。"

江砚冷冷地抬起眼皮。

"然后他们被我揍哭了。"

江砚剑眉微扬，眼神散漫不羁："揍得好。"

"然后我被我外婆拿着扫帚追了两里地，说我校园暴力人家，必须去赔礼道歉……"说起外婆，顾桢的声音低了下来。

老人家去世的时候，他在边境，几乎查无此人。等他回来，才知道顾桉已经不得已被接到舅舅家。

顾桢："所以现在，搭讪她的人是不是更多了？"

江砚的嘴角勾着冷淡的弧度，右手一下一下捏着左手食指。

多不多他不知道，反正电影票都放到习题册里了，当事人甚至都不知道是谁放的。

两人对视一眼，同学四年加共事三年的默契，几乎一秒达成共识：C市一中附近可能治安不太好，以后应该加大巡逻力度，顺便看看那个叫顾桉的小家伙旁边是否有可疑人群，及时斩草除根。

十二月，C市一夜入冬。

"今日夜间到白天，我市将出现暴雪……"

C市公安局灯火通明，顾桢抱着一摞案卷脚步匆匆："帮我去接顾桉，可以吗？"

江砚刚出警回来，黑色外套夹杂风雪，连带那张俊脸都覆了一层薄冰，闻言冷淡地抬眼。

"雪天路滑，她又喜欢踩着雪走路，路一结冰就跟小脑不发达似的，走一步能摔两跤。"

临近圣诞节，高中生们欲说还休的小心思蠢蠢欲动。为了给自己暗恋的人送一张卡片，可以不眠不休地给班里每个人都写一张；不过是去对方班级送个苹果，却要为此在脑海里演练几百遍，可是演练也没用，最后还是同手同脚地红着小脸跑开。

放学铃声响起，顾桉转头去看窗外。

雪花打着旋簌簌落下，是今年冬天的第一场雪。

顾桉小幅度地弯了弯嘴角，脑袋里蓦然浮现某个人冷淡的身影，把她吓了一跳。

"顾桉！'校草'找！"江柠挤眉弄眼地拍拍她的肩膀，"那我先走咯？"

"嗯，路上小心呀。"顾桉鼓了鼓小脸，慢慢悠悠地叹了一口长气。

教室门口的男生是他们学校的新晋"校草"，他站在教室门口，毫不费力地吸引了所有过往女生的目光。

顾桉顶着压力走到他面前，他低头问她："你带伞了吗？"

顾桉硬着头皮回答："带啦，谢谢你。"

男生垂眼，可她手里明明什么都没拿。

察觉他的目光，她心虚地把手背到身后。

"那我们一起走？" "校草"笑着问。

从教室到校门口的路，又不是她开的，她没有办法说"不"。

下雪天，她要怎么走回家呀？

她没有带钱，没带手机，没办法打车。

顾桉皱着小脸犯愁，如果江砚能来接她多好……

"圣诞节可以一起看电影吗？"

顾桉呆滞几秒，眼睛瞪得滚圆，破案了、破案了！

她把自己肩上的书包取下来，从隔层里拿出那张电影票，双手递回去："谢谢你呀。"

"不喜欢吗？不喜欢看电影？"

顾桉摇头："喜欢看电影。"

话说到这儿，他应该听懂了吧？

空气陷入可怕的凝滞状态，顾桉的手指揪着书包带子，紧张得好像自己才是送电影票的那个。

"顾桉。"

好听的声音带着冷意，落在她的耳边。

顾桉瞬间什么都顾不上，脑袋里冒出三个字：是江砚！

顾桉转过头，果然看见他。

江砚一身黑色衣服，整个人瘦瘦高高，眉眼英俊。路过他身边的女同学频频回头，小声议论着："这个男人好绝啊，简直就是荷尔蒙和少年感的完美结合……"

"校草"垂在身侧的手攥成了拳。

面前的女孩眼睛笑得弯弯的，很亮，像是盛满小星星。

而她身侧的年轻男人，长身鹤立，神色倨傲，自带拒人于千里之外的肃穆气场。

"顾桉，他是……"

顾桉抿唇，最后还是忍不住笑出小虎牙，刚要开口说话，就听到清朗的声音和温热呼吸一起落在她耳边。

"监护人。"

晚饭后，顾桉抱着作业下楼。

顾桢和江砚坐在沙发上不知道在说些什么，听见脚步声，同时抬眼看过来。

顾桢开口："顾桉，过来，我有事要跟你说。"

客厅总共就那么大点地方，两个身高都在一米八五以上的刑警正襟危坐。

以他们为圆心、十米为半径的空间，瞬间充满冰冷的压迫感。

他们冷着脸的样子真的好吓人啊。

——呜呜呜，莫非我偷吃顾桢的小蛋糕被发现啦？

顾桉心虚得不行，手边的德牧崽崽看她的眼神都仿佛充满爱怜。

她在他们跟前站定，然后又悄悄挪了一个小圆矮凳坐下，坐下之后又站起来，眼巴巴地问了句："可以坐吗？"

江砚轻轻"嗯"了一声。

"哥哥们好……哥哥们辛苦啦……"顾桉干巴巴地笑了笑，讨好又"狗腿"，可爱得要命。

江砚抿唇，抬手揉了下鼻梁，挡住微微上扬的嘴角。

沙发本来就比矮凳高，沙发上那两人又都比她高二十多厘米。

顾桉即使坐姿笔直，也不得不仰望两个人，像朵可怜兮兮又委屈巴巴的小蘑菇："怎么了呀，有事吗？"

顾桢看了江砚一眼，清了清嗓子："我们刑侦队今年破获的凶杀案，有相当一部分是因爱生恨，发生在男女朋友之间。"

江砚一身宽松的黑色运动服，懒洋洋地靠在沙发上，闻言配合地点点头。

顾桉被说得胳膊上起了一层鸡皮疙瘩，大眼睛一眨不眨的，轻轻蹭了蹭手臂："谈恋爱真有这么可怕吗？"

"嗯，"顾桢说谎不眨眼，"岁数越小越危险，因为心智不成熟。"

顾桉的神经瞬间紧绷起来。

"啊！对啦！"顾桉眼睛一眨不眨地看着亲哥，嘟哝道，"哥哥，但我记得你还小的时候，喜欢过一个漂亮小姐姐……"

顾桢扯起了扯嘴角，没好气地道："喜欢又没有在一起。"

"噢……原来是暗恋哇！"

眼见小崽子的眼睛都亮了，思维彻底跑偏，顾桢力挽狂澜地扭转局面："我刚才和你说的只是 C 市公安局掌握的情况。"

江砚直起上身，英俊眉眼不带什么情绪地俯视着她，声音却堪称温和："需要哥哥给你讲讲案件吗？"

他吊起眉梢，看着有些坏，又很体贴地问了一句："你对哪种比较感兴趣？"

顾桉的手放在膝盖上，乖巧得很。

江砚每说出一个字，她都能脑补出画面来，肉眼可见地哆嗦了一下。

顾桢眯了眯眼睛："所以，我的意思你懂了吗？"

顾桉大力点头。

她攥拳举高表决心："不早恋，保平安！"

沙发上，两位年轻警官对视一眼，站起身。

顾桢皮笑肉不笑地道："散会。"

十二月二十九号下午，C 市一中放了元旦小长假。

只不过节假日，两位刑警同志执勤值班异常繁忙。

顾桉和德牧崽崽像两个留守儿童互相做伴，见到顾桢和江砚已经是 30 号清晨，一人一狗站在门口列队欢迎。

"明天晚上有跨年烟花呢。"顾桉仰着头，状似不经意地开口。

她从来没有看过跨年烟花晚会，往年跨年都宁可住在学校不回家，只有自己一个人。

"嗯，我知道，人口密集，案件高发地，"顾桢把黑色外套挂到玄关处，"得加强巡逻，我吃完饭就回单位。"

他的眼睛下方青色明显，下巴有没来得及刮掉的胡楂。

"哥哥，你不要太累。"顾桉板着娃娃脸，表情认真地道。

顾桢笑着伸手敲她的脑袋："江砚今天调休，吃完饭抓紧时间把作业写了，看看你那点分。"

她的那点分怎么了，明明进步飞快了好不好？！

顾桉蔫头蔫脑地道："噢……"

顾桉坐在餐桌一边，江砚坐在她的对面。

大帅哥冷若冰霜，美色惑人，但是看着人写作业的时候，总让顾桉有种犯人被警察叔叔监视的感觉。

她深深吸了口气，头悬梁锥刺股，埋头苦写。

"都半个小时了，可以和崽崽玩一会儿吗？"顾桉写完英语试卷，小心翼翼地问道。

"拿过来我看看。"江砚下巴轻仰，她赶紧献宝似的把习题册递了过去。

室内温暖，他只穿白色长袖和黑色运动裤，洗过的头发蓬松地落在眉宇间，像个唇红齿白的少年。

美少年漂亮的眼睛微弯："错一道题延时半个小时。"

顾桉白皙的小娃娃脸以肉眼可见的速度皱出了褶，大眼睛充满震惊之色，就差在脸上写上：你是魔鬼吗？

江砚强忍笑意："不然延时一个小时？"

"我不玩了，我不玩了，我写，我写……"

不知不觉中，顾桉被江砚摁着写了一天作业。

太阳还没落山，她三天小长假的作业已经全部写完，对过答案，改过错题，不会的题江砚也给她掰碎了讲得清清楚楚。

她感觉脖子疼，肩膀疼。

顾桉合上最后一本习题册，打了个又长又惬意的哈欠，疯狂想去楼下蹦跶。

"晚上有空吗？"江砚垂眼。

顾桉已经被虐得神志不清，迷迷瞪瞪地问了句："嗯？"

"有空的话，"江砚看她，"哥哥请你看电影。"

他语气温柔绅士，从魔鬼一键切换成清贵公子哥儿。

顾桉的心脏差点停止跳动，一下子傻了。

啊！他不会是因为想带她出去玩，所以才看着她写一天作业吧？！

"哦。"顾桉拼命抑制着内心的小激动，"也许有那么一点点空吧？"

江砚解锁手机看了一眼时间："七点出门可以吗？"

"行……行呗，"顾桉弯起嘴角笑，像个小小淑女，"那江砚哥哥，一会儿见！"

顾桉转身往阁楼走的时候已经彻底同手同脚，带上门的时候，手心微微冒汗。

心跳"扑通扑通"一声比一声清晰，顾桉暗示自己电影而已、电影而已，不要激动，可是小虎牙已经不听话，欢欢喜喜地冒了出来。

顾桉出门的时候，江砚已经等在楼下，他们两人竟然穿了一个色系的衣服，都是白色短款羽绒服，都是水洗蓝牛仔裤，只不过她穿了小皮鞋，他穿了白色板鞋。

电影院屏幕上滚动着不同时间的电影场次，江砚站在她左边，双手插兜，顶着一张帅炸人心的俊脸，过往的女生无一不目露艳羡。

按说好看的人看久了也就习惯了，可是她每次对上他的眼睛，都觉得惊艳且招架不住，那颗可怜兮兮的小心脏已经不听使唤地跳了整晚。

他微微压低上身："想看哪个？"

顾桉抬头去看屏幕，认真程度不亚于上数学课。

有刚上映的警匪片，主演是眼下炙手可热的顶级流量明星；也有她之前收到电影票的那个电影，是暗恋题材。

"想看这个……"她鼓足勇气，手指指向时间最近，讲谈恋爱的电影，"可以吗？"

江砚扫了一眼，神色似乎有些无奈，但看顾桉满怀期待，还是点头说好。

顾桉走在前面，江砚抱着大桶爆米花和可乐跟在她身后，两人找到座位坐下，他才把手里的东西递给她。

顾桉开开心心地抱过去，电影开场前，小声地问："江砚哥哥，你以前来过电影院吗？"

江砚靠着椅子，座椅之间空间逼仄，两条长腿随意敞着，目光正对着还没亮起的银幕，下颌到脖颈的弧度流畅。

"嗯。"

顾桉好奇："那是和谁呀？"

他偏过头看她，眉梢微扬："怎么，查警察叔叔的户口？"

顾桉嘴里的爆米花咬得咔嚓咔嚓响。

肯定是和女生！

这个女生，还很可能是他的女朋友！

"和顾桢。"

顾桉冷不丁地被嘴里的可乐呛到。

好一个女生啊！

江砚微微侧过身，离她近了些，耳边声音干净，事无巨细地交代："大四看的，《钢铁侠》。"

电影内容其实很无聊。女主角暗恋男主角，却不知道男主角也喜欢她，阴错阳差一直错过，到了快结尾的部分，才有情人终成眷属。

银幕上，男主角"壁咚"女主角，两人越来越近。

江砚手撑额角，眉心皱着，都是些什么乱七八糟的。

却见身边小姑娘嘴里塞着爆米花都忘了嚼，瞪着一双大眼睛直直盯着屏幕。

快亲！快亲！顾桉简直想冲进去按头。

可是猝不及防，她眼前陷入一片黑暗中，眼睛被人伸手挡住："不许看。"

"凭什么呀?"顾桉急眼。

"少儿不宜。"

顾桉被他捂住了眼睛,只露出清秀的鼻尖和微微上翘的嘴角,嘴巴喋喋不休:"那你不让我看,怎么自己还看?"

她脸颊的温度偏高,柔软的睫毛轻轻扫过他的掌心。

江砚漂亮的眼睛又黑又沉,他不动声色地移开视线,懒散地道:"哥哥是成年人。"

电影散场已经晚上十点半,顾桉跟着人群往外走。

虽然电影不算特别好看,可是身边坐着他。

如果这样的时间可以无限延长该多好啊。

"城市广场离这儿很近呢!"

"C市第一次举行这么盛大的烟花晚会吧?"

"跨年走起!"

"走路应该比打车快,主干道都堵了……"

江砚低头,顾桉穿着白色羽绒服,羽绒服帽子扣在脑袋上,不知道是有多冷,系得很紧,脸都被挤出一圈褶,跟开了花似的,正在专心地听别人议论今晚的烟花。

"想去看烟花?"

发愣的小姑娘抬头,湿漉漉的大眼睛一眨不眨,睫毛浓密而卷翘,小刷子一样,刚才扫过他的掌心,触感清晰。

她大力点头:"想去、想去、想去!"

大量人流涌向城市中心广场,顾桉小心翼翼地跟在江砚身后,生怕走丢。

只是江砚个高腿长,稍微不注意两人就被冲散。她突破重围绕到他身边,小心翼翼地揪住他雪白的袖口。

江砚垂眼,顾桉过电一样迅速把手松开。

他明明没有说什么,她却像做错事被抓包,眼睫躲闪着不敢抬头,悄悄跟在他身后。

笑意从他的眼睫蔓延至嘴角，江砚伸手碰了碰她的后脑勺："怎么还是这么幼稚？"

顾桉鼓着小脸吸气呼气。

呜呜呜，他连个袖口都不给牵！

小气鬼！

下一秒，她的手腕被松散地握住。

顾桉的眼睛瞪得滚圆，心脏猛地停滞一拍。隔着那层羽绒服的面料，她却好像还是能清晰感受到他修长手指分明的骨节。

"到了。"江砚的手没有松开，松松散散握着她的手腕，力道很轻她却又没办法忽视。

顾桉突然很想知道，他这天为什么带她看电影。

"哥哥，你今天为什么带我看电影呀？"

身侧的小姑娘歪着脑袋看他，湿漉漉的眼睛一眨不眨，就连小虎牙都透着小心翼翼。

江砚挪开视线，嘴角平直："闲着。"

顾桉呆了一下，彻底变成一朵自闭的小蘑菇。她垂着脑袋，鼓着小脸，瘦小的肩膀都深深耷拉下去。

江砚冷着一张面无表情的俊脸。

他又说错话了？

他眉眼低垂，看着刚到他肩侧的顾桉。

"顾桉。"

"干吗？"顾桉的语气幽幽怨怨的，像个小受气包。

江砚忍笑："哥哥带你看电影，不是因为无聊。"

他温温柔柔地俯下身，和她平视，眉宇干净英俊。漫天烟花辉映在他的眼底，漂亮到灼眼。

"是想带你看一次，让你以后不要被小男孩的一张电影票就随随便便骗走了。"

顾桉呆住。

他的声音放得又轻又缓，字音清晰，语调柔软，甚至带了几分认真又宠溺的意味。

这时，人潮涌动，广场上开始倒计时。

"10、9、8……"

顾桉心脏怦怦跳着，震得心口发麻，目光所及之处星河万里，烟花璀璨，却自动变为黑白，只剩下眼前的人。

他身上冷淡严肃的气场退去，嘴角牵起时，露出了温柔的梨涡，而现在，他正安安静静地看着她。

她的心跳跟着广场上的倒计时加速，周围喊声震耳欲聋。

"5、4、3……"

新年钟声敲响。

江砚微微压低上身，清冽的薄荷香气萦绕，一字一顿轻声说："顾桉，新年快乐。"

皓月当空，星河万里，皆为他陪衬。

新年钟声敲响，烟花在头顶绽放。人群之中爆发出热烈的欢呼声，她的心跳却在喧闹之中格外清晰。

江砚轻声说的每一个字，像雪花一样轻飘飘落入她的心底，深埋的萌芽汲取养分破土而出。

元旦小假期转瞬即逝。

周一，得了假期综合征的顾桉迷迷瞪瞪，整个人呈现梦游状态。

她半合着眼睛吃完早饭，打着哈欠上阁楼拿了小书包，下楼的时候看见什么，脚步一个紧急刹车顿住。

江砚站在玄关处，少见的一身警服常服。他低着头，骨节分明的手指抵在领口系着最靠近喉结的那颗扣子。

淡蓝色警衬熨烫笔挺扎进腰带，他人清瘦又高，无端总比别人多些少年气，明明身上每道线条和每个细节都极致冷淡，但又说不出是哪里特别招人。

等江砚扎好领带穿上外套，又把持枪证、警官证塞进口袋，目睹这一切的小顾桉已经被他的美颜暴击得找不着北。

察觉她呆愣愣的目光，他剑眉微扬："傻了？今天开会，顺路带着你了。"

大帅哥个高腿长，一身制服严肃不可侵犯，从家门口到地下停车场短短几步路，路过的女邻居和小姑娘的目光不断往他身上飘，好几个赶早市回来的热心大妈凑过来要给他介绍自己家闺女。

顾桉拉过江砚的袖口，气鼓鼓地往前走："哥哥，我要迟到了，你快一些。"

"警察叔叔！"

嘹亮的童声响起，是住在楼下的小男孩，粉雕玉琢的小团子一个。小团子"噔噔噔"跑过来，在江砚身前站定，眼里全是亮晶晶的崇拜的光。

"叔叔，我长大以后也要当警察！"

顾桉忍不住弯起嘴角，却见江砚怔了一下。他个子太高，看面前的小姑娘的时候半垂着眼，似乎有些无措，像个可爱的大男孩。

那张冷若冰霜的脸上，眉眼以肉眼可见的速度变柔和。

小男孩"唰"地举起小胖手给江砚敬了个礼，江砚嘴角上扬，长长的睫毛温温柔柔地落下来。

他蹲下来，修长手指落在小男孩的发顶上，轻轻按了下，声音轻而坚定："欢迎你加入我们的队伍。"

顾桉在一边，悄悄捂住了心口。

江砚平时上班走路，这天开了那辆黑色越野车，顾桉的余光瞥见后座上放了黑色双肩包："江砚哥哥，你要出差吗？"

江砚下巴轻仰示意她系上安全带，淡淡"嗯"了一声。

"要多久呀？"

江砚发动车，薄唇轻启："难说。"

顾桉坐在副驾驶座上，乖巧安静的一小团。

她转头去看窗外，车窗上有他清俊的侧脸，他脸型偏瘦，下颌到脖颈的线条流畅。

车里放着歌，重金属乐队，悠扬的女声，倒很像是他会喜欢的风格。

顾桉心里好像压着一朵胖乎乎的云，无限发酵。

"到了。"

"C市一中"几个石刻大字映入眼帘，正是上学高峰期，高中生们手里拿着书或者煎饼馃子和豆浆，三五成群地往学校里拥。

顾桉低垂着眼睛，小声说："哥哥再见。"

她慢吞吞地解开安全带，转身下车，却被钩住了书包带子。

"怎么了呀？"

顾桉的鼻子已经有点泛酸。

平时朝夕相处的人，明天见不到了，后天、大后天也是……

江砚低头看她，她大概是没睡醒就被顾桢喊起来，脑袋上翘着小呆毛而不自知，卷翘的睫毛低垂着，娃娃脸带着婴儿肥，总是显得天真稚气。

"怎么还跟个小孩一样？"

江砚修长的手指落在她的额头，轻轻帮她把翘起的小刘海顺下去，抿起的嘴角带着笑。

高二距离高三只差临门一脚。顾桉期末考试考得不错，原先的瘸腿学科数学已经到了班级的中上游水平。

"顾桉棒棒的！"江柠捏她的小脸，看起来比她还开心，"这个帮你讲题的小哥哥很可以哇！"

顾桉抿唇笑出小虎牙，蓦地想起江砚给她讲题时专注的侧脸，还有闲散握着笔的干净手指。

寒假如期而至，顾桉回到家，献宝似的跑到顾桢面前，仰着头龇着小白牙给他看自己的成绩单："嘿嘿，也就进步了二十来个名次吧！"

顾桢"啧"了一声："哥哥有奖励。"

"什么什么？"顾桉笑眯眯的，小尾巴摇上天，"莫非是请我吃好吃的？"

"出息。"顾桢轻嗤，把手里的成绩单卷成筒敲她的脑袋，"下学期要不要去学美术？"

学美术？

顾桉小时候学过五年素描，难得爱好和天赋都集中在一件事情上。

只是后来她住到舅舅家，某天回家，舅妈看着她手里的画笔直皱眉，说不光要供应她吃穿还要买那些画笔颜料，真是请回来个祖宗。

她就再也没有碰过画画。

顾桉掰着手指头给顾桢算账："学画画需要很多钱的，画笔、颜料，还有美术集训……我好好学习，单凭文化课也能考上大学。"

她眼里的光黯淡下去，嘴角微微弯着，扯出一个笑来。

顾桢看着她长大，顾桉小孩性格，爱笑爱闹，现在懂事得过分。所以，之前她过的什么日子可想而知。

他敲她的脑袋，皱眉："本来脑子就不聪明，还整天想些杂七杂八的事。"

"你不要敲我的脑袋，会变笨的！"

顾桉气鼓鼓地伸手捂着头，听见顾桢没好气地道："等你一幅画能卖好多钱的时候，你亲哥就指望你养老了，听见没？"

学美术的事情就这样定了下来。

顾桢送她一个手绘板当新年礼物，能连接在电脑上画画，她喜欢得不得了。

她有素描基础，落笔轻微生疏，但很快进入状态。

笔下，那双眼睛形状精致微微眯起，眼尾延伸出上扬的弧线，神采却不及他本人的万分之一。

顾桉顺手就申请了一个微博号，偶尔上传些自己画的四格小漫画，关于一个女孩的小心思。

她画的都是些连不成剧情的生活碎片，胜在画风软萌可爱。

每次上传些什么，江柠都会在评论区给她摇旗呐喊："啊啊啊，神仙大大！"

她那个常考年级第一的小同桌江柠，竟然是个粉丝三万的零食测评博主，给她转发了几次，就帮她吸引了成百上千的粉丝。

慢慢地，她的留言变多，每次更新评论区都变成尖叫鸡养鸡场——

"呜呜呜，男女主人公什么时候能在一起？"

"大大画得好甜，可是看了之后心里酸酸的……"

"一定要 HE（美好结局）啊！"

顾桉握着笔，鼓着小脸悄悄叹气。

——我也不知道什么时候能在一起，或者说，有没有在一起的那天，但是我会加油的！

江砚已经出差两个月，偶尔顾桉会听见哥哥和他打电话联系，寥寥几句电话就挂掉了。

案情涉密，顾桢只说是部级督办积案，危险系数高得难以想象。

顾桉的心愿，从江砚快点回来，变成他平平安安就好。

除夕夜，家家户户团圆过节。

顾桉从网上找了教程，顾桢擀饺子皮，她包，德牧崽崽在一边当啦啦队，其乐融融。

如果……如果江砚在，该多好啊。

这时，顾桢撂下擀面杖接电话："哟，还活着呢？"

电话那边的人声音清晰干净："嗯，活着。"

顾桉的小心脏瞬间停滞一拍，手里的饺子皮盛了两倍馅料撑破了皮都没发现。

"顾桉啊，"顾桢转头看她，惯常的欠揍语气，"就还那小呆样。"

所以，是江砚问起她来了？

顾桉的脑子里乱糟糟的，她手忙脚乱地拿起饺子皮，给刚才撑破肚皮的饺子打补丁，这时，顾桢的黑色手机冷不丁地递到她的眼皮底下，亮起的手机屏幕赫然显示那人的名字：江砚。

"我跟他没话说了，你帮我跟他聊两句。"顾桢把手机扔给她，拿起擀面杖沉迷擀饺子皮，无法自拔。

顾桉的心脏突然跳得好快，手上的面粉忘了擦，她拿着手机一口气跑到阳台上，带上门。

她抬手悄悄按了按自己的心口，告诉自己要冷静，电话那边，不过就是个平平无奇一般好看的小帅哥，仅此而已。

她小声地接起电话，开口之后才发现声音是抖的："江砚哥哥……"

"嗯。"江砚的声音很轻，隔着听筒却像是耳语，小电流一路流窜至心脏。

要说什么呢？

说她马上要高二下学期了。她的成绩已经从班级中下游到了中上游。

下个学期要去学美术，我画画超级厉害的你肯定不知道。

窗外繁星灿烂，月光皎洁。顾桉的心跳一声比一声清晰。

"方便视频吗？我想看看崽崽。"

"噢……好……你等我一下下呀！"

顾桉招呼崽崽到自己旁边，才给江砚拨了个视频通话过去。

阳台上信号不好，手机卡顿的几秒时间，顾桉才发现自己穿着毛茸茸的史迪仔睡衣，脑门上随手绑了个鬏鬏，一点都不美观，毫无形象可言。

她皱着小脸懊恼，突然听见崽崽嘴里发出"嗷呜"的声音，顾桉低头再看手机，视频已经接通。

屏幕里天色已暗，视频画质不算清晰，昏黄的灯光让江砚整个人显得很遥远。

他应该是在外面，黑色冲锋衣领口竖起紧抵下颌，半边脸都隐没在阴影里，一双眼睛依旧明亮清澈。

崽崽见到主人后不断往手机屏幕上凑，无辜委屈且庞大，一人一狗隔着视频，江砚的目光变得柔和，没有说话，只是静静地看着镜头。

顾桉无辜地撇撇嘴角，刚才兴奋的小萌芽"啾"的一下灭了个干干净净。

难怪他要视频呢！

难怪他出差在外突然找她呢！

他都是为了狗子！为了狗子！

呜呜呜，这么久不见他都不说看看她……

"镜头往后一点。"耳边，江砚低声说。

"噢！"顾桉乖乖照做。

她就是个工具人！

她应该在车底！不应该在车里！

她要离开这个伤心地，呜呜呜……

她原本弯弯翘起的嘴角，已经撇了下去。

顾桉伸长手臂，抑制着自己的小小心酸，耷拉着脑袋尽职尽责地给江砚展示狗子："哥哥，你能看到了吗？

"好像有点卡……

"崽崽好像又胖了一点点，明明它运动量那么大……

"它好像很想你。"

顾桉举着手机，他就在对面，她却不敢抬头看他。

——崽崽很想你。

我也是。

江砚的声音柔软，落在耳边，因为微微压低带一点鼻音："嗯，知道了。"

顾桉手托着腮，娃娃脸挤出褶，默不作声地叹气，小眼神又是幽怨又是羡慕，可怜兮兮地落在德牧崽崽的脑袋上。

第 四 章
以 后 跟 我

转眼到了春末夏初，高二下半学期接近尾声。

顾桉变得很忙，要捡起搁置很多年的画画，还要兼顾文化课。

除了除夕那天那个不到两分钟的视频通话，江砚没有再找过她。关于他的消息她都是从顾桢嘴里听说的。

涉密任务关键信息全部打码，她只知道是横跨大半个中国的特大案件，危险程度是普通老百姓根本无从想象的，部里成立专案组，成员均是由各省省厅推荐的刑侦一线精英。

寥寥几句，只字片语，只是每个字眼后面都是枪林弹雨生死一线，仿佛和她是两个世界。

有时候顾桉睡不着，会偷偷把自己的小心思从心底最隐秘的地方扒拉出来，审视自己为什么会崇拜他。

是因为，他即使已经见过常人一辈子难以触及的阴暗面、各种极端疯狂的人性，依旧一尘不染，冷淡不羁的外表下，藏着非常干净温柔的灵魂。

这样的人，无论何时遇到，对她的吸引力都是致命的。

顾桉坐在床边抱着膝盖，看向拱形窗外的灿烂夜空，想起江砚跨年夜在她耳边说的新年快乐，然后悄悄在心底把她想和他说的话补上。

江砚，岁岁平安。

五月，这座北方城市的风温柔清新。

顾桉跟往常一样蹦蹦跶跶地回家，刚到门口就"嗷"了一嗓子："崽崽！我回来啦！"

无辜可爱又庞大的德牧冲出来，尾巴摇得格外欢快。

"什么事把你高兴得这样呀？"顾桉忍不住笑出小虎牙，顺手把自己的校服外套挂到衣架上。

她的呼吸突然一室，心跳漏了一拍后开始狂跳，全身的血液好像得到指令一般往脸颊上涌。衣架上挂着警服常服，六位数的编号，只有最后一位和顾桢的不一样。

顾桉往客厅走的每一步，都好像踩在棉花上，她揪着衣角的手指关节泛白。

他离开的时候一身笔挺警服，银色肩章神圣不可冒犯。

而现在，他坐在客厅里，身上是浅蓝色的棉质衬衫和黑色的长裤，颀长清瘦，落了满身月色。

顾桉整个人都傻掉了，一时之间大脑空白，无法言语。

"放学了。"

"嗯……放学啦……"

而就在这时，坐在沙发上的人站起身，头顶的阴影和他身上的味道一起落下来，很清冽的薄荷混杂着青柠的味道。

时隔五个月，她终于又看到他。

"好像长高了。"江砚轻声开口。

顾桉从呆愣中回过神来，挠挠头就开始说个不停："嗯，我长高了0.7厘米，以前的衣服都有些小了，我真的还在长个子，早上喝牛奶晚上也喝牛奶……"

她一口气说完，差点憋坏，仰起脸就撞进江砚含笑的眼底。

她这才意识到刚才自己大脑空白，说了一堆有的没的，真的很蠢。

江砚的手缓缓从她的脑袋上平移到自己的肩膀以下，难得笑了："看来是真的。"

她想起去年，江砚带她打篮球的时候，很温柔地看着她说："画个刻度线，看看顾桉同学明年能长到哪儿。"

而现在，就是他口中那个明年。

她面前是他浅蓝色的衬衫，不像警衬那么硬挺冷淡，是某种非常柔软的材质，身上冷淡的气场都被中和。

看见什么，顾桉视线定住，江砚将手微微背到身后。

她大着胆子握住他的手腕。

那只修长漂亮的手，关节处尽是狰狞的红色痕迹，猝不及防地暴露在她的视野中。

视线往上，他的衬衫衣袖形状奇怪，指尖落下，顾桉的眼圈儿瞬间红了。

那层柔软的布料之下，粗糙、坚硬、不平整，是还没来得及拆的绷带……顾桉低头看着伤口，说："我去小阁楼拿药，你就在这儿等我不要动……"

江砚垂眸。

小姑娘一身夏季校服，蓝色领口的白色短袖，蓝色长裤，乖乖巧巧的，头发好像长长了，婴儿肥也消了些。

在他看不到的时间、地点，她一下子长大了。

不一会儿，顾桉就又下来。

江砚不知道她什么时候买的药箱，粉色的，像个糖果匣子。

里面各种胃药、感冒药、消炎药一应俱全，创可贴带着卡通图案朝他挤眉弄眼，目光所及之处花花绿绿、热热闹闹。

她把小药箱放到茶几上，又把他摁到沙发上坐好。

"你怎么一点都不把自己当回事呀？你看你这些伤，怎么这么多？"

她把各种药膏和药水摆在桌子上，江砚却想起小时候江柠过家家当医生的玩具，嘴角若有若无地勾了一下。

"你下次再受伤，我可不管你了……"她撇着嘴角嘟嘟囔囔，故意恶狠狠地说话，奶凶奶凶的小糯米团子一个，没听到他应声，仰起小脸用湿漉漉的眼睛瞪他，"不信你就试试！"

江砚抿起嘴角："记住了。"

他坐在沙发上，她蹲在他身边小心翼翼地帮他抹着药，手上的动作很轻，睫毛有天真卷翘的弧度，鼻尖慢慢红了。

这个人被部里抽调，参加特大案件侦破，不知道跨越多少个省市，除夕夜都在外面跑，还抽出几分钟时间和她打了个视频电话……

他走时英俊冷淡，毫发无伤，可五个月后，带着一身伤出现在她面前。

听说，这位年纪轻轻的警官枪法准得不像人类，即使放在专业狙击手队伍里也能拔得头筹。

听说，犯罪分子都是穷凶极恶的亡命徒，视人命如草芥。

听说，子弹直接打到车上，差点打穿车窗，如果角度偏移一点点……她可能再也见不到他了。

江砚等不到顾桉跟她搭话，轻声叫她："顾桉。"

小姑娘"嗯"了一声，鼻音极重。

他伸手抬起她的脸，平时被顾桢稍微呛几句就要哭鼻子的人，现在正拼命忍着眼泪，眼圈红了，睫毛沾了浓重的湿气。

"不疼，我骗你的，"他用没受伤的手替她擦眼泪，语气无奈又纵容，"不要哭了好不好？"

那天晚上顾桉怎么也睡不着，等到凌晨迷迷糊糊睡着时，开始做梦。

梦里江砚中弹，血染红的警官证里，还有当初她去山上寺庙里求的平安符。

顾桉哭着醒来，上气不接下气，最后翻身下床，拖鞋也顾不上穿，穿过没有开灯的黑暗走廊，好像还踢到了什么，脚指甲传来钻心的疼。

客厅开着灯，江砚坐在阳台上。

他人清瘦又白，而现在双肩下垂，是少见的颓靡消沉样子。

他想起入职宣誓，顾桢和他并肩，就站在自己的右边："我志愿成为一名中华人民共和国人民警察。"

他想起刚入警时带自己的师父，退休前笑眯眯地看着他说"小伙子未来可期"，然后死在他前面。

他想起和自己最亲的那条缉毒犬，唯一一次不听他的命令，就是在枪口对准他的瞬间扑了上来，伤口出血怎么止也止不住。

跟他并肩作战的兄弟，变成永远封存的警号。

别人一辈子难得遇到几次的生离死别，却是他的必修课。

听见脚步声，他回头。

顾桉的头发乱糟糟的，眼圈发红，鼻尖也是，脸上全是泪痕。现在她撇着嘴角，小声小声打着哭嗝，大眼睛起了水雾，看起来委屈又可怜。

江砚无措，轻轻握住她的手腕："做噩梦了吗？"

顾桉抽抽搭搭，看到他，眼泪更加汹涌。

江砚反手摁开灯，俯身去看她："怎么了？"

他清朗的声音现在有些低沉，甚至有些颗粒感。灯亮了，怕晃到她的眼睛，他调到最暗的亮度。

月光皎洁，灯光昏暗，他低下头，能看到她沾了泪的眼睫，瘦弱的肩膀因为打着小哭嗝一抖一抖的，伸出小手胡乱抹眼泪的样子，看起来满心委屈。

顾桉还是哭，哭得止不住。

梦境过于真实，并非全部是她的想象。

她知道，他和哥哥，真的在经历着这样的人生。

她五个月里极力忍耐的害怕，在深夜一下子爆发。

"所以是梦到什么了，可以告诉我吗？"

他微微俯身，到能和她平视的高度，那双眼睛黑沉漂亮，是纯粹的黑白，内眼角下勾，双眼皮自眼角至眼尾慢慢开阔，还有女孩子都嫉妒的漂亮睫毛。

他的声音很柔："眼睛都哭肿了。"

顾桉小声地说话，极力抑制哭腔："梦……梦见你出事。"

江砚微微怔住，语气依旧坦然，不带任何情绪："死了？"

顾桉说不出话，嘴角下撇，又有要哭的趋势。

"死得其所的话，也不算遗憾，人不可能永远活着。"

顾桉抬头，刚才还皱巴巴的小脸瞬间绷起。

她仰着头看他，表情严肃极了，一开口却打着可爱的小哭嗝："怎么……怎么可以随随便便说死这个字！"

江砚无奈，笑着看她。

"以后不准再说这个字，"顾桉气急了，鼻音听起来可怜兮兮，"你听到没有……"

江砚彻底笑出声，眼睛上扬的弧度漂亮，月光下，他的瞳孔温润黑亮，甚至有些流光溢彩。

"我答应你。"

江砚回来后，直接成了 C 市公安局的吉祥物，全单位重点保护的大熊猫。

"大熊猫"被领导特批了三天假，以前的日常是办案、出警、跑现场，现在是早上送顾桉上学，晚上接顾桉下课，其余时间在家混吃等死，当他的豪门阔少爷。

劳动人民顾桢嫉妒得面部扭曲要发疯，每天早上出门和深夜出警都要去阔少爷门口献唱一曲《少年壮志不言愁》再走，经常被门里丢出的枕头、杯子、闹钟等各种不明物体砸到脑壳。

最开心的是顾桉。

每天都有大帅哥作陪，上学路上，嘴角都要扬上天。

晚上十点多，"大熊猫"江砚跑完步回家。他穿着宽松的黑色 T 恤和运动裤，耳机松松垮垮地只挂着一只，年轻白净得像一个警校在读大学生。

顾桉从书堆中探出可爱的脑袋，用力吸了吸鼻子："哥哥，你身上一股孜然味。"

江砚嘴角一抽，淡淡地道："你闻错了。"

顾桉眨眼，很严肃地看着他："哥哥，你不会跑步跑饿了，然后去吃路边摊，造福地摊经济了吧？"

江砚轻嗤："怎么可能？"

第二天晚上，顾桉写作业写到肚子饿，趁顾桢不在家牵着恩恩出去觅食。

夏天一到，烧烤摊风风火火，空气里都是孜然的香气。

其中有一家摊位格外爆满，而且围着的大多是漂亮小姐姐。

小姐姐都吃烧烤减肥吗？

那她也要吃烧烤，当漂亮小姐姐！

"那个男生真的好帅啊，腿也长！"

"还那么白，那个睫毛比女生的都漂亮……"

多帅，有江砚帅吗？

腿长，那能跟江砚比吗？

睫毛……她就没见过比江砚更加像睫毛精的男生！

她就不信了，这个世界上还能有比江砚更绝的人存在！

顾桉走近烧烤摊，缭绕的烟火里，人群的簇拥下，果然有个个高腿长、肤白貌美的大帅哥长身鹤立。

不是江砚是谁？！

顾桉和江砚一人一把烤串，两人对垃圾食品的品味出奇一致，都是烤面筋、火腿肠，还有五花肉。

"哥哥，你花了多少钱？"

"十块。"

"为什么同样都是十块钱，你比我多一串烤面筋还有一串火腿肠？"

江砚无所谓地道："老板送我的。"

"为什么他要送你呀？"顾桉歪着脑袋皱眉思考。

为什么老板都不送给她？！

"他说我长得好看。"

他还是那张面无表情的帅脸，语气也是非常不在乎，但是嘴角微微扬起，简直像个幼稚"小学生"，还是给颗糖就能骗走的那种。

"小学生"冷着一张俊脸，面无表情，酷到不行："他说如果我明天还来，明天还送我。"

顾桉转过头偷偷笑了。

送几串烧烤就能吸引大批量的女性购物者。这哥们儿简直就是个被人卖了还给人数钱的"傻白甜"！

一吃烧烤他也不洁癖了，也不拒人于千里之外了，难怪最近夜跑如此勤快。

她被萌得小心脏"扑通扑通"跳。

啊……他怎么可以这么可爱！

顾桢同志到家时，看到的就是眼前这一幕：江砚和顾桉，一大一小，一高一矮，一人手里一把香喷喷、金灿灿的烤串。一个面无表情，一个一脸餍足，只是不约而同嘴里鼓鼓囊囊的。

顾桉："真香！"

江砚剑眉微扬："可不是吗？"

顾桢看着坐在沙发上吃烤串的两个人，满怀期待地说道："我的那份呢？"

江砚淡淡地瞥他一眼："什么你那份呢？"

顾桢瞪眼："不会吧，不会吧，不会没有买我的份吧？"

他看看江砚，大少爷慢条斯理地把路边烧烤吃出了米其林餐厅的高贵感。

他再看看顾桉，埋头苦吃，小脸圆鼓鼓的，认认真真地盯着手里的烤串，欢欢喜喜地嚼着，根本都没有时间看他一眼。

不知道为什么，顾桢突然有种被孤立的心情。

而且不知道是不是他的错觉，他老觉得顾桉胳膊肘往外拐，不能摆正身为自己亲妹妹的位置，眼看着就要把江砚当成亲哥了。

"忘了给你买了！"顾桉眯着眼睛笑，总算空出一张嘴用来说话，烤串过于美味有嚼头，完全没有察觉亲哥已经吃起飞醋。

顾桢没好气地道："还吃呢？你看你都胖成什么样了，小脸跟佩奇有异曲同工之妙。"

顾桉的嘴角一抽，像只被按下静止键的仓鼠崽，以肉眼可见的速度凝固。

亲哥！竟然说她胖了！

他不知道女生最不能听到"胖"这个字吗？！

他还说胖得跟小猪佩奇似的？！

这是个什么糟心比喻哇，呜呜呜！

顾桉费劲地把嘴里的烤串咽下去："你刚才说什么？是我听错了对不对？"

江砚忍着笑看她一眼。

她自欺欺人的样子也太可爱了。

顾桢居高临下地伸手，揪起她脸颊上的肉，非常温和地弯腰看她："告诉你，十七岁婴儿肥就不是婴儿肥了，是胖啊我的妹妹。"

"你这脸到底是怎么长的？"顾桢"啧"了一声，"这么多肉。"

"我怎么胖啦？！"顾桉站起身，双手叉腰，奶凶奶凶的。

顾桢轻飘飘地看过来，带着王之蔑视，他脸瘦，下颌线非常清晰，棱角分明，而且和江砚一样都是瘦高个儿。

顾桉不服气，伸手去摸自己的下颌线，只摸到脸颊上的一团肉，根本没有那条线！

这激动的心，颤抖的手。

"胖了吧胖了吧？还吃烧烤，还不让人说话！"

顾桉：“我没有胖！”

顾桢：“就是胖了胖了！”

“再这样胖下去更嫁不出去了。”顾桢补刀。

顾桉悄悄打量江砚，江砚嘴角翘着，不知道是在笑什么。

嫁不出去……

顾桢怎么可以当着江砚的面说她嫁不出去！

他这不是咒自己吗？

亲哥不能惯，越惯越浑蛋！

顾桉把烤串一口吞了，撸起袖子就去追顾桢。

顾桢立刻大喊：“江砚，你管管她！小小年纪这么凶！还胆大包天袭警呢！”

他急中生智地躲到江砚身后，顾桉毫无防备一个没刹住，直接撞到江砚怀里。

她的鼻尖蹭在他胸前的纯棉 T 恤上，小脸一下子红了。

江砚的手扶在她的肩膀上，在她站稳后才放开。

顾桢气焰依旧嚣张，从江砚的肩侧探出个讨人厌的帅气脑袋：“让那些小男生看看，动不动就追着亲哥揍，谁还敢娶你？以后嫁不出去！”

顾桉都要气爆炸了。

谁能想到高岭之花这么“狗”？！

而就在这时，江砚轻抿了一下嘴唇，淡淡地道：“不会的。”

“江 sir，要不要打个赌啊？她要是二十五岁前嫁得出去我替你值班一年，如果她嫁不出去你养？”

濒临炸毛的顾桉正想冲上去暴揍亲哥，却被江砚伸手搂到自己身边，他身上干净好闻的薄荷味道席卷而来，所有嚣张的小火苗瞬间熄灭。

她迷迷瞪瞪地站在原地，脑子彻底无法运转。

他冷淡懒散的声音落在耳边：“又不是养不起。”

江砚的手落在她的发顶上，给她顺毛，他半垂着眼，月光融进他清澈的眼底，瞳孔在睫毛掩映下深邃而温柔：“我养就我养。”

晚上，顾桉躺在小床上，盯着夏夜星空毫无睡意，小星星一闪一闪亮晶晶，像极某人藏着光的眼睛。

她滚过来滚过去，把自己裹成蚕蛹，小毯子盖到鼻尖……最后趿拉着小绵羊拖鞋坐到书桌旁，拿出顾桢送给她画画的手绘板，打开电脑，"唰唰唰"画了四格小漫画出来。

第一格：夜跑归来，浑身散发孜然味道的 J 警官。

第二格：Q 版小桉桉和 J 警官相遇烧烤摊。

第三格：G 警官对小桉桉毫不留情面地暴击。

第四格：J 警官打败 G 警官："我养就我养。"

顾桉笔下的 Q 版小人脸红得像冰糖山楂球，双肩耸立攥着小拳头。

她画完上色，传到自己申请的微博上，微博评论区立刻炸了。

"您追的大大更新啦。"

"呜呜呜，J 警官也太可爱了吧！"

"亲哥好可怜哦，哈哈哈……"

顾桉合上电脑，双手托腮，愁肠百结。

她到底什么时候才能长大呢？

时间快一点过吧，她快点长大，快点结束高考，快点读大学，快一点……优秀到能和他比肩站立。

不知不觉中，高二暑假伴着阵阵蝉鸣到来，顾桉却丝毫感觉不到高兴。因为学美术要参加校考联考，马上就要去参加画室的美术集训，集训时间将一直持续到联考结束。

时间会很紧张，日子会相当充实，她能心无旁骛地去做自己喜欢的事情，去实现自己小时候的梦想，其实是一件很开心的事情。

只是以后她不能经常见到江砚了。

顾桉坐在餐桌边规规矩矩地写暑假作业，脑子里却在想这些有的没的，写几个字就偷偷抬眼看一眼对面的大帅哥。

江砚坐在她的对面，身上是简简单单的白色短袖和黑色运动裤，手里拿着侦查类专业书籍。他穿白色衣服的时候就特别像干净少年，像一束光。

顾桉拿笔撑着下巴，说："江砚哥哥，这个椭圆方程……"

顾桉话说一半抬起头，才发现江砚把书倒扣在手边，不知道什么时候枕着手臂睡着了。

外面好像开始下雨，天灰蒙蒙的，连带室内的光线都骤然暗下来，是她不喜欢的天气。

可眼前是他，空气似乎都变得甜美静谧。

他闭着眼睛时，眼睛变成弯弯的弧线，睫毛密密地垂着，鼻梁弧度完美可观，薄唇润润的，唇线清晰……脑袋枕着手臂，右手手腕搭在左手手臂上。

顾桉看着他修长的手臂和精致的腕骨，眼睛微微发亮。

瞧瞧，大帅哥这白皙的皮肤，简直就是可遇不可求的上好宣纸嘛！

顾桉悄悄拿出了中性笔，轻手轻脚地走到江砚身边。

他坐着她站着，笔尖落在他清白的手腕上，先画一个圈。

"天天就知道看着我写作业，我写得头都快秃了……"

她嘟哝着，小心翼翼地标上刻度："你是顾桢重金请来的家教吗？"

江砚的眼皮动了一下，睫毛轻颤。

"天气这么好，就应该出去玩。

"再不带我出去玩，我就要去参加美术集训了。"

顾桉鼓着小娃娃脸，幽幽地叹了口气，一块卡通手表被她画得十分有工匠精神。

她画得认真，完全没有察觉身边的人已经睁开眼睛，隔着非常近的距离，心无旁骛地看着她，听她嘟嘟囔囔地说着："今后很难见到我，你可不要后悔哦……"

她的侧脸白皙，脸上的细小绒毛清晰可见，喋喋不休的嘴有翘起来的弧度，低头时长发扫在他的手臂上，身上有蜂蜜柑橘的清甜味道。

所以她奇奇怪怪的小脑袋瓜里，整天都在想些什么？为什么总会有这么幼稚的举动？

她一边在他的手腕上胡作非为，还要一边小声控诉他的恶劣行径。

很可爱。

顾桉把江砚的手腕翻过来，两条表带对到一起，画上搭扣，一块顾桉牌钻表栩栩如生地出现在江砚的手腕上："完美！"

她笑出小虎牙，娃娃脸上都是恶作剧得逞的细小喜悦之色，却不想一抬头就撞进江砚含笑的眼底。

顾桉呆住，像只受到惊吓的幼鹿，却又被他弯起来的漂亮眼睛晃了一下，心跳蓦地有些快。

"刚才不是很得意吗，现在怎么不说话了？"

江砚大概真的很累，枕着手臂，眼睛半合，声音带着慵懒的鼻音。

那张脸有清晰的下颌线条，完全没有因为挤压变形，从她的俯视视角看过去，睫毛长而密，鸦羽一样覆着。

过了好半天，她才拿笔挠挠头，干巴巴又殷勤地扯出一个笑容。

就在她的小脑袋瓜迟钝转动想着怎样神不知鬼不觉地从江砚的眼皮底下消失的时候……

"今天下雨，明天可以吗？"

翌日，暴雨洗过湛湛青空，软绵绵的云朵像极了棉花糖。

这座北方城市因为优越的地理位置，初夏气温在二十摄氏度出头，羡煞全国绝大部分城市。

顾桉一大早就醒了，头发扎起来又放下再编成麻花辫，衣服从 T 恤、牛仔裤到碎花连衣裙，再到牛仔背带裙和娃娃裙，鞋子从白色板鞋、姜黄帆布鞋再到奶白小皮鞋，最后咬咬牙发了条微博："请问大家，跟男神出去玩，穿什么衣服比较好呀？在线等，挺急的！"

因为画风软萌可爱独一份，所以顾桉的微博开通不到半年已经有四位数粉丝，没过一会儿，消息提示冒出小红点点。

"嗷嗷嗷，桉桉是要和 J 警官出去玩吗？"

"照着最漂亮的规格整！给我美哭他！"

"啊啊啊，回来记得和我们这些老阿姨汇报进展啊！"

这时，小同桌江柠给她发了私信。

江柠："警察嘛，很大概率会是个'钢铁直男'，裙子和牛仔裤肯定是裙子最好，发型长发飘飘和绑马尾都不错……宝贝，加油！"

顾桉："抱拳！谢谢兄弟！你怎么起这么早呀？"

江柠："别提了，我小叔叔大清早给我打电话，问我小女孩都喜欢去哪里玩，喜欢玩什么，让我给他做攻略……这真的太恐怖了，要知道他单身二十多年了啊！"

江柠："我怀疑，我马上就要有小婶婶了。"

顾桉莞尔，给她发消息问："能把攻略给我发一份吗？"

顾桉换了一条到膝盖的连衣裙，米色带红色波点，裙摆有些蓬但并不夸张，显得人格外纤细。头发半扎起来，绑了个车厘子红蝴蝶结，是她这个年纪的俏皮生动气息。

"你这穿的什么玩意儿？"顾桢打量她一眼，直皱眉。

顾桉低头看裙摆上的小波点，不服气却又心虚地道："怎么啦，不好看吗？"

不是好看不好看的问题，是过于好看了。

想到她出门会被别的男生盯着看，顾桢就暴躁得想揍人。

但是他转念一想，反正是和江砚一起，江砚会把小傻子照顾好的。

"我们上午去看大熊猫，早一点的话可以看到熊猫宝宝……从这个门出来，可以倒地铁去游乐场。"

不得不说，江柠的攻略做得完美且合理。

江砚淡淡地"嗯"了一声。他穿着浅色衬衫、水洗蓝牛仔裤，干净清瘦，肩背挺拔利落，倒更像个警校在读大学生。

从小区到动物园，要坐半个小时的公交车，好在能直达，江砚也就听顾桉的，没开车也没打车。

顾桉找了公交车后排的位子，她靠窗，他靠过道。她这才发现，坐公交车对江砚那两条长腿来说，实在是有些不厚道。

初夏的日光从车窗照进来，不刺眼，很温柔，让她突然有些困意……毕竟她五点就醒了，五点半就开始纠结穿什么衣服。

她打了个哈欠，眼睛立刻起了一层水雾。

江砚："睡一会儿？"

顾桉困得不行，点头如小鸡啄米。

只是，怎么睡是个问题，靠着车窗会因为紧急刹车磕到脑袋，抵着前面的人的座椅好像又有些打扰人。

"你要是想靠着我，"旁边的帅哥俊脸冷若冰霜，声音却莫名柔软，"不是不可以。"

顾桉齿尖咬住想要上翘的嘴角，轻轻把自己的头搁在江砚的肩上，就在她迷迷糊糊要睡着时，察觉江砚的肩膀动了下，他伸手绕过她。

车窗被轻轻带上，却迟迟没有等到他的手收回去，她实在好奇，眼睛悄悄睁开一条缝……

眼前是他修长的手指，光下白皙到近乎透明，青色血管利落明显。

而现在这手在她的脸侧，安安静静地帮她阻隔了车窗那一侧的阳光。

因为两个人出发早，远远没到上班高峰期，所以原本半个小时的车程只用了不到二十分钟，C市野生动物园近在眼前。

顾桉步子轻快，甚至走着走着就像蹦蹦跳跳。江砚跟在她身后，像守护公主殿下的骑士，温柔安静。

动物园里，有排队参观的小朋友，有外地游客，人群中时不时爆发出一阵被萌化了的声音。

"哥哥！你看！小熊猫吃竹子慢吞吞的，好好玩！

"那只好像表情包，就是'我好气哦'的那个表情包……"

顾桉拉着江砚的手腕，这里走走那里看看，小话痨本质暴露无遗："哥哥，你说怎样才能让我来当熊猫饲养员？你说他们内部是怎么分工的呀？"

根本不用江砚回应，她就开始掰着手指头数："是不是需要设立砍竹子科、喂崽崽科、铲屎科……我太喜欢熊猫啦，等我大学毕业以后，我也想来照顾熊猫！"

江砚微微扬起嘴角，因为阳光的关系，狭长的眼睛微微眯起，有很漂亮的弧度，瞳孔黑而澄净。

"你看你看，"她握住他的手腕晃了晃，"小熊猫挂在树梢上不下来啦！"

顾桉把遮阳帽往上抬，露出那张有点婴儿肥又稚气未消的脸："我好羡慕熊猫崽崽，吃了睡睡了吃，只要卖卖萌就有好多好多人喜欢……"

半天没有得到江砚的回应，她转过头问他："你说对不对？"

她弯着眼睛，眼里满是惊喜和好奇之色，干净极了。

从他的角度看过去，她的睫毛卷翘。

她看任何问题的角度都和他不一样，看到的世界大概是无穷尽的美好，和他所看到的完全不同。

他垂着过分漂亮浓密的睫毛，阳光落下来，瞳仁显得极为温润，伸手摸摸她的脑袋："你也可以。"

因为过分可爱，可以卖萌为生。

午饭过后，顾桉欢呼雀跃的小情绪依旧不减，举高双手然后攥拳："现在，我们出发去游乐场！"

游乐场入口有射击场地，最中间的礼物是非常可爱的熊猫崽崽玩偶，穿着超人的小披风，酷炫极了。

顾桉太想有一个，等美术集训的时候带在身边，以后不管在哪儿、不管什么时候，都能想起这天。

江砚垂眸，小姑娘眼睛紧盯射击场地中的玩具公仔，嘴唇微微张开，是个"哇"的嘴形。

"去看看？"

顾桉大力点头，嘿嘿嘿，要让她去射击肯定得把回家路费都输掉，但是让江警官去就不一样啦！

江砚站在射击场地上，抬手揉了揉鼻梁，似乎有些无奈。他从大二枪械课开始接触实弹射击，玩玩具枪倒还是头一次。

他修长的手指端起玩具射击枪，顶着那张帅炸人心的俊脸，冲着顾桉轻轻扬眉："告诉我，喜欢哪个？"

"小熊猫，小熊猫！"

顾桉欢呼雀跃，周边看过来的目光都是艳羡的。

不为别的，就为她身边的年轻男人实在是过分招人。

江砚眯起眼睛，瞄准目标。

顾桉忍不住想象他执行任务的样子，唯一一次见到是她去送饭，那个时候他刚出任务回来，荷枪实弹，神色冷峻，场面过分震撼，已经不是帅气可以形容的了。

江警官果然百发百中，顾桉挑了几个喜欢的玩具，他都轻而易举地帮她拿到。

最后还是见身边越来越多的小姑娘围过来，甚至有些都已经调出加好友的二维码……顾桉才作罢，赶紧拉着江砚逃离现场。

顾桉看着江砚高高瘦瘦的背影，私心希望这天的时间能长一点，再长一点。

可是玩了几个项目之后，太阳不知不觉落山，游乐园的灯光亮起，面前的旋转木马像童话故事里的音乐盒。

江柠说，但凡是小姑娘，不管她有没有少女心，对这种充满梦幻色彩的东西都没有任何抵抗力。

江砚垂眼去看身边的顾桉，果然见她眼睛瞪得滚圆。

他的嘴角勾了一下："去吧，哥哥在这儿等你。"

顾桉充满期待地问："你不去坐吗？"

江砚笑着摇头。

月光很好，风也温柔，这天的行程堪称完美。

如果旋转木马没有突然出故障断电的话……

身边的小朋友被家长从木马上抱下来，带着男朋友的小女孩也都被男朋友公主抱抱走。

顾桉耷拉着头看她到地面的距离，木马一起一伏，正在那个"起"的状态，她的小腿离地面还有很高的距离，只能可怜巴巴地求助江砚："我下不来……"

她的位置真的很高，坐在距离地面接近半米多高的木马上，看一米八七的江砚，都是个可以俯视的视角。

顾桉皱着眉毛："这可怎么整呀？"

要么自己跳下去……

她这天穿了精致的小裙子，往下跳的话姿势会很丑不说，会不会摔伤也不敢保证。

要么她就只能让江砚帮忙……

后面一种方式好像根本不可能。

江砚双手插兜站在顾桉面前，好笑地看着她，突然就明白，为什么顾桢老是喜欢欺负她。

他高中时期都不曾起过逗女孩子的恶作剧心理，而现在，却对着上不去下不来的顾桉无辜地道："那怎么办？"

——要你扶。

顾桉的脑子里，条件反射一般蹦出这几个字。

她的手指紧紧抓着独角兽的脑袋，关节因为用力而泛白。

她借着月光的掩护，鼓起勇气直视他的眉眼，它们依旧干净而冷淡，不带任何情绪。

她总觉得这句话说出口，可能会换来他一句"梦里什么都有"，因为每次顾桢对他提点什么要求，都得到这么个回应。

她张了张嘴，还是泄气了，真的说不出口。

"这位小姐，很抱歉给您带来不愉快的体验，请问您需要帮忙吗？"

工作人员及时到来，帮助顾桉这样无人认领的小姑娘。

而就在这时，站在她对面的人朝着她伸出了手臂。

他的睫毛长而温柔，眼睛弯弯有漂亮的光，原本清朗的声音带了些哄人的意味。

"过来吧，我扶你。"

江砚把手递给她，游乐场的璀璨灯光敛在他身后，像是王子从童话故事里走到她面前，简直人间绝色，众生瞬间暗淡。

顾桉深吸了口气，平复自己的心跳，慢吞吞地想：你长这么好看，根本就是在耽误我你知道不知道呀……

失重的瞬间其实非常短暂，世界好像突然安静，目光所及之处星光点点。

直到脚尖落在地上，失重的感觉消失，顾桉还脑袋缺氧发着愣。

晚上回到家，她"噔噔噔"地跑回小阁楼，才敢把这一天所有的画面小心翼翼地悄悄回想，像是翻开最喜欢的绘本一般。

翌日，江柠约顾桉出来。

两人约在小学生最爱的甜品店里，江柠点了两份黑糖珍珠冰激凌，大老远就看见顾桉穿着简单的姜黄 T 恤和牛仔背带裙，身上背着菠萝斜挎包，像一朵行走的棉花糖。

"棉花糖"不知道皱着眉在想什么，小脸圆鼓鼓的，白得发光。

江家军警世家，江柠看外表是个妹子，其实内心非常爷们儿，见到顾桉这种小可爱就会保护欲"噌噌噌"往外冒。

所以她在听说顾桉有喜欢的人的时候——

第一反应是顾桉会不会被人骗。

第二反应是自己辛辛苦苦呵护着的小白菜不知道要被哪头天降大运的猪拱走。

最后就是……她想去揍那头猪。

顾桉在她对面坐下来。

"昨天玩得开心吗？"江柠问。

顾桉的眼睛弯弯的亮亮的："开心！"

江柠被萌得肝颤，伸手捏捏她的脸："今天想干吗？"

顾桉乖巧地说："你说！都听你的！"

两人吃完冰激凌，江柠提议道："不如去看电影？"

顾桉点头，屁颠屁颠地跟上去。

两人站在电影院，江柠说什么顾桉听什么，就差在脸上写着"我很好骗"几个字。

江柠的视线扫过一排排电影海报，突然眼睛一亮："那个恐怖片看着贼刺激，评价好像也很不错！何以解忧？唯有恐怖片！走！"

晚上七点，顾桉到家的第一件事，就是在德牧的陪伴下，把家里所有能开的灯都打开，可是当天色真的开始暗下来的时候，心还是不可避免地提到了嗓子眼。

她窝在沙发上给顾桢发微信："哥哥，你几点回家呀？"

那边回了让她雪上加霜的几个字："后半夜。"

窗外的天已经完全黑下来，风声蝉鸣在她耳里都变得诡异，电视机里像是藏了不可言说的东西，她就连去卫生间看到镜子都紧闭着眼睛。

就在这时，她的眼前突然漆黑一片。

——什么叫屋漏偏逢连夜雨啊！我看你就是想吓死我小顾桉！

下午和江柠手拉手在电影院看过的情节，现在一帧一帧以 0.5 倍速在脑海循环播放，脊背发凉，她总觉得有股若有若无的风。

——呜呜呜，我再也不看恐怖片了！

顾桉的手指紧紧揪着小毯子，甚至都不敢从沙发上下来去找蜡烛，就怕黑暗中被什么东西碰到捉住……只撇着嘴角蜷缩成一团，脑袋深深埋进手臂里。

不知过了多久，她在沙发上迷迷糊糊睡着，门锁转开的声音响起，她瞬间警惕地看向门口，像只受到惊吓的猫咪。

她的眼睛还不能很好地聚焦，大脑仍然处于混沌状态，只看到一个高高瘦瘦的黑影进来，黑影站在黑暗中凝视着她，顾桉瞬间连气都不敢喘了。

"怎么不回房间睡觉？"

黑影的声音很好听，冷冰冰的，很熟悉。

顾桉简直要哭了，哭丧着小脸说"我白天和同学去看电影，恐怖片。"

江砚皱眉："为什么看恐怖片？"

顾桉像煞有介事地叹气："心情不好，转移注意力。"

江砚："为什么心情不好？"

小话痨顾桉，突然一个字都说不出来了。

因为我崇拜的人只把我当小朋友。

江砚拿了蜡烛点燃，昏黄的烛光照亮漆黑的空间。

他走到她面前，声音不自觉地缓和了些："不早了，去睡觉。"

顾桉小脸皱出了褶，眼巴巴地看着他，小声嘟囔："我不要。"

"为什么？"

"睡觉要洗漱，但是卫生间有镜子！电影里，那只'阿飘'就是从镜子里爬出来的……"

她的声音越来越小，软糯的鼻音都有些颤抖。

小姑娘缩在沙发角落，显得人更小了，毯子裹到鼻尖，只露出一双湿漉漉的眼睛，怯生生地看向他。

江砚伸手揉了揉鼻梁，哭笑不得，却又毫无办法。

再就是顾桉站在那儿刷牙洗脸，间隙还要和他搭话。

江砚抱着手臂倚在门边，拿手机手电给她照明，眼睛却很绅士地看向别处。

顾桉刷完牙，洗完脸，拿毛巾把小脸擦得干干净净。

江砚垂眸，安静地看着她："现在可以去睡觉了吗？"

他的语气很轻，在浅黄色光影里，人只有清俊的轮廓，仅一双眼睛黑白分明，目光清澈。

"你知道那个恐怖片有多恐怖吗？我同桌看完了还不算数，还叫着我一起看真人亲身经历的灵异事件……"

她说着说着，像是又快把自己吓哭了。

最后就是顾桉走到床边，乖乖巧巧地把薄被盖好，拉到下巴尖的位置，江砚就在她床旁边的吊椅上坐了下来。

小姑娘躺下之后，本来是平躺着，江砚余光却能瞥见她一点一点转身，朝向他的方向。

江砚觉得好笑："需要睡前故事吗？"

还有这等好事？

顾桉怯生生的大眼睛立刻亮起了光。

她突然就有点庆幸停电，庆幸听了几个差点把胆子吓破的鬼故事，嘴角小幅度地弯起来，鼻音软糯："要！"

江砚就在她伸长手臂就能碰触到的地方，他的声音就是低音炮，还有一点恰如其分的少年感，去当声优肯定能混得风生水起，给古言小说里的清贵公子哥儿配音正合适。

然后她就听见，江砚用他那清朗好听的声音，温和地问她："是要听碎尸案，还是离奇失踪案？"

顾桉情不自禁地脑补画面，嘴巴立刻跟豌豆射手似的停不下来："不了不了不了……"

"那就乖乖睡觉。"

"噢……"

窗外蝉鸣阵阵，月光温柔。

因为他就在旁边，围绕在她身边的空气都好像是甜的。

顾桉闭上了眼睛。

她马上就要去集训了，马上就要看不到这个人了。

想着想着，顾桉突然就有些不可抑制地难过。

于是她又遵从自己的内心想法睁开眼睛，借黑暗掩护，明目张胆地看江砚的侧面剪影。

浅浅的月光落在他修长的身影上。

他微微凹陷的眼窝、高挺的眉骨、挺直俊秀的鼻梁、有些尖削的下颌和身上没来得及换下来的黑色作训服，都让她觉得很好看。

江砚垂着眼，正在想白天没有侦破的案件线索，是不是可以换个角度换个切入点，然后就察觉到旁边有道视线又落回他的身上。

他看她的时候，她又赶紧闭上眼，一副"我睡着了"的样子，虚张声势，假得不行。借着月光，他甚至能看清她因为被抓包轻颤着的睫毛，和因为屏着呼吸绷住的小脸。

她是怕他把她扔下吗？

她明明害怕还要去看恐怖片，看完恐怖片又自己吓自己，所以真的是长不大了。

可是他又好像拿她完全没有办法。

江砚不动声色地移开视线，眉眼微弯，弧度无奈极了。

"睡吧。"黑暗里，他声音轻而坚定，带着鼻音，"哥哥等你睡着再走。"

第 五 章
小 朋 友 呀

美术集训的时间已经定下来。

顾桉想考全国最好大学的美术学院，即使她文化课成绩在美术生中算好的，压力依旧很大。

美术集训是第一道坎，选定画室在邻市，顾桉听上一届的学姐说，他们那会儿经常画画到凌晨，没有一个人站起来先走，休息时间尚且紧张，回家更是奢望。

离开家前一天，顾桉蹲在小阁楼里收拾行李。

一年前，她从南方来到 C 市，在火车站遇到人贩子，也遇到了江砚。

一年之后，她又要短暂地离开。

下午三点，顾桉给顾桢发微信："哥哥，晚上回家吃饭吗？"

顾桢过了很久才回："加班，泡面就行，锁好门。"

之前顾桉去公安局给顾桢送饭，发现这群哥们儿泡面都是成箱成箱地买，就连江砚那个大少爷也是，完全不挑，加班就顿顿泡面，甚至都吃出了心得，完全能借江柠的微博号，做一期泡面测评。

难怪年纪轻轻一个个的就得了肠胃病。

但是他们真的忙起来，好像也没有办法。

顾桉去楼下药店补充了胃药库存，去小区超市买了各种食材把冰箱塞满，把家里里里外外边边角角都打扫一遍，最后抱着德牧崽崽，离愁别绪兜头而来。

她站到料理台前，系上小围裙，这是顾桢特意给她买的，是海绵宝宝的图案。

糖醋里脊、山药排骨汤、干煸杏鲍菇、香菇油菜，还缺一点粗粮，那就煮玉米、红薯和芋头。

她又拿出奶油打发，烤了一下午杯子蛋糕和蛋黄酥，剩下的糯米粉和蛋黄肉松做了青团。她数了数，够分给全队人，才分门别类地打包出门。

顾桉打了层层报告进了公安局，最后也只敢等在走廊上，怕打扰哥哥和江砚工作。

明明已经是下班时间，但是只有稀稀拉拉几个穿着警服的人往食堂走，办公大楼灯火通明，依旧像不知疲惫的机器运转着。

最后还是之前的接警小哥楚航先发现的顾桉。

"桢哥，妹妹来了！"

顾桉这才敢凑到顾桢所在的办公室门口，敲了几下门，然后就看到了某个人。

他穿着蓝色警衬，肩线和腰线清晰，藏蓝长裤下长腿笔直，清瘦又高，看背影就知道是个肤白貌美的大帅哥。

除了开会或者有什么重要活动，顾桉很少见江砚穿警服常服，所以冷不丁见到他这个样子，简直就是暴击，这根本就是教科书版本的帅气！

察觉身后的目光，江砚回头，手里还拿着一摞案卷资料。

如果忽略这身警服，他这样看着其实很斯文，像个大学教授。

目光相撞的瞬间，他皱起的眉心舒展开，目光以肉眼可见的速度变柔和："你怎么来了？"

"嗯！怕你和哥哥吃泡面，"顾桉把他和顾桢的饭盒放到桌子上，

"趁热吃，觉得好吃务必赞美，觉得不好吃就忍着！"

顾桉龇着小虎牙笑，心里却有点酸酸的。

这应该是她很长时间里，最后一次来给亲哥和这个人送饭，以后他们再想吃到顾桉牌好吃的可不那么容易啦……

而且这两人性格太内向了，也不知道同事关系处得怎么样，关键时刻，不还是得同事互相照应嘛。

顾桉抱着满怀点心去给刑侦支队加班的众人分，蛋黄酥、麻薯、青团做了一堆，来来回回分了两三趟。

"谢谢妹妹！"

"妹妹真厉害啊，以后开店我们都去给你捧场！"

顾桉挠挠头，被夸得不好意思，摸着鼻尖说："客气啦，麻烦大家今后多关照我的两个哥哥！"

来叫顾桉一起吃饭的江砚微微怔住。

所以是因为这个，她才做了所有人份的点心吗？

顾桢也听到了，抱着手臂懒洋洋地倚在墙上。

"顾桉很懂事。"江砚若有所思地道。

顾桢低声道："苦吃得多了自然就懂了，被家里人捧在手心长大的那种小女孩，怎么可能懂这么多？"

江砚垂眼，看向顾桉。

她看起来那么一小点，长得小，但是会做饭，做得很好吃，还会做各种小点心。

她这个年纪的小女孩，如果在父母身边，正是冲刺高考的关键时期，怎么舍得让她学会这些？

所以她之前都在经历怎样的人生？

"别看她动不动就哭鼻子。

"她只在她依赖的人面前这样。

"我不在旁边的时候，她坚强得要命。"

刑侦支队众人简直要羡慕死了，楚航咬着蛋黄酥发出灵魂感叹："有个妹妹真好啊！

"我也想有个妹妹，顾桉这样的！

"但是我好像已经不能有妹妹了。

"所以我准备等顾桉长大，这样我就可以……"

他的话说到一半，两道目光同时冷冰冰地戳过来，顾桢和江砚同时转头看他，目光寒冷如利刃，无声地警告：你再说一遍试试？

楚航打了个哆嗦，乖乖做了个在嘴上封条的手势，抱着小点心灰溜溜地跑开。

那个瞬间，江砚突然想起之前顾桢说，他那些同学说要等顾桉长大，结果被他揍哭。

刚才他竟然有同样的冲动，所以是把兄弟的妹妹也当成自己的妹妹了吗？

翌日，清晨。

从 C 市到相邻的 A 市五十多公里，将近一个半小时的车程。

江砚手里钩着车钥匙，等在一边："都收拾好了吗？"

"收拾好啦。"顾桉坐在二十八寸的行李箱上晃呀晃，等着亲哥收拾好一起出门。

"仔细想想有没有忘带的东西。"

顾桉弯起嘴角，觉得现在的江砚比亲哥还像亲哥。

"忘带的东西呀？"顾桉掰着手指念念叨叨地数了一圈，最后看向眼前的人。

他前几天刚去剪了头发，非常干净利落的寸头，完全显出漆黑修长的剑眉和漂亮的眼睛，鬓角修剪得干净，冷着脸的时候又帅又酷，一旦眼睛微微弯，就立刻像个明朗少年。

顾桉小声说："好像有……"

"什么？"

对上江砚平静不带情绪的眼睛，顾桉摇头笑笑："没有忘记，我记错啦！"

顾桢昨天值的夜班，回家就洗漱，换衣服洗衣服，一通收拾下来已经八点。他拎起顾桉的行李箱，笑着摸摸她的脑袋，动作比平时轻柔得多。

"领导，我们出发？"

一个半小时后，黑色越野车抵达 A 市最负盛名的画室，每年都有学生从这儿考到全国最好的美术学院。

按说，能够有一段纯粹的时间心无旁骛地画画，能有一群志同道合的小伙伴一起朝着梦想奋进，应该是一件很开心的事情，可是不知道为什么，顾桉的心情处于长久的失落当中。

顾桢和江砚站在一群家长中间，显眼年轻得过分，赚足来往小姑娘与女老师的眼球。顾桢像个老父亲一样，跟接待的老师把衣食住行问了个遍。

画室负责人叫赵婉，人如其名，穿了浅色旗袍，因为保养极好看不出年纪。听哥哥说，那是江砚小时候的书法老师。

江砚正侧着头和她说话，他比老师高出一头，穿简单白色短袖和黑色运动裤，露出清瘦的脚踝，蹬了一双白色板鞋，这样看着，倒更像是和老师交流学术观点的学生。

"是我好朋友的妹妹，年纪很小，还请您多照顾。"

"你都特意说了，"赵婉往顾桉的方向看过去，"放心吧。"

"谢谢您。"

"客气。"赵婉莞尔。

她第一次见江砚的时候，他还是个沉默寡言的高冷儿童，十几年不见，高冷儿童就这样长成了清俊警官。

她曾经担心过那场绑架会给他造成心理阴影，毕竟他那个时候才十几岁，回来的时候满身是伤，难以想象他经历过什么样的折磨，但他硬是一声没吭，不知道是创伤后的防御心理，还是彻底迈过了那个坎。

在那之后，他停了书法课，去学散打，学射击。

再听说，就是他高考报了提前批，去了全国最好的警校。

打点好一切之后，家长们开始和孩子们叮嘱注意事项，有些泪点低又没离开过家的小女孩，已经扑进妈妈的怀里哭鼻子。

顾桉呆呆地看着。

她好像已经忘记妈妈的怀抱是什么味道了，像她们这样在妈妈怀里撒娇，已经是非常久远的记忆。

她呼了口气，攥着小拳头下决心，这天一定不哭鼻子。

江砚和老师道别，转头就看见顾桉站在小角落，眼巴巴地看着抱着妈妈撒娇的女孩。

女孩应该和她差不多大，都是高二，爸爸还在一边哄着。

这时顾桉好像察觉他的视线，隔着学生和家长，仰起脸冲他笑弯了眼睛，小虎牙生动可爱，只是嘴角弧度牵强极了，像是下一秒就要委委屈屈地撇下去。

顾桉跑到江砚和亲哥身边："你们早点往回走吧，天黑以后开车我不放心呀，早点回去还能好好睡个觉，好不容易请了这么一天假……"

"还有呀，冰箱里我买了很多菜，实在不行你和江砚哥哥就用那种电饭煲菜谱，很简单的，一下就好，不要老是吃泡面，真的很伤肠胃……"顾桉说着说着，心里的酸涩就开始往上翻涌。

"还有呀，工作尽力就好，不要看到坏人就硬往上扑，要健健康康、平平安安的……"

她低垂着头，说话也不是平时昂扬的小语调。

周围的学生，不管是男生还是女生好像都比她高，她就像个被丢到大孩子堆里的小朋友，偏偏嘴里还在念念叨叨，让他们两个成年人照顾好自己。

顾桢平时呛起自己的亲妹妹，从来都不嘴下留情，总是在顾桉情绪崩溃前一秒抓紧安抚一下，顾桉就立刻破涕为笑不计前嫌，继续屁颠屁颠地跟在他身后……

眼下的情景，他突然就有点扛不住，年纪轻轻怎么有种当老父亲的心情？

“哥哥，你们快走吧！”

顾桉挥了挥小手，是逐客的姿态。

她突然想起狄金森的那首诗里写的：“如果我不曾见过太阳，我本可以忍受黑暗。”

在舅妈家的那几年，自己过的那几年，也很好很好地长大了。

可是被哥哥接到身边，她的防御能力瓦解，变得一点都不坚强。

因为有人依靠。

顾桢站在画室门口，表情还像往常那样又臭又酷，谁都欠他五百万一样：“行吧，我和江砚走了，你也回去吧。”

“哥哥，你要好好照顾自己，不要不吃早饭。还有江砚哥哥，不要讳疾忌医，受伤要及时去看看，不然会发炎，留疤就不好看了……”

她小声嘟嘟囔囔，顾桢抿唇：“向后转。”

顾桉点头，却脚下生根一般，站在原地不动。

直到顾桢皱眉看她。

顾桉转过身的瞬间，眼泪毫无预兆地掉了下来。

她悄悄伸手抹眼泪，背影十分瘦小，可怜极了。

顾桢想起爸妈离婚那会儿，他坐车离开，看到的也是这样的背影。

顾桢的眼眶突然有些发热，舌尖抵了下齿关，他伸手从裤兜里找烟，才想起自己已经戒烟很久。

眼前的视线渐渐模糊，顾桉憋了一天的眼泪肆无忌惮地找到了出口。

以前从舅妈家去学校是最开心的事情，现在她才明白那些住校想家偷偷哭的同学，原来是这种感觉啊，又幸福，又舍不得。

“顾桉。”江砚清朗的声音落在耳边。

顾桉呼吸一窒：“干吗呀？”

她本来长得就小，纯良无害，像误闯人间的小鹿幼崽，现在睫毛沾着泪滴，却还拼命忍着眼泪，看着委屈极了。

之前见到别人哭，他只会觉得烦躁。可是顾桉哭了，他完全没有办法，心脏也好像被钳制住。

一直低着头的小姑娘，默不作声地往前走了一步，离他近了一点。

"你帮我挡一挡，我有点想哭……"她开口，鼻音很重，已经隐隐约约带了哭腔，"但是不想被人看到我哭……"

周围人声嘈杂，两人就这样面对面站着。

他垂着眼，她伸出小手捂着脸，肩膀都有些抖，偏偏还要极力抑制着哭腔，细碎的呜咽声听着更可怜。

"乖，"江砚轻轻碰了碰她的发顶，语气无奈极了，"不哭。"

顾桉不想哭，可是哭起来的时候最怕眼前的人突然温柔起来。

她察觉自己的委屈像是吸饱了湿气的乌云，迅速膨胀，酝酿一场大雨，于是更加止不住。

江砚想起刚才她呆呆看着小姑娘在妈妈怀里撒娇的样子，轻声问："需要抱抱吗？"

顾桉泪眼蒙眬地看着他，半天才撇着嘴角说："要……"

他伸手把她揽进怀里，她的脸颊贴在他的肩膀一侧。

他手臂很松散地揽着她，她眼前是他的白色短袖，鼻间是他身上浅浅的薄荷味道，都像是无声的安抚。

顾桉哭着哭着，就像是雨过之后突然出现了彩虹。

江砚这才松开她，低头认真看她，拿纸巾给她擦眼泪。

她抿了抿嘴，开始说话，鼻音很重，含混在嗓子眼里。

"好丢人呀……

"大家都看到我哭鼻子了……

"他们都没有哭……"

顾桉终于抬头，眼睛往自己周围小心翼翼地扫了一圈，可怜兮兮的，后知后觉地开始不好意思，可爱又可怜："不光没有哭，甚至都很开心……"

"他们是高中生，当然不能随随便便哭鼻子。"

江砚俯身和她平视，指尖蹭去她睫毛上的泪滴，瞳孔深处有她呆头呆脑的影子和干净温柔的笑意，随着他嘴角牵起，露出了她最喜欢的梨涡。

"可你是小朋友，所以没关系。"

江砚的声音压得很低，轻声叫她名字："顾桉。"

顾桉抬头，睫毛还带着湿意："怎么啦？"

他一米八七的身高，压低上身，所以她看他依旧是毫不费力的平视视角。

他剪寸头帅得人招架不住，皮肤是冷峻的白，而剑眉、眼睫，乃至瞳孔又是纯粹的黑，面无表情的时候更显英俊。

而现在，那双漂亮的眼睛一眨不眨地看着她，眼尾微微弯着，瞳孔显出温和色泽。

"要好好吃饭，好好学习。

"不要被小男孩的一张电影票骗走。

"我会看着顾桢，所以不用担心他。"

即使已经认识一年，她和他已经变得非常熟悉，平时也都是她在他旁边嘟嘟囔囔当个话痨，绝大多数时间他只会淡淡"嗯"一声作为回应。

这是这么久以来，她第一次听他说这么多话，他的声音清朗温柔，咬字清晰且轻。

最后他的手落在她的发顶，轻轻碰了下，而后站直，她的视角从平视回归仰视。

阳光被江砚完全阻隔在身后，他高高瘦瘦逆光而站，轻声说："顾桉。再见。"

顾桉不在，顾桢和江砚下班回到家，肩并肩坐在沙发上，像两个空巢老人。

年轻英俊的"孤寡老人"相顾无言，相看两生厌，总觉得哪里哪里都不对劲。

顾桢懒洋洋地靠在沙发上，心道：长兄如父啊长兄如父。

他和顾桉的极品爹妈不靠谱，让他提前很多年体会到了当爹的滋味。

"我现在有点明白为什么婚礼上，新娘的老父亲都是一把鼻涕一把泪了。"

顾桉离开家，让他莫名其妙地联想到别人家里嫁女儿的情景。

估计那种糟心的感觉，和眼前情景八九不离十，他心里又堵又空。

而身边的江大少爷一张俊脸冷若冰霜，那张冰块脸常年不带任何表情，跟面部肌肉发育不良似的。警校同窗四年加共事三年，他还是最近一年才发现，这位大少爷其实是会笑的，而且笑起来还特别温柔。

但是只有一种情况下他会笑，那就是当他面对着顾桉的时候。

顾桢不得不承认，顾桉那小家伙，小脸白白净净跟只小猪似的，真是挺人见人爱的。

江砚垂眼，茶几上还有顾桉之前买的大袋零食，因为没吃完又带不走，用夹子仔仔细细夹好了封口。

她在家的时候，电视机发挥了最大效用，总是传来各种热热闹闹的声音，从美食纪录片到烹饪教程再到养生节目，从动漫到相声甚至再到历年春晚小品集锦。

伴随着这些声音的，还有一个笑得前仰后合地窝在沙发一角的棉花糖一样的小姑娘。

她那张嘴好像片刻都不可以停下，要么就在"哈哈哈"。要么嘟嘟囔囔，再就是"咔嚓咔嚓"吃薯片或者啃苹果。

她整天趿拉着她的小绵羊拖鞋跑来跑去，鲜活可爱，像一束光。

而现在，她不在。

美术集训是每个美术特长生都必须经历的历练。

顾桉的生活从上课、考试、写作业，变成画画、画画、无休止地画画，被素描、色彩、速写占据全部生活。

她的白颜料用完了，补充新的，又不够了。

就这样，从酷暑到初秋，再到某天早晨推开窗，看见银装素裹的一整个世界。

半年来，她没有一天纵容自己偷懒，没有睡过一次懒觉。

即使感冒、高烧的时候，她也一个人在宿舍练习分析自己的不足。

唯一的放松，大概就是她在画人像的间隙，画几笔脑海里的某个人。

寸头、剑眉、梨涡，弯着眼睛的、皱着眉的、面无表情的，温柔的、冷淡的、无奈的、宠溺的。

十二月底，省联考近在眼前，顾桉却因为长时间压力过大心态有些崩了。

眼看同班同学飞速进步，状态一次比一次好，自己却经常坐下之后，大脑空白一片，不知所措，画笔握在手里却像是利刃，刺得手心生疼。

她想起顾桢，年纪轻轻开始带孩子。

本来他那个年纪应该还是和兄弟喝酒插科打诨的时候，他买房，把她接到身边读高中，支付着学美术的高额费用。

她告诉自己一定要努力，要对得起哥哥，可越是这样想压力越大。

她怕考试发挥失常，怕美术不及格文化课已经追不上，怕到头来竹篮打水一场空。

她怕哥哥和他对自己失望，明明他们都那么优秀，所以她必须一个人扛过去。

顾桉出去洗了把脸，沉心静气地又回到画室。

考前一寸光阴一寸金，她分秒不敢浪费，一直在画室待到深夜。

身边的同学断断续续地离开，亮如白昼的室内只有无数画板、画架、颜料，和一个她。

万籁俱寂，墙壁上的钟表分针一格一格地走过。

顾桉蹲下来，把脸埋进手臂里。

不知过了多久，手机铃声响起。

顾桉揉了揉眼睛，视野从模糊变清晰，亮起的手机屏幕显示备注：江砚。

她深呼吸，把满腔酸涩咽下去，确定声音听起来不会有异样，才按下接听键："江砚哥哥，你下班啦？"

"刚跑完步。"江砚边走路边和她说话，声音有些喘。

顾桉的小耳朵，莫名其妙地热了一下："嗯。"

"最近还好吗？"

顾桉乖巧地点头，点完头才想起他看不到，赶紧开口："挺好的……"

电话那边顿了一下，陷入沉默，顾桉刚要问问江砚是不是信号不好，就听见电话那边的人轻声问她："是发生什么事了吗？"

"没有呀，就是压力有点大……"

顾桉敏感察觉自己的眼眶要发热，是想哭的前兆。

她真的太讨厌自己泪点低，太讨厌自己面对依赖的人就肆无忌惮，一点都不坚强。

明明她只想和他分享开心的事情。

她不想哭着和江砚打电话，即使很想很想听他的声音，所以还是开始在脑海中措辞要怎么挂断电话。

"顾桉，你还没走啊？"同学突然推门进来，从自己的座位旁边拿起手机，"手机落在画室了，先走啦！"

顾桉点点头，和同学道晚安。

"你还在画室？"

"嗯……"

顾桉紧紧攥着手机，贴近耳边。

近在咫尺的声音，像勇气的来源。

电话那边江砚的语气不自觉柔和了些："现在回去，洗漱睡觉。"

顾桉没有告诉他，自从进了十二月她就开始失眠。

即使早回去晚上她也睡不着，会睁眼到凌晨，最后迷迷糊糊睡着也是浅眠，稍有声响就会醒。

但还是乖乖站起身，她不想他担心，明明他工作已经那么忙、那么累。

"往回走了吗？"

顾桉把门锁好："嗯，你听，锁门的声音。"

从画室回住处的路上，月亮的清辉温温柔柔地落下来，无声地陪着她，像极他安静看她的眼神。

"顾桉，你现在小，以为高考是天大的事情。

118

"可事实上，等你长大，会发现它不过是一场考试，根本决定不了什么。

"你的人生有一万种可能，即使失败一次，也还有九千九百九十九种可能在等你。"

江砚的声音干净得像清泉，听在耳边却落入心底化成水。

顾桉不舍得挂电话，悄悄洗漱，直到仰面躺在她的小床上，小闹钟显示凌晨一点。

"哥哥，你挂电话吧，早点休息，我现在一点都不难过了，真的……"她裹紧小被子，脸贴着柔软蓬松的枕头。

她嘴上这样说，心里却想着，如果他能陪自己一会儿，多陪一小会儿就好了……

"睡吧。"他的声音听起来很柔软，就在耳边，"我等你睡着再挂。"

十二月底，省联考如期而至。

考前顾桢打来视频，还是那张帅气欠揍的脸，吊儿郎当什么都不放在眼里的语调："顾桉，你亲哥养猪还是养得起的。"

这时，镜头里晃出江砚的脸，肤白貌美眉眼干净的大帅哥，用最正经的语气说着不正经的话："万一顾桢买不起饲料，哥哥有钱，可以赞助。"

顾桉没忍住，"扑哧"一声笑出来，眼睛都变成弯弯的缝。

焦躁难安的瓶颈期就这么过去，美术类省联考持续两天。

顾桉自我感觉发挥不错，考完也没敢懈怠，片刻也不敢耽误地开始准备接下来的校考。

二月，顾桉动身去参加心仪大学的校考，去面对她高考前的最后一道坎。

考试需要带素描、速写、色彩的所有工具，包括但不限于各种画架、画板、颜料，除开行李，光是画材就有几十斤。

好在她的力气在妹子里算大的。

之前……她在舅妈家帮忙换纯净水，抬老式煤气罐练出来的。

本省考点设在省会，她需要去高铁站坐高铁。

顾桉站在路边纠结是打车还是坐公交车。

雪花簌簌落下，这个冬天的第一场雪猝不及防地来临。她伸手去接，心想：等下个下雪天她已经考试结束，可以去堆雪人了！

所以眼前的考试她一定要加油！

公交车远远驶来，顾桉拎起自己的行李。

嘿嘿嘿，江砚肯定想不到她力气这么大！

她一定要藏好了！维持自己萌妹子的形象！瓶盖都拧不开的那种萌妹子！

"就打算这样可怜兮兮地去考试吗？"

清朗缓和的声音，和雪花一起轻飘飘地落在耳边。

顾桉的心跳停滞，她转头就看见江砚站在画室门口，那辆黑色越野车旁边。

"江砚哥哥……"

江砚"嗯"了一声，剑眉微扬。

美术集训这半年多的时间，顾桢来看过她两三次，每次都是话没说几句，局里就又打来加班电话。关于江砚的消息，她都是从哥哥嘴里听说的。

他又参与侦破几件重案要案，立了几次功。

又有多少小姑娘屁颠屁颠地跟在他身后问他要联系方式，一半被留了官方号码110，一半被告知平时只用漂流瓶。

江砚穿了那件她最喜欢的白色羽绒服，他人清瘦又白，穿白色衣服更显干净少年气。

"你怎么来啦？"顾桉迷迷瞪瞪，眼睛一眨不眨，就怕眨眨眼，眼前的人就消失不见了。

他接过她手里的行李，轻拿轻放到越野车后备厢里，侧脸白皙冷淡："陪领导考试。"

顾桉抿抿唇，嘴角却有自己的想法，拼了老命地要往上翘。

"那这个也给你，你拿吧，好重好重好重的……"

江砚垂眸。

顾桢说，顾桉只在依赖的人面前脆弱。

刚才那么小一点的人，搬着十几斤的画材，眉心都没皱一下，转眼间就变得手无缚鸡之力。

他没忍住，低头看着她笑了，眼缝里都是清朗的光，眼睛弧度弯下去到眼尾，然后漂亮上扬，睫毛都染了笑意。

顾桉觉得惊艳，却又有种心事被看穿的心虚："你笑什么呀？"

"没什么，"江砚乖乖接过她手里的画架，"臣遵旨。"

考试开始。

当顾桉坐在考场里，心情竟然是一种奇异的坦然。

外面下着雪，天地之间灰蒙蒙的，她却很平和。

大概是因为她知道，不管结果怎样，都会有人等着她。

亲哥说不定已经买了好多好吃的等她回家。

命运把曾经从她手里抢走的东西，在她高二这年加倍补偿了回来。

她为这场考试准备了无数日夜，已经在脑海中模拟了几千遍。

顾桉落笔，每一笔每一画都那么坚定。

一天的考试很快结束。

校门口已经围满焦急等待的家长。

那个场景，焦急忐忑，还担心。

有同学扑到爸妈怀里，撒娇说："终于结束了，再也不想画画了……"

顾桉看着，心里竟然一点都不羡慕，也没有任何触景生情的难过。

突然她看到什么，目光顿住，紧接着嘴角小幅度地弯起来。

他一米八七的身高和与周围家长格格不入的气场，很显眼很招人，她一眼就能看到他。

大帅哥穿着白色羽绒服、肤白貌美、长身鹤立，皮肤白皙而眉眼墨黑，看到她瞬间眉眼微弯。

"你来接我了，嘿嘿嘿！"

顾桉穿着奶白羽绒服，蓬松柔软得像朵胖乎乎的云。

小云朵蹭着小鼻尖，嘴角笑意无限放大，真的开心极了。

"别的小朋友都有家长认领。"江砚的目光清澈如水，低头看她。

顾桉却听明白了他的潜台词。

他是说，别的小朋友都有家长来接，所以不能让她一个人。

江砚嘴角的梨涡漂亮得近乎灼眼，手覆在她的发顶轻轻揉了揉，温柔地道："跟哥哥回家。"

顾桉背着小手，跟在江砚身后，悄悄看他高瘦挺拔的背影。

她第一次见他的时候，他冷着一张俊脸又好看又不好惹，眼角眉梢都是不耐烦之色，问她找谁。

刑侦支队内部聚餐，因为他在都不用开空调——因为他的存在本身就是一道强冷空气。

但是他在男生们开玩笑的时候隔着她的卫衣捂住她的耳朵，说小朋友在，嘴干净些。

不知道从什么时候起，他冷淡的语气开始变温和，漂亮梨涡越来越频繁地出现。他不笑的时候拒人千里，笑起来眼睛弯弯的，睫毛长长的，温柔无害，好看到让人不舍得移开眼睛。

她未曾宣之于口的委屈和不足为外人道的心思，都被他妥帖安放。

在她一个人去集训忍不住想哭的时候，在她情绪崩溃被他听出声音不对的时候，还有现在，别人都有爸爸妈妈在身边时，他来接她。

所以这个人冷冷淡淡的外表下，到底藏着一个多么温柔的灵魂？

六月之后，工作三年从不知年假为何物的顾桢破天荒休了年假，专心在家伺候顾桉高考。

朋友圈家有高考生的同事一堆，他跟着单位大哥大姐收藏了一堆《孩子考名校，都是因为我给她这样吃》《决胜高考，你还缺这样一份菜谱》《高考前，家长朋友务必做好以下十点》……

他的主战场，从各种犯罪现场转移到厨房，与此同时，家里这个月的恩格尔系数暴涨，他和江砚的工资已经全部用来购买各种食材和营养品，不知道的还以为这两人要从刑侦一线转到单位后厨。

幸亏厨房是开放式的，所以站着两个一米八几的刑警，也不至于拥挤。

江砚依旧是与顾桢并肩的战友。

江砚他爹老总一个，这哥们儿打小养尊处优豪门少爷一个，读警校之前一直衣来伸手饭来张口，毕业之后高档私厨外卖也吃，垃圾食品也吃，单位食堂也吃，完全不挑，但是鲜少踏足厨房这等区域，更别说亲自下厨。

而现在他站在料理台前，系着海绵宝宝围裙弯着腰，目光专注程度不亚于射击瞄准的时候，正紧盯着案板上粗细大小厚薄不一的"土豆丝"，用手背蹭了一下鼻梁，无奈到怀疑人生。

"看看！看看这土豆丝！神态各异！太有个性啦！"

顾桉怀里抱着英语单词，非常殷勤地钻到江砚的眼皮底下，点着头点评："一看就很好吃！"

江砚刚才还皱着的眉心舒展开来，抿了抿嘴角，平直的唇线呈现上扬趋势。

他没有说话，用手指关节轻敲顾桉的脑袋。阳光从大大的落地窗透进来，他身上都带了一层柔光，更显温和清俊。

顾桉弯着眼睛看他，开开心心地露出小虎牙。

在一旁忙里忙外却被彻底忽略的顾桢轻嗤，对顾桉这种胳膊肘往外拐的行为，已经见怪不怪，甚至还有些习惯，但嘴上依旧不饶人："别在这儿添乱，背你的单词去！"

顾桉撇撇嘴："背单词就背单词！你好凶！小心娶不到媳妇儿！"

"是你飘了还是你哥提不动刀了？"顾桢眯了眯眼，目光危险，像是想揍人。

顾桉赶紧一溜烟从厨房跑掉，跟个复读机似的嘟嘟囔囔："娶不到媳妇儿，娶不到媳妇儿，顾桢娶不到媳妇儿……"

她现在每天都过得美滋滋的，小尾巴已经彻底扬到了天上去。

她美术校考成绩排名第一，文化课也被江砚、顾桢摁着补得差不多了。

两位年轻警官高中时期都是学神级别，放在当年都是只能远远仰视的存在。

顾桢和江砚警校做同学四年共事三年默契满分，分工明确，一个抓数学，一个抓语文、英语、历史、地理、政治，过程虽然如炼狱，但是结果很理想。

在高考前的最后一次月考中，顾桉的成绩甚至能排到年级前百分之十，几乎就相当于半个身子已经进了美院的大门。

"哥哥，我今天晚上想吃蛋黄焗南瓜，如果有剩下的咸蛋黄，你可以再做一点点青团和一点点咸蛋黄叉烧……"

顾桉吃完早饭放下碗筷，手放在膝盖上坐得板板正正，开始和顾桢交代晚饭的菜谱。

顾桢的眼皮一抬，看了过来，那张脸少年气极重，棱角清晰分明，还有和她同款的小虎牙，笑的时候阳光少年一个，可总是很凶，倒更像是"暴躁小学生"。

他听到她的诉求，剑眉一挑没好气地道："你怎么那么……"

这时，坐在他对面的江砚抬眼，澄澈的眼底冷光毕现。

顾桢一顿，在不久前某天他又把顾桉呛得掉眼泪之后，他当着江砚的面发誓，起码高考之前要对顾桉和声细语，让她感受到家人无微不至的关怀，这段时间顾桉说什么他听什么，坚决不顶嘴。

他的话到嗓子眼一顿，从"你怎么那么多事"硬生生扭曲成"你怎么那么会吃呢"。

顾桉嘿嘿一笑，背上小书包，开开心心、蹦蹦跶跶地上学去了。

"暴躁小学生"顾桢想呛人还要硬生生憋着的样子，真是太好玩了！

顾桢愤愤地收拾碗筷，皱着眉开始搜索咸蛋黄叉烧的做法。

好家伙，这不说九九八十一道工序，也差不多了吧？

就在这时手机被动切换成来电页面，铃声响起，是他的顶头上司。

他按下接听键，电话那边是他熟悉的嘈杂人声，隔着听筒都能想象他的同事们枕戈待旦，行色匆匆。

"有个全国通缉犯出现在邻省，局里决定现在立刻集合出发。"

江砚听见顾桢毫不犹豫地应下。

别人家的小女孩，被爸妈捧在手心里，养尊处优，锦绣丛中长大，而顾桉不曾有她同龄人百分之一幸运。

他想象不出一个十几岁的小女孩，如何在父母离婚、外婆去世、亲哥从警杳无音信后寄人篱下地长大，如何面对那些无人排解的委屈和恐惧。

可是他见过她一个人去学画画，压力大的时候一个人深夜躲在画室里偷偷掉眼泪，下雪天一个人拎着十几斤重的画材站在路边等公交车。

现在，她又要自己一个人面对高考吗？

顾桢挂断电话，手机屏幕还原他刚才搜索的菜谱，想起顾桉开开心心的样子，瞬间满心愧疚。

却见对面的江砚起身，平静地道："案子我替你去。"

五天后，这一年的高考如期到来，举国关注，毫无悬念地占据所有电视节目和新闻版块。

考场全市范围内随机安排，顾桉和江柠都在七中考，早饭后在学校统一乘车，两人坐在同一排座位，顾桉靠窗，江柠靠过道。

车窗外，一中向后倒退，越来越远。

顾桉的嘴唇紧紧抿成一线，肉眼可见地紧张，她的小表情被江柠尽收眼底。于是，江柠戳戳她，转移她的注意力："考完试要干吗？"

考完试她要干吗？

她的脑袋里瞬间"叮"的一下亮起一盏小灯泡。

那要干的事可太太多多啦！

这个问题顾桉已经想过无数遍，在美术集训的时候，在校考结束头悬梁锥刺股地补习文化课的时候。

她攥着小拳头，娃娃脸绷得认真极了，一字一顿坚定地说道："追男神！"

"我就知道，你都暗恋人家多久了啊，是该行动了，"江柠被她萌得肝颤，忍不住伸手捏她的脸，"考前那哥们儿没给你加加油？"

顾桉刚才还弯弯的嘴角瞬间撇下去，鼓着小脸呼了口气："没有。"

江柠疑惑道："啊？为啥？"

顾桉小声说："前几天他出差了，不知道什么时候才能回来。"

省联考的前一天江砚给她打过电话，校考的时候突然出现接过她手里那堆材料，笑着说"臣遵旨"。

高考前他突然出差，音信全无，不知道会不会又像之前一消失就消失半年，甚至更久。

虽然她很想很想见到他，但是比起这个，他平平安安，不受伤，反而重要一万倍。

"当警察就是这样，身不由己，不属于自己，不属于任何人，只属于国家。"

江柠家里太多军人与警察。

之前小叔叔一消失就消失三年，几乎查无此人，她太明白其中的苦楚，对这个职业满心敬畏。

想必顾桉也是一样。

大巴车在七中门口停下，特警已经就位，面容冷峻，站姿挺拔。

"帅哥果然都上交给国家了！"

"特警小哥哥好帅，啊啊啊！"

"我姐在公安局户籍科，听她说，刑侦支队有两个极品帅哥……"

顾桉心说：不错，江砚穿警服的时候特别特别绝。

只是他现在在邻省，见不到，归期不定。

不过等他回来的时候，她已经高考结束了！

她要趁这段时间，制订一套完整的追男神计划！

停车之后，班主任叫住江柠，跟她交代考试结束后的乘车事宜。

她是班长，到时候需要负责点名等一系列事宜，只好让顾桉先走。

顾桉随着人流往七中校门走去，跟学生一样多的是学生家长，他们的紧张程度大概不亚于考生，甚至要在这儿一直等到考试结束，其实更加煎熬。

顾桉有那么一个瞬间，不可避免地想到，她的爸爸妈妈知道她这天高考吗？

他们会不会也有这么一个瞬间，像她想起他们一样，想起她？

顾桉深吸口气。

这时，一辆车身锃亮的黑色越野车从她身旁经过，干净利落地停到七中门口，有人推开车门下车，瘦高挺拔。

他好像不管怎样，都是人群里最引人注目的那个，两人目光相撞，他修长的剑眉微扬。

顾桉的心跳猛地停滞一拍，下个瞬间脚步先迈出去，她完全不受控制地跑到了他身边。

她跑得太快，站定后声音不稳，仰着脸看着眼前的人："江砚哥哥，你怎么来啦？"

小女孩穿着夏季校服，蓝色翻领的白色短袖，刚剪过的短发显得脑袋很圆，看起来乖巧极了。

"哪儿来的小蘑菇？"江砚压低声音挑眉笑道。

顾桉考前没扛过楼下理发店总监 Kevin 的迷魂汤，又没忍住去剪了头发，发尾齐着下巴尖，小刘海显得人天真稚气。

她本来脸就圆乎乎的，这下连带着脑袋也圆滚滚的，原本下定决心高考前不呛她不惹她哭的顾桢差点笑岔气，说她像根行走的绿豆芽，小身板顶个大脑袋。

这下被江砚看着，顾桉手足无措，伸手挠头，成功把脑袋上挠出一撮不合群的小呆毛，跟发芽了似的。

但疑惑和惊喜到底还是盖过害羞，她坚持问他："护校不是特警叔叔的职责吗？"

亲哥就在市局刑侦支队，负责重案要案侦破侦查，从没听说过刑侦支队也需要参与高考护校。

江砚是少见的冷白皮，白得毫无瑕疵，所以一熬夜眼睛下方青色异常明显。他看着她，懒散道："你还挺懂公安局内部分工。"

顾桉尽量稳着声音抑制住自己的小激动，手指紧紧攥着书包带子："那你为什么会来呀？"

江砚垂眸，小女孩发顶刚到他的肩侧，圆眼睛天真稚气，现在一眨不眨地看着他，小鹿斑比一样。

他也不知道自己为什么会来，不知道是不是帮顾桢带孩子带出了惯性，真把自己当成人家的哥哥。

他昨天半夜从外省回局里的时候，休假的顾桢已经被叫回去加班。他怕她又像之前那个雪天，可怜兮兮的一个人。

顾桉迟迟等不到江砚回话，只是直愣愣地和他对视着，跳到嗓子眼的小心脏一点一点、委屈巴巴冷静下来。

她刚才是在想些什么呀？

他可能是到附近办事，所以顺路来看一眼。

可能C市七中距离高速路口近，他回单位路过，所以顺路来看一眼。

再或者是他受顾桢所托，像之前的无数次那样顺路来看一眼。

反正他就是顺路过来看一眼，不要想太多。

能来看看她就已经很好很好了！

而下个瞬间，江砚压低上身，仰视变成平视，他近在咫尺。

短短几天不见，他好像又清瘦了些，下颌线清晰深刻。距离太近，她甚至能看到他下巴上淡青色的胡楂，整个人显出一种漫不经心的英俊。

只是那双眼睛依旧干净清澈，浸过清泉一样，安静看人的时候，温柔无害简直像是带了钩子。

周围的喧嚣和往来的人群瞬间变得遥远模糊，她看着他瞳孔深处那个小小的自己，听见他开口，一字一顿轻声说："护校的确是特警的事。

"所以我只护顾桉一个。"

第 六 章
想 看 你 笑

三天后，这一年的高考落下帷幕。

顾桉在无数个坚持不下去的时刻，想象过高考结束的这一天。

她想象自己蹦蹦跶跶地从学校跑出去，一分钟都不要在炼狱里多待；想象自己再也不用争分夺秒地学习，要把暑假大大方方地挥霍掉。

可当这一刻真的来临，理性上知道高中已经结束，可潜意识里总觉得这是一场平凡的考试。

她还要回学校上课，班主任会拎着一摞卷子走上讲台讲评，同学之间会互相比对分数猜测自己的排名，几家欢喜几家愁。

她和江柠一起坐校车回到一中。

七班黑板上有人写了请假条，请假事由："毕业离校，归期不定。"

右下角班主任签了名字。

顾桉攥着书包带子，最后一次走过两年里每天往返的路。

亲哥不在家，江砚晚上有事，她躺在自己阁楼的小床上。

直到取消所有手机闹钟，高考结束这件事才突然有了实感。

她睡不着，睁眼看着窗外的星空。

月亮清冷温柔，遥不可及，她只能远远看着，像极她喜欢的人。

顾桉一骨碌爬起来，打开"大眼仔"发微博："我高考结束啦！请问怎样追自己喜欢的男生呀？在线等，挺急的！"

"呜呜呜，喜欢的大大高考结束啦！快更新！"

"桉桉要去追 J 警官了吗？"

"啊啊啊，女儿冲呀。"

"我嗑的 CP（情侣）是真的。"

"过来人的经验：要吸引要撩，让他反过来追你噢……"

这时，手机提示音响起，有人给她发来私信。

"桉桉，你好，冒昧给你发来私信。

"我是一名医学生，暗恋的人也是警察，很喜欢你的漫画。

"作为一个年长你几岁的姐姐，关于追 J 警官这件事，想说一点点自己的看法，不一定正确。

"这件事需要从长计议，尤其是在对方已经大学毕业，甚至已经从警多年的情况下。

"你首先要做的，是保护好自己。

"另外，假如地位对调一下，你已经毕业四年，见过常人一辈子没见过的世间险恶……

"相信你喜欢的人非常温柔而有分寸。

"祝好运。"

如果她是江砚，会怎么做？

自己一直照顾的朋友的妹妹，突然说喜欢自己。

先不说喜欢不喜欢，面对如此大的年龄差和阅历鸿沟，他答应就是不负责任。

顾桉攥着手机打字道谢，心情久久不能平复，忍不住截图发给江柠："同桌，你看！这个小姐姐好温柔，好好，呜呜呜！"

几十公里外的江家私人庭院灯火通明，正在家庭聚餐，只是为了庆祝江柠高考结束，所以氛围不像平常那么严肃。

江柠窝在沙发里吃水果，噼里啪啦地打字："真的！温柔本柔！文化人！"

她顺着这位温柔网友的话一想，这个年龄差是个什么概念呢？

那就是把顾桉和她的冷面小叔叔放在一起啊！

如果顾桉见到江砚，那就得跟着自己叫"小叔叔"！这都能差一辈了哇！

不过她再转念一想……

一个身高一米八七，一个身高一米六一，一个冷酷，一个可爱，身高差萌、性格互补，简直就是没头脑和不高兴。

C市公安系统姓名首字母"J"打头的人有的是，她根本没有想到，对面这个可爱的小同桌，整天满脑子想着当自己的小婶婶。

而这个可爱的小婶婶，也并不知道江柠会是她的小侄女儿。

"高考考得怎么样？"

毫无感情的声音落在耳边，曾经被某人毒舌支配的回忆兜头而来，江柠肉眼可见地打了个寒战。

怎么她想曹操曹操到了呢？

江砚个高腿长，站在她面前俯视着她，白皙肤色在灯下如霜雪，虽说俊美如大理石雕像，但是自带冷气，自体制冷……

江柠摸摸手臂上新鲜出炉的鸡皮疙瘩："挺好的，都是当年小叔叔教得好，嘻嘻嘻。"

江砚轻哂，在她身边坐下，随手拿了本军事杂志翻阅。

他倚着沙发，长睫低垂，当真是个高高在上的阔少爷。

顾桉没有再发消息来，估计是在重新规划自己的追男神之路，江柠随手打开某个主打仙女裙的奢侈品品牌。

马上就要上大学了，她应该给自己买礼物！

哇！新品好好看哇！

"妈妈，我要买小裙子，漂亮的小裙子！"江柠的少女心熊熊燃烧。

母亲赵茹看了一眼她的手机界面，高冷一笑："五位数的裙子，等你自己有能力了自己买。"

江柠虽然家境优渥，但是家教相当严格。本来她对奢侈品根本无感，只是架不住裙子好看。

"多好看的裙子呀，穿上就是小仙女，是个女生就会心动，都上大学了，我一件漂漂亮亮的小女孩衣服都没有……"

江砚合上手里的杂志，将其放回原处，脑海里蓦地浮现某人瘦瘦小小的身影。

江柠可以大大咧咧地跟爸妈撒娇要买五位数的裙子，他却从没见过顾桉跟顾桢要求买新衣服，也从没见过她买。

而顾桢跟她说的最多的一句话，是"不要心疼钱"。

"我给你买。"

江柠的眼睛差点瞪出来，根本不敢相信这句话是出自她小叔叔之口。

下个瞬间，她扯出个大笑脸来，难以置信地道："真的？"

难怪说，男人刷卡的时候最帅啊！

更别提刷卡的男人还有一张堪称绝色的脸，虽然冷冰冰的，但是这颜值真的毫无瑕疵！

江砚的眉眼冷淡，话音里却带了不易察觉的柔软："挑两件。

"另一件我送人。"

高中时期最后一个暑假，顾桉找了一份家教兼职，跟亲哥和江砚一样，过上了早出晚归的生活。

那两人在得知这件事的时候，不约而同地提出反对意见，但都被她冷着脸无情驳回："反对无效。"

她太想自食其力赚钱，太想减轻顾桢的负担。

等到顾桉把一个学期的学费赚出来时，她的假期已经接近尾声，大学报到近在眼前。

离开家的前一天晚上，顾桉在小阁楼里收拾行李，收拾着收拾着，鼻子就开始隐隐发酸。

就在这时，门被敲响。

她趿拉着小拖鞋跑去开门。

江砚站在门口，大帅哥一身宽松干净的运动服，离得近了，身上薄荷沐浴露的味道清晰。

他把手里的白色礼盒递给她，淡淡地道："恭喜。"

顾桉迷迷瞪瞪地伸手接过来，好精致的礼盒。

泛着光泽的丝带系成精巧的花朵，拿在手里很有分量，她宝贝一样抱在怀里，仰起小脸问他："这是什么呀？"

江砚比她高了二十多厘米，看她的时候总要半垂着眼，他双手插兜，倒是浑然不在意，随口道："开学礼物。"

面前的女孩，圆眼睛变成弯弯的月牙，盛满小星星一般，清澈明亮，嘴角翘起弯弯的弧度，小虎牙灵动可爱。

他面对过无数穷凶极恶的亡命徒，抓过全国通缉犯，子弹上膛扣动扳机的瞬间尚且不知道志忑是什么感觉，现在在这个身高刚到他肩膀的姑娘面前，竟然体会到了。

她应该是喜欢的吧……江柠说没有女生会不喜欢。

壁灯的灯光昏黄，从高处落在江砚的眉眼上，显出他原本温柔清俊的样子，浓密眼睫沾了光微微闪耀。

顾桉那颗小心脏，见到他就活蹦乱跳完全不规律，打开盒子的时候手都有些不稳。

等她看到盒子里面裙身上仙气飘飘的精美刺绣，呼吸不禁一室，昔日的小话痨技能直接一键清零。

"喜欢？"江砚的声音，不带任何情绪。

"嗯！"顾桉的眼睛都直了，"这也太好看啦！我从来没见过这么好看的裙子！"

"为什么突然送我礼物呀？"她触碰宝物一样小心翼翼地把盒子盖

上，歪着头看他。

江砚难得笑了，眼睛安静地看着眼前的小姑娘。

他也不知道，只是觉得，别人有她没有的，就都想要送给她。

九月十号，顾桉大学报到。

她报考的 A 大是综合性大学，江柠的高考分数全市前几，报考了数学系，早在几天前就在爸妈的陪同下去报到，顺便玩几天。

而她一直等到报到最后一天，顾桢都没出差回来，只好让江砚送她。

他开车，她坐副驾驶座。

从她的角度看过去，江砚的睫毛很长，只是嘴唇没有任何弧度，往下，喉结和脖颈线条干净，没入浅色衬衫领口中。

搭在方向盘上的手指瘦直，骨节分明，衬衫袖子折了两折，露出线条修长肤色白皙的手臂。

"有什么话要对我说吗？"

"嗯？"

等红绿灯时，他侧头看她，漂亮的眼睛十分明亮："为什么一直看我啊？"

"没有没有……"顾桉的脑袋摇得像个拨浪鼓，她抱紧了怀里的小书包，耳朵的热度不容忽视。

即使被当事人抓包，她的目光依然有自己的想法，不受控制地看向左侧的人。

看一眼少一眼了……他竟然还不让她看。

她想说："就算我不经常回家也不准忘了我。"

只是这样的话，顾桉只敢在心里想想。

她毕竟只是那么多明恋、暗恋他的人里，非常渺小不起眼的一个，她有什么身份对他提出这样的霸王条款？

——江砚……我会很想你。

可是你会不会想我？如果不会，能不能有那么一个瞬间想起我？

一个小时后，江砚的黑色越野车停到了 A 大的停车场里。

正是一年一度的开学季，大学校园里热热闹闹，非比寻常。

顾桉刚才的小小失落，暂时一扫而光，这就是她要待四年的地方呀！

她背着书包，心情雀跃，走着走着都要蹦跶起来，最后还是被江砚扯住书包带子揪到身前，无奈地道："先去报到。"

顾桉点点头，报到的场地安排在校体育场，她找到美术学院的牌子，跑了过，声音脆生生地道："学长学姐好！"

迎新的众人抬头。

面前的小女孩长相不算那种"浓颜"大美女，却白皙精致得像个糯米团，加上微微卷曲的齐刘海短发，简直像个纯良无害的小瓷娃娃，最容易激发人的保护欲的那种。

而顾桉对大家的目光毫无察觉，专心致志地在新生报到花名册上找到自己的名字和学号，一笔一画地签好字。

等她直起身，身边却不知道什么时候突然多了一堆学长。

"学妹，行李呢？宿舍楼挺远的，学长送你！"

"学生卡办了吗？办起来还挺麻烦的，我正好顺路一起去……"

顾桉乖乖巧巧，仰着头听他们七嘴八舌地说吃饭怎样，军训怎样，住宿怎样，认真程度就差拿个小笔记本出来记笔记了。

她穿着米色娃娃领连衣裙，脸颊有还没完全消去的婴儿肥，像只马上就要掉进敌人陷阱的小兔子，懵懵懂懂的一小点，脸上清晰分明地写了"我很好骗"四个大字。

她看着还是个小姑娘，没长大的那种，所以会不会轻易就被那些油嘴滑舌的男生骗走？

那个瞬间，江砚突然明白之前顾桢的心情。

明白了为什么顾桢那些同学说要等顾桉长大，被顾桢毫不留情地揍了一顿。

江砚看得懂那些男生殷勤之外的企图，明白他们看顾桉的眼神里带了什么情绪。

他在学生时代尚且对打架斗殴非常不齿，觉得幼稚且耽误时间，现在却有了和顾桢相似的冲动。

顾桉礼貌地和学长学姐道谢，只说自己有人来送，就不给他们添麻烦了。

而这时，几个学姐的目光越过她看向她身后。

"那个男生是谁啊……我们学校的？"

"哪个哪个？哇！好帅！"

顾桉顺着她们的目光看过去，江砚站在树下，浅色衬衫搭配牛仔长裤，腿长相当可观，高高瘦瘦的。皮肤白皙，剑眉、眼睫、瞳孔都是纯粹的黑，不带情绪轻飘飘地看谁一眼，都能让人记挂好久。

顾桉像煞有介事地鼓着小娃娃脸点评："真的很帅！"

她抿了抿嘴角，觉得骄傲极了。

好看吧，好看吧？

但是说不定这个人什么时候就是她的了！

如果以后他变成她的，那么她一定要把他"金屋藏娇"，除了工作的时候不给任何人看！

这个想法……真的是太坏了呀。

"手续办好了吗？"话题中心人物走到她身边。

顾桉点头："好啦！"

"顾桉，你今年几岁？"

"嗯？"

顾桉不知道江砚为什么这样问，只是看着他就觉得开心，不禁仰着小脸笑出一口小白牙，眼睛亮晶晶地看着他："十八岁！怎么啦？"

江砚颔首，俊脸毫无波澜，总结案情一般平静地道："没满二十，还是小朋友。"

顾桉一边和江砚说话，还一边忙着领取各种开学大礼包，小声道谢："谢谢学长。"

男生脸色微红，手忙脚乱地调出微信二维码："学妹客气，这样，我们加个微信，你有什么需要帮忙的……"

而就在这时，她被人扯着向后退了一步，后背冷不丁撞到江砚怀里。他身上的味道环绕过来，像在大夏天里竖起一道冰冷的屏障。

极轻的字音，比泉水更凉更清澈，缓缓地滑过耳际："敢谈恋爱，告诉你哥。"

他看起来英俊且清心寡欲，即使站在眼前也让人觉得遥不可及，天边朗月一般。

所以顾桉不敢多想，只是顺着他的语气，感受了一下"告诉你哥"这四个字……

顾桉想起顾桢给她讲过的案件，而且顾桢又是那种"老父亲"心态，舍不得她。

江砚半天没听见顾桉说话，低头才发现小姑娘好像已经被吓坏，眼神如清澈幼鹿一般，可怜兮兮地看着他，不知道在想些什么，整个人呈静止状态。

他挑眉，她立刻摇着可爱的脑袋，嘴巴和复读机一样嘟嘟囔囔："不恋爱，不恋爱，不谈恋爱保平安……"

脑子里默默地想恋爱太危险了，还是老老实实地暗恋好了！

顾桉的大学生活就这样开始了，报到之后，紧接着就是为期两周的军训。

初秋天气干燥闷热，她每天站在大太阳底下晒一天，又累又热，回到宿舍洗漱完毕倒头大睡，什么都顾不上。

A大是全国排名靠前的综合性大学，离家近，专业强，她和江柠不约而同都报考了这里，两人一个学校，一个美术院，一个数学系，却一直到军训结束后才有机会约了个饭。

"同学，你的校园卡有问题，扣费失败。"

顾桉小声说着抱歉，转头找江柠帮自己买饭，这时听到扣费成功的提示，才发现有个小姐姐帮自己刷了卡。

顾桉受宠若惊："谢谢学姐！"

她端过餐盘，乖巧地站在一边等学姐买完饭："您给我个联系方式，我转给您。"

想到大概几块钱会让眼前这个可爱的小姑娘放不下，女生拿出微信二维码给她扫："客气啦。"

顾桉端着餐盘回到座位上："刚才饭卡刷不上，有个超级温柔的学姐帮我刷的卡，温柔的人真的是人间宝藏！"

顾桉小口小口地吃着饭，脸颊撑得圆鼓鼓的，像个仓鼠崽崽。

这个学姐是，江砚也是，好温柔好温柔的……

当然，除了他说"敢早恋腿打断"的时候，真的太可怕了。

顾桉默默下决心，她也要当温柔的小姐姐！

"你现在就很好，"江柠捏捏她的小圆脸，说，"最近和那个人联系了吗？"

顾桉撇撇嘴，嘴里的菜瞬间不香了："他没找我，我也没找他……"

"干得漂亮，他不联系你，你也不要联系他，朋友圈拣开心的事情发，让他知道，没有他你也可以过得非常好！"

江柠装出一副经验丰富的样子，其实她的感情史一片空白，懂这么些弯弯绕绕的，都是因为好朋友有情感问题，每天逛某乎、某度，现学现教。

顾桉抬头，小呆瓜一样懵懵懂懂地问："为什么呀？"

"欲擒故纵懂吗？宝贝儿，欲擒故纵！"

江柠递给她一个"自己体会"的小眼神，突然想到以后或许可以叫比自己大的人妹夫，低头扒饭的时候忍不住"嘿嘿"笑了两声："晾着！你就给我晾着！"

C市，××小区，1101室。

顾桢难得不加班，坐在沙发上看了不下十遍手机。都说嫁出去的女

138

儿泼出去的水，怎么顾桉还没嫁出去，只是上个大学，就一点都不惦记她亲哥了呢？

小屁孩在家的时候，家里总有做好的饭菜，她一边说着"等一下下马上就好"，一边跑过来把做好的小点心递给他和江砚，让他们先垫垫肚子，懂事得过分。

顾桢皱眉，看向身边的江砚："顾桉找过你吗？这都一个星期没有给我打电话、发信息了，你说她是不是被外面的花花世界迷了眼？"

"也没有找我。"江砚的声音冷得起码零下十摄氏度，起身打开冰箱冷冻层，准备随便找点速冻食品扔到水里煮。

冰箱的抽屉里不知道什么时候被人放得满满当当，其中最显眼的是那一盒又一盒的冷冻水饺，上面还有她包好水饺后亲手贴上的小便笺：牛肉番茄馅、猪肉白菜馅、番茄鸡蛋馅……下面还有加粗的一行字：要好好吃饭！

"看什么呢？晚上吃豪华牛肉面还是奢华酸菜……"

顾桢凑过来，眼前是顾桉离开家前包好的水饺，心一下子又酸又软。

这个小崽子。

江砚关上了冰箱门。

茶几上有她最喜欢吃的薯片，几块钱好大一包，临走前交代顾桢帮忙吃掉不准扔。

沙发上有她的小毯子和抱枕，带海绵宝宝和派大星，叠得整整齐齐地放在一角。

家里每个角落都有她留下的可爱的物件，而这些可爱的物件无一不在提醒他们：顾桉不在。

"顾桉发信息了！"

手机一响，顾桢激动得像个老父亲，把顾桉的微信读了出来："哥，十月国庆节我不回家了，要和同学出去玩，嘿嘿嘿。"

顾桢一扯嘴角，没好气地道："你看看那小兔崽子的朋友圈，今天一烧烤明天一聚餐，现在国庆节都直接出去玩。"

他最终也没舍得吃顾桉包好的饺子，拿了两桶泡面泡了随便凑合。

江砚面无表情地戳开顾桉的头像，聊天记录还停在上个星期，她跟他说C市暴雨，提醒顾桢关窗。

她的朋友圈的确像顾桢所说，热热闹闹，是大学生的样子。

十条朋友圈里共有六个男生出现过，其中一个出现了三次，另外一个出现了两次。

还有一个在某张照片里，顾桉看着镜头，而他看着顾桉，正是迎新时要加微信的那个。

而顾桉就没心没肺地对着镜头笑出灿烂的小虎牙。

江砚将手机锁屏扔到一边，薄唇抿成直线。

她出去玩不会被人骗吗？不会遇到坏人吗？

这个世界有多险恶她知道吗？

她是和女生出去玩，还是和男生啊？

"顾桉，你说我们去哪儿玩比较好呀，是周边还是出省？"

晚饭后，江柠拉着顾桉围着操场散步。

身边是自己最好的朋友，眼前是自己从小梦寐以求想考的大学，学的是自己最爱的美术，她们一起计划着国庆出行，本来顾桉是不舍得的，但是前段时间给杂志投画稿，赚了好大一笔稿费，暂时实现了上半学期的财务自由。

晚风舒舒服服地拂过脸颊，惬意得不行，只是总有那么一个瞬间，她会想起江砚。

篮球场上男生在打篮球，她会想起江砚圈着她投出去的三分球，还有他带她练球，说"画个刻度线，看看我们顾桉明年能长到哪儿"。

出校门看到对面的公安院校，她会忍不住想象江砚大学的时候是什么样子，学习、训练和顾桢并肩，意气风发，干净明朗。

遇到男生表白，她会直截了当地告诉人家："我已经有喜欢的人了。"

虽然他不知道，她也只是暗恋他，但是喜欢的人那么优秀，心里满是骄傲，完全盖过那些不为人知的小小酸涩。

顾桉终于忍不住拿出手机，会不会有未读消息呀……恰巧来自她想念的某个人，而因为她的手机静音，所以没有提示。

绿色软件的确有小红圈，但是来自班级群。

"你男神给你发信息了吗？"

顾桉摇头，幽幽怨怨地叹了口气。她戳开和江砚的聊天窗口，上次联系还是她借 C 市暴雨，发消息给他，让他提醒顾桢关好家里的窗户。

"你看看你这个小媳妇儿样。"叹气好像能传染，见顾桉不高兴，江柠也有些难过。

顾桉随手刷了刷朋友圈，眼睛却不自觉地瞪大："他……他……他发朋友圈了！"

他竟然还……连发了三条？！

这天是什么大日子吗？

第一条，配图一张："好好吃饭。"

餐桌上只有相对的两桶泡面。

顾桉皱眉，她不在家他们都不好好吃饭吗？

江砚的胃不好，顾桢竟然给他吃泡面！

顾桢也是，忙起来就随便凑合！明明冰箱里那么多吃的！

顾桉硬是从好好吃饭那几个字里，读出了一丝故作坚强和强颜欢笑的意思。

第二条，配图一张："今日的崽崽。"

崽崽蔫蔫地缩在角落，无辜温柔且庞大，不肯吃饭。

——呜呜呜，崽崽，我好想你啊！你是因为想我才不肯吃饭吗？

顾桉吸吸鼻子，眼泪都要下来了……

"这条狗和我小叔叔养的那条好像啊……"

江柠没有江砚的微信，更何况江砚的微信名只有个字母"Y"，她认不出。

第三条，配图一张，什么文字都没有。

出镜的只有江砚的手，他那双手生得极其漂亮，骨节分明，手腕白皙，青色血管明显，一道很明显的划痕横穿整个手背，一看就是执行任务时被钝器擦伤。

顾桉咬了咬嘴唇，当即给顾桢打了个电话过去："哥哥，你看到你同事发的朋友圈了吗？"

电话那边吵吵嚷嚷，顾桢轻嗤："还知道给你哥打电话。"

"江砚从来不发朋友圈好不好？"

"抓人呢，挂了。"

顾桉难过极了，分分钟脑补一个故作坚强的小可怜江砚，和德牧崽崽执手相看泪眼，无语凝噎……

"我国庆不出去玩了，我要回家。"

"啥？"

顾桉撇着嘴角嘟哝道："我没办法欲擒故纵，也没办法矜持了……我看到他不好好吃饭都觉得很难过……"

国庆假期转眼到来。

从学校到家，有直达的跨市地铁。三十号中午下课后，顾桉一分钟没有耽误，回宿舍拿起早早收拾好的行李，背上自己的小菠萝斜挎包，软萌萌的半丸子头都风风火火的。

她一边骂自己没出息，一边控制不住自己的腿往家的方向走，还要看着自己的白色板鞋自欺欺人，小声嘟哝："谁让你往这个方向走的呀？不是我不是我不是我……"

顾桉拉着小箱子进了小区，小公园里都是看孩子的大爷大妈。顾桉笑眯眯地问好，到了楼下一头扎进超市扫荡，稿费用来买了江砚爱吃的虾和顾桢最爱的排骨，还有她自己喜欢的大包零食。

能自己赚钱真开心，花起来她一点都不心疼！

顾桉到家的时候，顾桢竟然在。他足足愣了三秒，然后"扑哧"一声笑出来："哪儿来的小卤蛋啊，哈哈哈！"

顾桢笑的时候其实特别阳光，完全就是中学时代会被很多女生暗恋的那种少年，浓眉虎牙，棱角分明的脸，只是，这跟她回家路上设想过的重逢场景太不一样了……

"什么卤蛋？"顾桉将娃娃脸皱出包子褶，幽幽怨怨地看着自己的亲哥。

从小到大，顾桢给她起的外号太多了。

比如"小逗号"，因为她某次眼睛被蚊子咬肿，睁不开只剩个点。

比如"小豆芽"，因为她高考前剪了个圆滚滚的短头发，身子板又瘦小。

再比如"小傻子""小崽子""小愣子"什么的，不胜枚举。

只是这个"卤蛋"实在让她云里雾里，摸不着头脑。

对上她疑惑的目光，顾桢好心解释："你离开家之前，白得像鸡蛋。"

顾桉有种不祥的预感，但是又好奇，声音小小的，毫无底气："那现在呢？"

"卤蛋。"顾桢偏过脸去不看她，嘴角抽搐，齿尖咬着下唇，差点把嘴唇咬穿。

女孩子一怕胖，二怕黑，好在顾桢还没有说她胖……

"你好像还胖了一点？"

顾桉呆头呆脑地站在原地，像只霜打的小呆瓜。

呜呜呜，早知道她就捂得白一点再回家啦！本来江砚就不喜欢她，颜值巅峰的时候都不喜欢，更别提现在还晒黑了，呜呜呜……

她现在买张票回去晚不晚呀？

没有早一秒也没有晚一秒，就在她想起他的时刻，传来门锁转动的声音。

顾桉条件反射地双手捂脸。

可是……她已经好久好久没见过江砚，太想看看他了。

于是她的食指和中指中间轻轻错开一条缝，晒黑的小脸挡严实了，只露出一双黑白分明的眼。

江砚进门一怔。

那双冷冽的眼睛，霜雪融化般变柔和，就连眼尾都微微弯了下去，延伸出一道上扬的弧。

刚才他还在想，某人是不是已经跟同学出去玩了。

不知道她会不会被人骗，会不会被人拐走。

下一秒他就看到她出现在眼前。

头发好像长长了些，她在脑袋上随便绑了一个小鬏鬏，小鬏鬏上绑了个带小蛋糕的头绳，穿着奶黄色娃娃领连衣裙，看起来像块刚出炉的戚风。

只是双手紧紧捂在自己的脸上，片刻后，她闷声闷气地喊了一声"江砚哥哥"。

就好像她每个高中放学回家的下午，他下班回来就能看到她。

江砚"嗯"了一声，眼神询问顾桢：顾桉怎么了？

顾桢指了指自己的脸："晒得跟个小卤蛋似的，见到你不好意思了。"

顾桉听顾桢这样说，小孩子脾气上来，恼羞成怒，去踩顾桢的脚，奈何她个矮腿短，而顾桢反应敏捷瞬间跑掉。

却不想，下一秒被人摸了摸头，她乍起的毛瞬间蔫了，甚至非常没出息地变得温顺无比。

"干吗呀？"她抬头一看是江砚，声音软软糯糯的。

她撇着嘴，从手指缝隙间看江砚。喜欢的人就站在自己面前，眉眼干净英俊，太久没见，小心脏又开始乱跳。

她的手腕被他松散握住牵着往下拉，她那张晒黑的小脸完完整整地露出来，江砚松手，可是她的手腕上好像还留着他偏低的体温，却在隐隐发烫。

"让哥哥看看。"

他的声音不像往常那样冷淡，听起来好像很累，压得又低，顾桉的小耳朵像是被烫了一下，心说：低音炮就是低音炮。

他半垂着眼，睫毛鸦羽一样，午后阳光将瞳孔染了一层暖色，黑亮而温和，这样一眨不眨地看人的时候，顾桉完全招架不住，更别提——他还在笑！笑得特别好看！

梨涡都笑出来了！

简直人间绝色！

在江砚的注视下她的小脸涨得通红，偏偏她还要梗着脖子问他："你笑什么呀？"

呜呜呜，她现在黑成这个样子肯定很丑！他肯定是被顾桢同化了学会嘲笑人了！

"谁家的小蘑菇？"大帅哥笑得眼睛弯弯，伸手揉乱了她的头发，"怎么这么可爱。"

顾桉觉得自己像个烟花，"砰"的一声升空炸了。

谁家的大帅哥？怎么她这么想据为己有！

"你怎么回来了？"江砚的语气很轻。

顾桉责备地问"你怎么才来"，又是开心又是委屈还要装得不动声色，可爱。

顾桉看着他的眼睛，鼓着小娃娃脸很不高兴，掷地有声地道："我怕两个孤寡老人在家里饿死！"

顾桉上了她的小阁楼，盖着柔软蓬松的棉被，睡了个暖暖和和的午觉。睡饱之后，她目的明确，直奔厨房，挂上自己的小围裙系上身后的带子。

"晚饭哥哥买。"江砚伸手碰碰她的后脑勺。

瞧瞧、瞧瞧，这个矜贵的阔少爷。

"十块钱的食材，放到饭店里价格就要翻十番，你是钱太多没有地方花了吗？"

江砚抿唇，只好乖乖地去洗手。

那个让无数犯罪分子闻风丧胆的冷面警官，现在亦步亦趋地跟在小女孩身后，是准备帮忙的架势。

这幅画面如果被刑侦支队的众人看到，大概要集体怀疑人生。

顾桉沉迷说教无法自拔，嘴里一直唠唠叨叨的："我之前不是说过很多次吗？不能吃泡面，偶尔吃一次还好，你要是老吃老吃，会把肠胃吃坏的……"

江砚悄无声息地弯起嘴角，那个小小的梨涡看起来无辜又甜。

"你说我说得对不对呀，嗯？"

身后的人不吭声，顾桉气鼓鼓地回头。

江砚难得没有穿一身黑，上身是一件深蓝色卫衣，露出一圈白 T 领口，衬得人肤白貌美的，看一眼魂都好像要被勾走。

对上她的视线，大帅哥赶紧恢复那副云淡风轻的样子，但是她竟然从那张冷若霜雪的俊脸上，看到了名为"乖巧"的表情。

他睫毛长，眼睛干净又明亮，没有冷着脸吓人的时候，这样看着非常温柔无害。

顾桉怀疑他在使用美人计，却没有证据，依旧维持着表面的严肃，想起那两盒泡面的朋友圈就生气，说起朋友圈又想起他受伤的手，虽然伤口已经愈合，但还有深红色的疤痕，触目惊心。

她生气又心疼，站在江砚面前，像个奶凶奶凶的小喇叭："你年纪轻轻就得胃病，等老了退休了还有各种职业病，想吃好吃的都吃不了，到时候我就吃好多好吃的，就在你面前吃，馋死你！"

她说完话，才察觉不对劲。

等他年老，儿孙承欢膝下，那个时候，她哪还有办法在他面前吃很多好吃的馋他呢？

这样的说法，很像是在说，在那个时候，她还在他身边。

这话着实没头没脑还唐突得过分，她没过脑子就自己说了出来。

她悄悄抬眼看了一眼身边的人，却见江砚也微微怔住。

片刻后，他的眉眼间浮起笑意，像冰雪初融，声音似乎也变温柔，他很乖巧地应了一声："哥哥知道了。"

自从顾桉认识江砚，他日常就一直一副冷淡不好惹的大少爷样子。

虽然她知道这个人的外表下，其实藏着一个非常温柔的灵魂，但是像现在这样乖巧温顺敛起所有棱角，低声应着她的嘟嘟囔囔，说"哥哥知道了"，是第一次。

非常温柔、非常乖巧的语气，带着一点点鼻音，无端多了些宠溺的意味。

顾桉的耳朵尖有些发烫，热意一直蔓延，厨房变成烤箱，空气都跟着升温。

但是她知道，江砚肯定没有想到她刚才想的那一层的意思。

"直男"嘛，怎么可能懂小姑娘那些弯弯绕绕的心思……

她鼓着小脸叹气，幽幽怨怨地想，他知道什么呀？

等心跳平复，脸颊的热意都退干净，她赶紧转移话题："江砚哥哥，你会做饭吗？"

江砚垂着那双漂亮的眼睛："不会，但是我可以帮忙。"

顾桉不知道这位养尊处优的公子哥儿怎么突然之间对下厨产生了如此浓厚的兴趣，试探着问："那您就洗个菜？"

江砚点头，顾桉决定给他个试试的机会，可是三秒之后，顾桉就后悔了——

"哥哥，你那样的话一吨水都洗不干净一盆菜，放着我来吧。

"哥哥，你这样一勺子盐下去，我们晚上得喝一吨水，还是我来吧。

"哥哥……"顾桉小脸皱巴巴的，哭笑不得，"还是我来吧。"

江砚的眼角微弯，他其实很喜欢听她嘟嘟囔囔地碎碎念，皱着一张小脸，小孩子装大人一样，可爱得要命。他安安静静地听她说教，眼底始终忍着笑意。

顾桉把自己喜欢的人彻底嫌弃了一番，嫌弃完了又有点后悔。

自己刚才的话有没有说太重呀？会不会太打击大少爷的积极性？人家好不容易想要下一次厨……

这样想着，她愧疚地转过头去看江砚。

大帅哥眉宇舒展，澄澈眼底尽是温柔明亮的光，一副被嫌弃也心情很好的样子。

顾桉撇撇嘴，他可能是最近发奖金了吧！

因为顾桉回来，空荡荡的房子变得像个家，满满一桌子菜，花花绿绿的碟子，热热闹闹地堆满了桌子。

顾桢虽然嘴上还是呛她，但是一边呛一边夹菜，整顿饭嘴角都是微微翘起来的。

"哥哥，你是不是很想我？"顾桉端着碗，龇着小虎牙傻乐。

顾桢把她最喜欢的排骨堆到她碗里："做梦吧你。"

还是家里好。

明明初秋天气渐凉，可顾桉还是觉得自己被暖融融的氛围包围着。

晚饭后，她窝在沙发一角看电视，薯片咬得"咔嚓咔嚓"响，家里那只德牧崽崽一见她回来，就哪儿都不去，安安静静地蹲在她的脚边，像守护公主殿下的骑士。

德牧这种狗狗，看起来威风凛凛，实际上对自己家人非常非常温柔。这么说的话，它倒是跟它的主人非常非常相像。

"崽崽，我不在家的时候，你还好吗？"

顾桉感觉心都要化了，一下一下地给它顺毛。

"挺好的，"江砚人高高大大的，拎了本书在她旁边坐下，"反正也没有人和它玩。"

非常干净的声音，语气也像往常一样平静无澜，但是顾桉莫名其妙察觉了一点委屈巴巴的小可怜意味。

就好像他不是在说德牧崽崽，而是在说……他自己。

月光从窗外照进来，他低头看书，侧脸白皙精致，眼睫鸦羽般垂着，看起来非常斯文清俊，从下颌到喉结再到脖颈的线条完美没入浅色衬衫衣领里。这个人，真的每道线条都恰好长在她的审美上，也每道线条都干净利落。

只不过，刚才……是自己的错觉吧？

十月二号，江砚因为爷爷生日回了一趟家，刚进门就被奶奶叫住："小砚，你爷爷叫你过去。"

江老爷子今年已经八十多岁，但是依旧精神矍铄，开口说话还有当年带兵打仗的精气神："你警校毕业前三年在西南缉毒一线，有件事我也就一直没有认真和你提过。当年你被绑架到南方，被一名老警察救下来，前几年他去世，只有一个外孙女，今年应该成年了。"

江砚微微颔首。老警察去世的事情他知道，葬礼他也悄无声息地参加了。

至于外孙女，那应该就是当年跟在他身后的小团子，竟然已经长这么大了。

"当年我和那位老警察一见如故，给你们定了婚约。"江老爷子抬眼看人，目光雪亮，带着让人不敢反抗的威严。

江砚一直知道自己有婚约在身，但是从来没有在乎过。一是不当真，二是不打算从，三是，他从来没有考虑过结婚这种事情。

"爷爷，婚约我不能遵守，于我于她都是强人所难。"

实际上他读警校第一年的假期，就飞过一次南方拜访救过自己的老警察。那个时候老人家身体已经不太好，但听说他读警校还是非常开心。

小团子不在家，听说是和同学一起去小河边钓龙虾了。

江老爷子当了一辈子军人，脾气一直很硬，一直到现在上了年纪才温和了些："这件事我会慎重考虑，尊重你和人家小姑娘的意见。"

江砚从书房里出来，江柠正捧着手机发微信发得起劲："顾桉，明天你最喜欢的乐队在 C 市开演唱会，你知道吗？

"我认识一个黄牛，看他发了朋友圈！

"想不想去看？我把他的微信推给你。"

没几分钟，对面的人回了，软软糯糯的语调："我打算去接个机就好啦……如果可以，在体育场外面转转，嘿嘿嘿。"

江柠听完语音，动作一顿。

自己可能就不应该跟顾桉提演唱会的事情。

在江柠的认知里，喜欢就应该冲，花钱算什么？花钱难买她乐意。

但是她刚才一激动就忘了，顾桉跟她不一样，会因为想要省钱克制自己的喜欢。

"你要去看演唱会？"江柠的妈妈听了，问道。

"不是，是我的小同桌，她有个喜欢七年的乐队，现在好不容易来中国开演唱会了，她不舍得去看。"

说起顾桉，江柠的话一下子变多："妈妈，你知道吗？她爸妈在她很小的时候离婚了，她跟着外公外婆长大，后来外公外婆去世，她就只能寄人篱下……"

"好懂事的小姑娘，改天请她来家里吃饭，妈妈给她做好吃的。"

"嗯！"江柠扑进妈妈怀里撒娇，"妈妈真好……"

顾桉有一支喜欢了七年的摇滚乐队。

门票开售的时候，她想着如果能抢到，那就咬咬牙去看，反正钱花完可以打工再赚。如果抢不到更好，那她就省了好大一笔生活费。

只是这支乐队实在热门，上万张票一秒售罄，能买到的只有价格翻了快十番的黄牛票。

她决定跟着后援会去接机，远远看一眼就好。

反正演唱会就是听歌，说不定她在体育场外边也能听到！

江砚从外面回来，顾桉的眼睛一下子就直了。

大帅哥这天不知道去出席什么正式场合，熨烫挺括的白色衬衫，黑色西裤，手上搭着外套，看起来像个矜贵散漫的贵公子，贵公子衬衫领口开了两颗扣子，锁骨精致，惹人注目。

"还没睡？"

"要睡啦要睡啦！"顾桉怀里抱着笔记本从沙发上下来，电脑壁纸正是那支摇滚乐队。

这支摇滚乐队的主唱长得超级帅，曾被歌迷戏言即使以后不唱歌也可以靠脸吃饭，现在她看着却觉得，远不如面前衬衫西裤大长腿的刑警同志帅。

"喜欢？"

"嗯？"

江砚轻仰下巴，视线落在她的电脑屏幕上。

顾桉慢吞吞地呼了口气。

吓死了、吓死了，刚才她还以为他问自己是不是喜欢他，差点就对着那张堪称人间绝色的脸说"是是是"。

"啊……你说这支乐队呀……喜欢！"

她的头发有些乱糟糟的，脑袋上的小鬏鬏也歪了，但是眼睛亮晶晶的，小虎牙都露了出来。

江砚冷冰冰的少爷语气不自觉变得柔和："朋友送了两张票。要去看吗？"

还有这等好事？还有这等朋友？

顾桉的眼睛瞪得老大，嘴巴也成"哇"的形状，整个人小小一团完全呆滞住了，根本不敢相信自己的耳朵。

看来，她是真的喜欢。

江砚忍笑戳戳她的额头："去吗？不去就扔掉了，我又不喜欢。"

"去去去！不扔、不扔、不扔！"

顾桉心里美滋滋的，翻来覆去一整个晚上都没睡着。

啊！人生怎么这么美好？！她竟然要和喜欢的人去看演唱会！

顾桉裹着小毯子，不知道在床上翻了多少个滚才把自己翻睡了，第二天早上起床依旧是亢奋状态，完全不受失眠影响。

演唱会就在这天晚上，十几个小时之后，顾桉趿拉着小拖鞋跑到衣柜旁边挑衣服。

入秋之后，她经常见到江砚穿那件深蓝色卫衣。顾桉在打开衣柜后，发现她也有一件婴儿蓝的卫衣，拿出来，搭配自己的牛仔背带裙。

她看着镜子里的人，心说：我是觉得这样穿好看所以才穿这件的，才不是因为想和他穿情侣装。

"对，就是这样子。"

她自欺欺人，脸颊却非常诚实地热了起来，直到把东西收拾妥当，出门才恢复白皙的颜色。

演唱会晚上七点开始，六点时，顾桉等在 C 市公安局门口。

她穿了一身蓝，背着奶白色斜挎包，清新甜美，像夏天的柠檬汽水。

顾桉背着小手在公安局门口踱着步子，装得像个小小淑女，其实心情雀跃得不得了。

她竟然能和喜欢的人一起去看喜欢了七年的乐队。

连空气都变得香甜，她的心底开始冒粉红色泡泡，一层一层簇拥着。

下班时间，人开始往外走。她抬头一眼就看到江砚，大帅哥不管什么时间在哪儿，总是最惹眼的那个，更别提他这天下班前从警服换回自己的衣服，正好穿了那件很好看的深蓝色卫衣、水洗蓝的牛仔裤，蹬一双白色板鞋。

他穿成这样……也太犯规了吧！

高高瘦瘦，干净得不行，身上的少年气毫不违和，顾桉看着不远处的他，甚至能想象他大学时的样子。

然后她就发现，眼睛发直的不光有她，还有江砚身后不知道什么时候冒出来的高挑大美女。

"江砚哥！"温柔又娇滴滴的女声，让顾桉整个呆住。

江砚停住脚步，冷淡地抬起眼皮，面前是单位领导的女儿。

"江砚哥，有时间吗？我想请你吃个晚饭，今天刚从国外回来。"

原来大美女和大帅哥认识呀……

顾桉咬着嘴唇，突然觉得心里酸酸的。

可是这种酸涩感又毫无立场，明明是因为江砚，可是她又毫无办法不能怪他，只能低垂着头装路人。

——你看看人家，长鬈发，细腰大长腿，换了你是男生你不喜欢吗？你再看看你，跟个小扁豆似的，个子不高，腿……虽然比例还行，但奈何个子矮！

然后再看脸，顾桉伸手揪揪自己脸颊上的肉，她的小伙伴们平时的见面礼就是捏她的脸，说跟软绵绵的小蛋糕似的，手感好。

　　但站在江砚旁边的大美女，举手投足间风情万种，她一个女生都移不开目光。

　　所以综合评定，她完败。

　　两人站在一起简直天仙配，长腿小哥哥和貌美小姐姐，养眼又惹人注目。

　　他们在说什么呀？怎么还没说完？

　　顾桉跟自己说，要冷静不要看。眼睛却有自己的想法，小心脏也是，抑制不住地心动。

　　江砚站得笔直，俊脸覆着一层薄冰，往顾桉的方向看了一眼，微微颔首，不知道和女生说了什么。

　　貌美小姐姐脸上的笑容瞬间僵硬，她也顺着他的目光看过来。

　　江砚个高腿长，几步就走到顾桉身边，抬手碰了一下她的后脑勺："走了啊。"

　　顾桉"哦"了一声，赶紧跟上。

　　她好奇江砚是怎样拒绝美女的晚餐邀约的，却又觉得他怎样拒绝和自己无关，自己不可以多嘴过问，会显得很讨厌。

　　"等多久了？"

　　顾桉摇了摇头："刚来、刚来。"然后就看见大美女跟你说话了。

　　两个人到演唱会体育场是半个小时后。

　　"快看那个男生，真的好绝啊！"

　　"一看就有女朋友好吧？身边那个小个子女孩……"

　　"不像，倒是更像妹妹。"

　　顾桉来时还雀跃着，蹦蹦跶跶的，现在却蔫巴巴的，提不起精神来，像朵自闭的小蘑菇。

　　她心里的酸涩感不知道为什么正在悄无声息地放大。

　　虽然江砚只是和那个女生说了句话，脸上一点表情都没有，但还是让她直观感觉到，她和他之间其实不只隔着时间，还隔着履历，隔着那么多觊觎他的小姑娘，并不是她努力快点长大，就可以把这个人变成男朋友。

江砚垂眸，这天的小话痨过分安静，低着头，纤长卷翘的睫毛像小刷子，瓷白的小娃娃脸鼓着不知道在想什么。

原本不笑也会微微翘起来的嘴角，现在深深撇下去，看着委屈巴巴的样子。

"不开心？"

顾桉抬头，江砚看她的时候其实和看那个女生的时候一点都不一样，很温柔，像是邻家大哥哥。

演唱会他带她看，平时也对她千般纵容，她如果觉得不开心，是不是太过分了？

毕竟她喜欢人家，人家是无辜的。

顾桉轻轻弯起嘴角，摇摇头，鼻音特别奶声奶气的："没有。"

"可以告诉我吗？"他的声音听起来很软，带着哄人意味。

顾桉心里更酸了。

呜呜呜，这个人怎么这么温柔！这么温柔却又不是她一个人的……

"或者说，怎样才能好？"

顾桉这才抬起头，看着他的眼睛："我说什么你都答应吗？"

比起她不开心，好像她说什么都可以。

江砚淡淡地开口："说来听听。"

这可是你说的！

"我……"她湿漉漉的圆眼睛一眨不眨地盯着他，好像花费了很大的勇气，就连手都攥成了拳头，关节泛白。

她是想说什么？

江砚微微俯身，耳朵靠近她的嘴边，是洗耳恭听的架势。

小姑娘凑近，连带着她身上清甜的水果味道也袭来。

"我要戳戳你的梨涡。

"你给我戳一下……"

她抻着脖子，脸却已经红透，但还是坚持说完："戳一下我就开心了啊。"

顾桉说完，江砚微微怔住，冷冰冰的大少爷，睫毛长长的，眼睛干干净净，看起来……特别无辜，像个被人调戏的良家少年。

空气陷入凝滞状态，场馆内人声嘈杂，她却听到自己越来越大声的心跳，脸也开始发烫，突然就有些后悔。

她本来就是耍小脾气，又或者说吃醋吃得口不择言，随口一说，说完就觉得自己冲动了，特别无理取闹。

上次她还只是看看，这次竟然就想戳一戳。

顾桉同学，你什么时候这么会蹬鼻子上脸了？

"我能拿你怎么办？"

他的声音轻飘飘地落在她的耳边，更像叹息，却又带着深深的纵容，她的心脏停滞一拍之后，瞬间不会跳了。

她仰起脑袋时，江砚眉眼微弯看起来无奈极了，平时因为职业特殊身上总带着冷淡严肃的气场，现在却悉数敛起不复存在。

他伸手碰了碰她的脑袋，好像除了妥协没有别的办法，而下个瞬间，就真的弯腰靠近她。

他从去年开始就一直保持寸头发型，干净的眉眼没有任何遮挡，也没给她留任何缓冲余地，猝不及防，直愣愣地让她对视上。

那张年轻英俊的脸仿佛白玉雕刻而成，眉目清朗，漂亮得不可思议。

"来吧。"他牵起嘴角，微微侧头，露出她心心念念的梨涡。

顾桉伸手，指尖落在他的脸上。

没想到大帅哥脸这么软，呜呜呜……

见她呆住，他眨了眨眼，俊美又乖巧无辜，声音似乎带了笑："可以了吗？"

顾桉"嗖"的一下收回手，脸不争气地红了。

江砚忍笑看着她，她的脑袋里到底装了些什么奇奇怪怪的想法？

顾桢提前几十年体会到当爸的感觉，江砚却莫名其妙地体会到当哥哥的心情。

之前他发朋友圈，不过是想找个借口让她和自己说话，随便说些什么都好，没想到她直接从学校冲了回来。

现在演唱会他陪人家看了，梨涡也给人家戳了。

晚上七点，演唱会准时开场。

眼前是自己最喜欢的乐队，每首歌仿佛都应景，顾桉却总是忍不住想看身边的人。

斑斓的灯光映在他清澈的眼底，流光溢彩，天边朗月、灿烂星河不及其万分之一的温柔与明亮。

演唱会结束已经半夜十二点，C 市入秋后昼夜温差极大，顾桉为了好看穿的牛仔裙只到膝盖，晚风一吹起了一层鸡皮疙瘩，忍不住抱着手臂轻轻蹭了蹭。

这时，江砚原本拎在手里的外套落在她身上，带着浅浅的薄荷味道，而他身上只有一件单薄卫衣。

"穿着。"

顾桉抬头："那你不冷吗？万一冻感冒怎么办呀？"

"就是给你带的。"

顾桉这才想起来，这件衣服他下车的时候从车的后座上拿下来，一直拎在手里，没有穿过。

他的衣服太大了，盖住了她的膝盖，袖子也太长，她整个人被他的外套上淡而好闻的味道笼罩着，缩在袖子里的手不自觉攥紧，想到什么，脸一下子红了个透彻。

她心里那点酸酸涩涩的微弱感觉，像是水滴遇到阳光慢慢蒸发，只剩下微微的暖意和他外套上的味道。

第二天是十月四号，难得没接到加班通知，顾桢起了个大早，去买了一堆顾桉喜欢吃的东西，堆了满满一餐桌。

顾桉喜滋滋地笑出小虎牙，亲哥真是个嘴硬心软的小天使呀！傲娇怎么啦？暴躁怎么啦？还不是可爱的！

"江砚哥哥还没起床吗？"

"好像感冒了，出去跑了十公里回来又睡了。"

顾桢把早饭一样一样摆到餐桌上，转身进了厨房，出来的时候手里多了药片和温开水："去，给你江砚哥哥送过去。"

"为什么要我去呀？"顾桉感觉脸热了一下，乖乖接过亲哥手里的东西。

"因为我意外发现，他的起床气对你发作不起来。"

是吗？是这样吗？

顾桉的嘴角有些不矜持地想要上扬，抬头看着顾桢，她故作不经意地问了句："是吗？"

顾桢点头，略微思考了一下，最后盯着他亲妹那双弯弯的小鹿眼，若有所思道："可能是看你又矮又小一小点，跟个小猫小狗似的，发不出火来。"

顾桉心里那点甜甜的粉红色泡泡被无情戳破，拉着长音"哦"了一声，趿拉着拖鞋往江砚的房间走去。

她站在门口，礼貌地敲门："江砚哥哥，我进来啦……"

屋里只开了一盏昏黄的小夜灯，深灰色窗帘拉得严严实实的，空气里都是薄荷青柠的干净味道。

短暂几秒之后眼睛适应黑暗，顾桉轻手轻脚地把温水和药片放到床头柜上，因为微微弯腰，那个瞬间离江砚的脸特别特别近，近到能在昏暗光线下，看清他根根分明密密垂落的睫毛。

"江砚哥哥……

"江砚哥？

"江砚！"

江砚似乎觉得有些吵，脸往被子里埋，只露出眉眼和高挺的鼻梁。

顾桉伸手去探他的额头，下一秒，肌肤相贴，她的指尖都有些颤，飞快收回手，像是被电电到。

还好，他的额头不是特别烫。

他感冒肯定是因为昨天把外套给她，早知道她就不要穿裙子了，害得他现在难受。

外面好像开始下雨，是她最讨厌的天气。

可是在她最讨厌的阴雨天气里，眼前是喜欢的人。

顾桉在他床旁边的地毯上盘腿坐下，手托着下巴。

"这位王子，你是在等你的公主来把你吻醒吗？

"好像昨天那位美貌的小姐姐就不错。

"感觉身高也挺合适。

"脸也一样，都是人群里一眼就能看到的长相。

"她好像喜欢你，看你的眼神很不对劲……

"长得好看的男孩子，在外面要好好保护自己知道吗？"

顾桉呼了口气，说出来心里舒服多了。

江砚的眼皮动了一下，长而密的睫毛轻颤。

他没睁开眼，声音也很轻带着鼻音，分不清是被她吵得不舒服，还是睡梦中的呓语，又或者是真的在回应她从未宣之于口的心思。

"乖。哥哥不喜欢她。"

乖。

哥哥不喜欢她。

顾桉呼吸一室，像只吓蒙掉的小兔子，娃娃脸绷得紧紧的，心脏快要跳到嗓子眼，有句话几乎要脱口而出："那你喜欢谁？或者说，你有喜欢的人吗？"

他侧躺着，正好对着她，侧脸的轮廓被昏暗的光线勾勒得柔和。

她坐在地毯上，看他刚好是平视的视角。眼前的他剑眉修长、乌黑、清晰，很英气那种。而与之形成强烈反差的，是他的睫毛，长而柔软，鸦羽一样覆着，非常温柔无害。

他好像半梦半醒，还很不舒服，眉心都不自觉皱起来，顾桉话到嘴边又咽回去，手指隔着灰色薄被戳戳他的肩膀："哥哥，起来吃药。"

江砚睁眼的时候，正好对上顾桉纯良无害的圆眼睛。她坐在他床边的地毯上，看起来小小一团，手肘抵着膝盖，手背撑着下巴，眼睛一眨不眨地盯着他。

江砚枕着手臂朝着她："过来多久了？"

他的声音不像平时冷淡，带着刚睡醒的低哑和慵懒，听着莫名有些……性感。

"就刚才。"顾桉蹭蹭耳朵尖，赶紧把药片和水递过去。

江砚把脸往枕头上埋，眼睫半垂，声音也有些闷："可以不吃吗？"

"不，可，以，"顾桉一字一顿，虽然面前美色惑人快把她暴击到傻掉，但她还是非常坚定地摇头，"吃药会好快些，而且可以不那么难受。"

江砚这才抬起眼皮，淡淡扫了一眼没有糖衣包裹的感冒药："放着吧，哥哥一会儿就吃。"

那个语气和表情，眼巴巴又小心翼翼，甚至还有些可怜分分的讨好。

顾桉眼睛一眯，察觉事情并不简单，昂着高傲的下巴尖严肃地道："水是温的，现在就吃。"

江砚的眉头微皱，看起来无奈极了。他起身摁开床头灯，室内一下明亮如白昼。

他皮肤本来就白，因为生病嘴唇没有血色，嘴角微微向下，湿漉漉的眸子又暗又沉，垂眼看人的时候好像能勾魂。

而就是这样一个美色惑人的大帅哥，乖巧无辜地看着她，认认真真地吐了两个字："很苦。"

所以……警察叔叔怕吃药？

顾桉嘴角不住地想要上扬，但是又不得不憋着，给人留足面子，最后小脸鼓得像金鱼，也硬是没有笑出来。

那双眼睛一眨不眨地盯着人看的样子，简直像个冷漠无情正在监工的包工头。"包工头"双手托腮，显然非常有耐心："吃吧，我看着你吃完再走。"

江砚修长的剑眉微挑，垂眼看着顾桉塞到他手里的药片，最后眼睛一闭，将药片扔进嘴里，喝水时清晰利落的喉结上下滚动，没入白色短袖领口。

顾桉瞬间成就感爆棚，大少爷不光没有起床气发作的迹象，还被她摁着吃了药，非常乖巧。

她想起顾桢说江砚起床气对她发作不起来，又想起他刚才迷迷糊糊那句"哥哥不喜欢她"，心里开始冒甜甜的泡泡，开心得像个要去过儿童节。

她收好感冒药和水杯往外走，走了一半又折返，从自己的背带裙口袋里找出一个小糖罐子，献宝一样递到他面前："哥哥，伸手。"

江砚一言未发乖乖照做，他手指修长瘦直，还白，掌心纹路干干净净。

顾桉把小罐子的瓶口对准他的掌心，手心落下两颗颜色不一形状不一的糖，淡淡的水果清香弥漫开。

有那么个瞬间，他想起十几岁时见过的小团子，也是这样，在他受伤的时候来哄他，偏偏还要绷着小脸念念叨叨："这个糖超级好吃，只可以给你一个。"

她舍不得，又要分给他，因为纠结皱着小包子脸，可爱极了。

"哎呀，多倒出来一颗……"顾桉秀气的小眉毛皱成波浪线，眼睛状似不经意地悄悄对准瓶口，去看自己的糖果还剩几颗。

只是没想到，她每个细微的表情都落入江砚的眼底。

他用手指关节轻敲她的脑袋，忍着笑说："哥哥再给你买。"

"行吧。"顾桉嘿嘿一乐，抱着杯子、药片撤离，带上门之后，又从门缝里探出个可爱的小脑袋，笑眯眯地看他。

"小的退下了！领导好好休息！"

江砚抿起的嘴角微微上扬："知道了。"

国庆难得休一天假，顾桢洗完碗筷，坐在客厅的沙发上看《海贼王》。

他人高高大大的，头发软趴趴地落在眉宇间，黑色连帽卫衣黑色运动裤显得人少年感很重。身边蹲着一只黑黄相间的德牧，一人一狗其乐融融，仿佛提前过上退休生活。

"哥们儿，"他一边给崽崽顺毛一边问，"你觉得艾斯帅还是路飞帅啊？"

家里有个大龄未婚男青年，顾桉小同学深感忧虑："哥哥，你是不是应该考虑考虑找个女朋友呀？"

顾桢虽然脾气差嘴毒，但是长相上乘十分具有欺骗性，从小学开始就有小女生送巧克力，初中、高中那些追他的姑娘都能给他投喂出蛀牙。

怎么到现在，反而身边一个小姑娘都没有了呢？以前虽然也没有，但是隐隐约约有点早恋苗头，她知道有个漂亮小姐姐存在，顾桢打篮球的时候送水的女生特别多，就只有她那瓶他会接。

可是现在，这哥们儿闲下来不是看动漫就是打篮球，甚至都开始拉着德牧崽崽聊天，再这样单身下去人不会越来越"狗"吧……

"没有热心同事或者热心邻居给你介绍女朋友吗？"顾桉板着小脸，小大人似的说教，"有合适的就要去看看。"

"管得挺宽，"顾桢不耐烦地抬起眼皮，在她的脑门上敲了一记，"我和江砚一样大，你怎么不去跟他说？"

顾桉抿了抿唇。

那可不一样！江砚……江砚可是她要留着给自己当男朋友的！

江砚因为陪她看演唱会把外套给自己，直接冻感冒了，顾桉十分愧疚，眼见大龄青年不需要她关心，索性从冰箱里拿出一堆食材，开始准备午饭。

生病的人应该吃什么呀？

她系上小围裙，电饭煲煮粥，青菜择洗干净之后清炒或者凉拌，不一会儿室内就满是饭菜的香气。

顾桢突然觉得很饿，拿着手机走到料理台旁边，筷子刚伸出去就被顾桉无情地拍开："这个是给江砚哥的！"

顾桢修长的手指戳上顾桉的额头，眼睛微微眯起更显狭长："顾桉，我怎么觉得江砚更像是你亲哥？要不以后你管他叫哥，管我叫顾桢哥哥怎么样？"

顾桉"哼哼"了两声，那可不行，江砚是要当男朋友的。这样想着，她的脸跟刚出锅的糯米团似的，开始"呼哧呼哧"冒热气。

耳边传来房门打开的声音，顾桢看了眼声音来处，皮笑肉不笑地道："顾桉，你亲哥来了。"

说完，顾桢抱着薯片和手机，黑着一张俊脸走开，擦肩而过时还不忘在顾桉的脑袋上弹了个脑瓜崩。

"好疼……"顾桉撇着嘴角，可怜兮兮地嘟囔，这时有只手落在她的发顶，轻轻按了按。

"又被欺负了？"江砚问。

面前是他深蓝色的卫衣，他露出一点白T恤的领口、修长的脖颈和尖削的下颌，视线上移，她看见他嘴角浅浅的梨涡，干净温柔。

"好了，不疼了……"她刚才炸起的毛变得乖巧柔顺，声音也软软糯糯的。

呜呜呜，她喜欢的人是个什么样子的小天使呀！

他竟然还帮她揉揉脑袋！动作还这么轻！一点都不像顾桢！

"你还发烧吗？"她仰起脸问他，大帅哥肤白貌美，看起来已经没有大碍，就是不知道有没有退烧。

顾桉想也没想，直接举高手臂去探他的额头，却见江砚微微怔住，因为毫无防备，有些无辜地眨了眨眼。

空气陷入凝滞状态。

顾桉才突然发现自己有些唐突，她的手又不是体温表不能精确显示体温。

男女有别，她这样直接上手，好像不太好……而且听说江砚最讨厌和人有肢体接触……

就在她想着怎样才能自然而然地把手收回来的时候，站在旁边的人乖巧地朝着她压低上身。

一米八七的年轻警官就这样在她面前弯下腰来，四目相对，她愣怔着，而他看着她。

随着距离一点一点地拉近，时间仿佛被掰碎无限延长，他身上淡而好闻的味道清晰笼罩下来。

大帅哥眉骨高而眼窝深，安静看人的时候瞳孔黑亮，像是带着钩子。

顾桉看着近在咫尺的她喜欢的人，呆愣愣地屏住呼吸，睫毛轻轻颤动着。

下一秒，江砚温柔俯身将额头贴着她的掌心，压低的声音无辜又乖巧："试试看，还烫吗？"

顾桉的掌心触感细腻微凉，却有种占良家少年便宜的感觉，手触电一样收回来，捏上自己的小耳朵："好了、好了，不烫了……"

一直到晚饭后，顾桉牵着德牧崽崽出去散步，眼前还一直是江砚的眉眼，眼角微弯，瞳孔深黑，近距离看心脏都要跳爆炸。

一人一狗走着走着，路过她每天上学必经之路上的奶茶店。

"爸爸，我要喝奶茶，加双份珍珠！"

女孩声音甜甜的，看起来比她小一些，还是个无忧无虑的小朋友，正在和身边的中年人撒娇。

顾桉听到"奶茶"两个字，小脑袋条件反射一般支棱起两条天线。

不能想不能想，再想她就要控制不住自己的手了！

她轻轻摸摸崽崽的脑袋："我们往回走吧，时间不早啦。"

"我们家小公主喜欢哪个？爸爸都给你买！"

顾桉的脚步突然顿住了，中年男子的声音陌生又熟悉，穿越十几年的时空隧道，一点一点和记忆深处某个声音重合。

"顾桉，你要懂事，爸爸现在真的很忙。"

"顾桉，你都多大了，还这么能哭？再哭爸爸就不要你了！"

"你去外婆家住一段时间，过年爸爸就来接你。"

江砚不放心顾桉晚上自己出门，拎起外套下楼。

他沿着她平时散步那条路往外走，小姑娘牵着德牧，站在奶茶店门口，像是被定住一样，眼睛看着某处一动不动。

奶茶店门口站着一对父女。

那个男人他记得，去年他来 C 市公安局报案家里进贼，女儿收藏的十几个限量 SD 娃娃（某品牌可动玩偶）全部被盗，合计人民币几十万元。

他进了公安局直接要求见顾桢，顾桢脸色很难看地直接转身走掉。

他是顾桢的父亲。

顾桉站在原地，大脑一片空白。

她已经很多很多年没见过他，却每个月都会收到他打来的生活费。那笔数额不多不少的钱不间断地提醒着她有这个人存在，让她始终心存不切实际的幻想，让她觉得他是记得她的。

大片大片的酸涩感后知后觉地兜头而来，她的眼前渐渐模糊一片。

顾桉使劲吸吸鼻子，你是个大人了，不要随随便便哭。

顾桉，不要哭。

可眼前是她的爸爸和爸爸的孩子在一起，他的笑容满是宠溺和幸福。所以他们为什么要生下她，又不要她，她真的有这么糟糕吗？

泪水夺眶而出的瞬间，她突然想起之前她做噩梦，江砚问她："需要我抱抱吗？"

"顾桉。"

顾桉的头顶落下浅浅的阴影，有只手从身侧环过来，温温柔柔地挡住她的眼睛，他的手指瘦直修长，掌心纹路干净，非常好认。

"没什么好看的。"

竟然她想他他就出现了。

好神奇啊……

顾桉极力抑制着声音的颤抖，说话语速很慢，防止带上哭腔："江砚哥哥，你不用安慰我，我一点都不难过，真的，我都习惯了……"

她的声音越来越小，他的掌心湿了一片。

164

她握着他的手腕往下，露出极力忍着没有哭的小脸。

他的视线落在她沾着水汽的睫毛上，那双干净明亮总是笑得弯弯的眼睛，氤氲着湿气，可她偏偏懂事得过分，嘴上还在喋喋不休："我真的没事，就是突然看到……就有点接受不了……很快就好啦……"

他越是温柔，越是软着声音哄她，她就越觉得委屈，觉得想哭，就好像一下子有所倚仗，可以像同龄人一样肆无忌惮地撒娇。

可她非常不喜欢这样的自己，只想让自己在乎的人因为自己开心。

"小朋友哭鼻子才需要哄，我们顾桉已经长大了。"

他清朗的声音干净悦耳，用哄小孩子的语气和她说话，带着鼻音和宠溺意味，温柔极了。

顾桉鼻腔的酸涩感还没有压下去，睫毛始终挂着泪滴，嘴角却开始想要上扬，终于还是破涕为笑。

旁边那对父女买完奶茶。

女孩的声音甜甜的："谢谢爸爸！"

"我们小公主喜欢，那就是爸爸的荣幸。"

江砚低着头用手背给她擦眼泪，温和认真。

所以他面前这个刚刚到他肩膀的小女孩，在他没有遇到她之前，到底受过多少委屈，又像现在这样偷偷哭过多少次？

他以前觉得她没长大小哭包一个，可真的看到她忍着眼泪不哭的时候，心脏却不断收紧。

顾桉细细碎碎的委屈，被眼前的人一点一点安抚，因为有他在，周围的空气开始变得暖烘烘、甜丝丝的，阴郁一下全部消失掉。

江砚直起身，月亮的清辉笼着那抹极冷淡的身影，星光辉映在他深黑的瞳孔里，色泽亮而温柔。随着他的嘴角牵起，顾桉看到她最喜欢的梨涡。

而他温柔绅士地微微俯身，一只手背在身后，一只手递给她。

"公主殿下，该回家了。"

顾桉的眼皮通红，鼻尖也是，她轻轻把手搭在江砚的手上。

他的手指瘦直掌心干燥，隔着她的卫衣袖口松散地握住她的手腕，带着纵容和宠溺意味，却从未有过半分逾矩，绅士得过分。

隔着那层薄薄的布料，她好像能感受到他的体温。

江砚走在前面，她能从侧面看到他睫毛弯出长而漂亮的弧度，寸头鬓角修剪得干净彻底，下颌线更显俊秀利落。即使是这种从下往上，堪称自拍界死亡视角的角度，这张堪称人间绝色的脸依旧毫不费力地吊打大半个娱乐圈的"顶流鲜肉"。

在这样的情景下，在被喜欢的人牵着往家走的路上，那些细碎委屈瞬间渺小如浮尘。而被无限放大的是，她一声比一声清晰的心跳、越来越烫的脸颊、越来越红的小耳朵。

夜晚静谧，晚风都变温柔。

她太喜欢这样的瞬间，喜欢到想要永远珍藏。

睡觉前，顾桉拿出数位板，涂涂画画改改到深夜。

漫画里的 Q 版小哭包攥着拳忍着眼泪，小肩膀耷拉着，嘴唇抿成波浪线。

而她的王子殿下温柔地俯身将手递给她，像是守护她一个人的骑士。

"公主殿下，该回家了。"

她的微博已经有两万粉丝，在她点击发送之后的几分钟时间里，接二连三蹦出消息提示。

"啊啊啊，这也太'苏'了吧，我酸了。"

"这样的警察叔叔是真实存在的吗？求国家统一分配谢谢！"

"女儿，快点把他拿下哦，这样的极品去哪里找？"

"'狗'死的时候没有一对情侣是无辜的。"

"我是民政局，我自己来了，请原地结婚好吗？"

"搞快点、搞快点、搞快点，我人没了嗷嗷嗷。"

顾桉忍不住弯起嘴角。

朗月当空，光亮皎洁，却不及他本人万分之一的温柔。

这样温柔的江砚，只有她知道。

国庆假期之后，顾桉返校上课，每天往返于教室、画室、宿舍、食堂，路线单调。

宿舍是四人间，一个学霸一个"白富美"，还有一个衣着酷炫走中性风的女孩。

大家认识的时间不长，远远算不上可以交心的好朋友，但是礼貌客气互不干涉，追剧看综艺时又有高度一致的泪点和笑点，没有钩心斗角，没有弯弯绕绕，相处十分融洽。

周末顾桉找了一份兼职，趁着刚参加完高考，尚且有些底子，给一个读高中的小姑娘辅导数学和英语，开始一点一点攒下学期的学费。

这就是她大学的全部，平淡没有波澜却又和以前不一样，迈出去的每一步都是第一步，看到的每一帧风景都是崭新的。

随着天气越来越冷，十一月来临，顾桉的生日近在眼前。

她和江砚的联系不多，有时候她鼓足勇气发出去的消息，得到回应已经是好几天之后。她猜想他肯定有执行不完的任务、破不完的案子、出不完的警，还是不要打扰他比较好。

但是，她又很想他，总是想起他。

明明她面对的是全新人生，眼前一切都与他毫无关联，却总有那么一个瞬间蓦地想起他，心想如果他在身边多好。

晚上睡觉前，顾桉裹着海绵宝宝的小毯子，盘腿坐在上铺，把自己缩成小小一团，远看简直就是个软软糯糯的奶黄包。她的手撑着下巴，眼睛紧盯着和江砚的微信对话框。

她要说点什么好呢？

江砚哥哥？

哥哥？

嘿！兄弟！

吃了吗？

吃的啥？

好吃不？

她的脸慢慢皱出了褶，变成刚出炉的小笼包。

"小笼包"把手机一扔，仰面倒在绵软蓬松的棉被上，呆呆地看着天花板。

手机响起时，她整个人还是蔫的，心说：肯定是班级群又下什么新指示了。

顾桉捞起刚才扔出去的手机，慢悠悠地解锁，看见什么，眼睛瞬间定住。

她伸出小手使劲揉揉眼睛，确定自己没看错。

江砚："在干吗？"

顾桉心里一百只尖叫鸡同时开嗓打鸣，吵得她脑袋疼，她拿起外套飞奔到江柠的宿舍，把江柠从宿舍里拽了出来。

江柠"一百个蒙"，看着面前眼睛笑成了弯弯的缝，小虎牙活泼可爱冒了尖的顾桉小同学："怎么啦？"

顾桉喜滋滋地道："他问我在干吗！"

江柠略一沉思道："'在干吗'一般约等于'我想你'。"

顾桉的小脸"唰"的一下红了，彻底从小笼包变成草莓大福，白里透着粉的那种。

两人站在楼道上，江柠又问："然后呢，你怎么回的？"

顾桉摇头，小呆瓜似的："我没回，我一激动就跑来找你啦……"

江柠恨铁不成钢，顾桉赶紧从睡衣兜里拿出手机，然后就看见又多了一条未读消息。她点开，心脏毫不夸张地跳到嗓子眼处。

江砚："我在 A 市出差。"

江柠定睛一看道："有戏！看来你明天的生日不能和我一起过了！"

顾桉懵懵懂懂，看得出来脑子已经彻底死机不会转了，手机提示音响起的时候，她甚至肉眼可见地哆嗦了一下。

江砚："明天晚上有空吗？"

十一月二十二号，周五，顾桉生日。

这天她课排得很满，几乎从早到晚。

但她的嘴角还是忍不住弯弯翘起，时间每每走过一格，心里的雀跃就增加一分。

她和江砚约在晚上七点见面。

六点下课后，顾桉跑回宿舍打开衣柜。她平时大部分时间在画室，颜料极其容易弄到衣服上，所以都穿简单的卫衣长裤，也从来不会想着打扮。

而在她单调的运动服卫衣之中，有一条堪称惊艳的裙子，温柔的奶油色，优雅的长袖，裙身遍布精致花朵刺绣，在灯光下暗纹浮动流光溢彩。

顾桉换了衣服，彻底惊呆宿舍众人。

"这是哪里来的小仙女啊？！"

"我的妈耶，这也太美了！"

"这条裙子我好像记得哪个明星穿过……"

顾桉嘿嘿一乐，低头看裙摆上的小花花："可能只是看起来像吧？"

当时江砚送她的礼物，那个精致的包装盒可是把她吓了一跳，他一眼就看出她在想什么，浑不在意地道："商场打折不到二百元。"

江砚："我在楼下。"

顾桉背上她的奶白色斜挎包就跑，从三楼到一楼，往宿舍楼门口只剩一条长长的走廊。

她这才把步子慢下来，悄悄吸气，然后呼气，平静心跳，可是心尖像是被人撒了一把跳跳糖，全是酸酸甜甜的味道。

他会觉得好看吗？像她的同学们刚才那样。

他会不会觉得，顾桉长大了，不是小朋友了？

距离宿舍楼出口越来越近。

"楼下那帅哥哪个院的？一分钟内我要他的全部信息！"

"那眼睛、那鼻梁简直绝了，还有那个身高起码得一米八五吧？长腿小哥哥太'鲨'我了！"

"我第一次见到活的这样帅的男生！"

"想知道他等的是哪个女生……"

"我已经只会说'我的天'了。"

就算没有见到他人，单是听着别人议论他，她也止不住地心动。

顾桉抬头，阴影处那人清瘦笔挺，穿了一身黑衣，冷淡不可侵犯。

她最终还是忍不住，拎起裙摆从宿舍楼下的台阶跑向他，裙摆飘动，流光溢彩，熠熠生辉。

"江砚哥哥……"她在他面前站定，仰起头看他。

江砚"嗯"了一声，垂下眼睫看她。

两个月不见，她的头发长长了，扎成松散的丸子头，身上是他送给她的裙子，外搭一件柔软的针织开衫。

从他的角度能看清她睫毛卷翘的弧度，还有颜色比往常深一点点的嘴唇颜色。

他的视线往上移，那双圆眼睛眼尾无辜下垂，现在正一眨不眨地看着他。

江砚别开眼，心跳莫名其妙地不规律了几秒钟的时间。

顾桉小心翼翼地观察大帅哥的表情。

他依然冷着那张少爷脸，别说惊艳了……就连惊讶都没有一点点，而且他都不看她。

她穿得漂漂亮亮，远远比不上剪坏刘海的时候吸引他的眼球！

"我们先去吃饭。"江砚一开口，好像又回到她刚认识他时他的样子，冷冷淡淡的，非常好看又非常不好惹。

顾桉乖巧地点头，大帅哥走在身边，往来的小姑娘视线不间断地往江砚身上飘，其直白程度如果化为实质，大概能划烂江砚的外套。

她无数次幻想能和江砚一起走过她每天走的路，甚至都想好如果有一天江砚来见她，要怎么给他介绍A大，可是现在，她不知道该说些什么。

她心里像是被人戳破一个柠檬，酸涩的味道一点点扩散出来。

她其实很少穿裙子，也从来不打扮自己，但是面对自己喜欢的人一切都变成例外。

她想要漂漂亮亮地出现在他的面前，可是……他一点点反应都没有。

这时，身侧的人伸手戳了戳她的后脑勺："顾桉。"

"嗯？"她耷拉着头往前走，手指紧紧攥着斜挎包的带子，闷声闷气地道，"干吗呀？"

"遇到不开心的事了吗？"

顾桉呼了口气，她在听说江砚在 A 市出差的二十四个小时里，每一分每一秒都是开心的。

"没有啊。"他都在自己旁边了，她怎么可能不开心。

江砚停住脚步，微微弯腰和她平视，手落在她的发顶揉了揉："谁欺负你了？告诉哥哥。"

他安安静静地看着她，眉眼以肉眼可见的速度变柔和，显出原本温柔清俊的样子。

顾桉撇着嘴角，声音软糯就像是和家长告状："告诉你，你帮我报仇吗？"

她的小娃娃脸绷得严肃极了，翘起的嘴角回归原位，看不见可爱的小虎牙。

江砚温和默许。

顾桉呼了口气，委屈过后小孩子脾气也上来了："江砚，江砚欺负我。"

面前的小女孩目光躲闪不看他，脸颊鼓着，嘴里嘟嘟囔囔，声音含混在嗓子眼里。

他没听清，只好微微凑近她嘴边："你说什么？哥哥没听清。"

她一米六出头，江砚一米八七，所以很多时候他会弯腰，听不清她说话的时候耳朵会靠近她嘴边，温柔得一塌糊涂……

此情此景，顾桉刚才上来的小脾气被灭得干干净净，但还是硬着头皮又重复了一遍："我好不容易穿裙子……"

他的鬓角干净，侧脸精致白皙，顾桉的声音越来越小："可是你怎么都不……不夸夸我呀？"

江砚怔了一下。片刻后，眼尾延伸出漂亮上扬的弧，就连声音都带了笑："就因为这个，说哥哥欺负你？"

笑什么笑啊？！还笑得这么好看！她怀疑他在用美人计，但还没有证据！

她在他的注视下红了小脸，又羞又恼抬不起头，但还是硬着头皮梗着脖子，像极被顾桢欺负狠了要爹毛的时候。

"你摸着你的良心说，这条裙子不可爱吗？

"你看这个小花，还有这个荷叶边，我觉得很好看，你不觉得吗？"

自己那么喜欢！因为是他送的！穿给他看他都不看！

顾桉气鼓鼓的，委屈透了，又攥着小拳头补充一句："你这个'直男'审美！"

这下江砚直接笑出声，嘴角扬上去，嘴角的梨涡无可遁形。

好好一个大帅哥，笑声是那种干净的少年音色，特别特别……好听。

他垂眼看她时，深黑瞳孔色泽柔和，直接叫人招架不住。

顾桉面红耳赤，眸子却湿漉漉的像受伤的幼鹿："不要笑了呀……不穿了、不穿了，再也不穿了……"

江砚垂眼，他要怎么和她解释，他竟然被这个小个子惊艳到了？

顾桉闷着头往前走，走着走着却好像被定住，原来是被某个个高腿长的家伙揪住了斜挎包的带子。

她愤愤地抬头，却猝不及防地撞进江砚清澈的眼底。

他嘴角轻抿，淡声开口："裙子很可爱，但是你更可爱。"

这也太犯规了！这是夸人吗？这简直就是在她小顾桉的心上大规模放烟花！

顾桉吸吸鼻子，嘴角一个没忍住，一下翘了起来，翘得老高还一时半会儿回不去，可谓十分没有面子。

她真的是长不大了，不夸就鼓着小娃娃脸，跟要气炸了似的，随便夸一句就又消气，可爱得不行。

江砚好笑地看她，手指关节轻敲她的额头："开心了？"

顾桉偏过头小声哼哼，嘴硬得跟顾桢有一拼："就……还行吧……"

而下个瞬间，毫无预兆地，大帅哥手撑着膝盖在她面前弯下腰。

他剑眉微扬乌黑清晰，眸子黑亮得像是浸过清泉，眼角微微弯着，弧度似乎有些无奈，却又带着说不清道不明的宠溺。

他薄唇轻启，每个字音都贴着她的耳郭滑过："那现在，可以给我看看你的小虎牙了吗？

"我想看你笑。"

第 七 章
殿 下 特 权

"可以给我看看你的梨涡吗。

"就你长在这儿的那个小小的梨涡。

"我想看看。

"我要戳戳你的梨涡。

"戳一下我就开心了。

"你给我戳一下。"

而现在江砚站在她面前，俯身看她时目光清澈如水，问她："现在，可以给我看看你的小虎牙了吗？

"我想看你笑。"

这点小小的要求，跟她之前轻薄良家美少年的行径比起来，完全不值一提。

她那个时候不光看了，还上手碰了，现在还能想起来大帅哥皮肤超级好，脸软得不可思议。

但她还是无可奈何地脸颊通红，浑身发热，每个毛孔都在"呼哧呼

174

咻"冒蒸汽，已经完全呼吸不畅。

她平时每天都龇着小虎牙傻乐和，笑的时候远比不笑的时候多。

但是现在，喜欢的人近在咫尺。

这要她怎么笑？

他都不给个时间准备！

而且她的心跳已经跳到快炸了！

江砚一直看着，顾桉慢吞吞地鼓起脸颊，小娃娃脸瓷白，在路灯下细小绒毛清晰可见，像个小团子。

小团子慢悠悠地呼了一口气，睫毛可怜兮兮地轻轻颤着，嘴角飞快地牵起露出尖尖的小虎牙，不情不愿却又不得不笑给他看。

笑完之后她鼓着腮，小金鱼似的吐泡泡："行了吧……"

可爱到犯规。

顾桉的脸烧得厉害，她怎么想怎么觉得自己刚才傻得冒泡，简直想就地蹲下抱头装蘑菇。可是，她又很好奇江砚现在是个什么反应，于是又偷偷摸摸地去瞄旁边的大帅哥。

他是不是也觉得自己傻乎乎的？

——呜呜呜，我小顾桉不要面子的吗？呜呜呜……

他好像还是在看我……看什么看呀？没见过美女吗？

顾桉手指攥成拳，全身血液往脸颊上涌。

"怎么这么乖？"

他的声音听在耳边很软，顾桉微微怔住。

江砚站直，眉眼依旧干净冷淡，看起来十分清心寡欲，但是眼尾和嘴角都弯着浅浅的弧度，尽是他自己都没察觉的温柔与宠溺。

顾桉呆愣愣地和他对视着，心动的声响有如实质。

空气里好像有什么不一样了。

那些细小的忐忑、紧张、羞涩之下，其实还有小剂量的甜轻轻蔓延开，连带着这个初冬的夜晚都变得温柔静谧，让人充满期待。

"走了，"他的手指关节在她的后脑勺上轻碰了一下，"过生日的小姑娘。"

顾桉从不相信生日愿望，从不奢望不劳而获，从不寄希望于运气。

一直以来，她能依靠、能仰仗的人都只有自己，如果想要什么就付出比常人多几倍的努力。

学美术是这样，高考也是这样，总有些事情单单凭努力是达不到的。

比如她喜欢他，却不能让他也喜欢她。

在她生日这天，顾桉却像小时候一样许愿，认真到近乎虔诚。

"希望在我二十岁的时候，我喜欢的人会是我男朋友。"

她小声在心里说。

她睁开眼时，刚好撞进江砚干净的眼底。

灯光从高处落下，他嘴角的梨涡浅而温和。

"顾桉。

"恭喜长大。"

顾桉后来才知道，那天江砚是推了庆功宴出来给她过生日的。

而在把她送到宿舍楼下之后，他当晚就开车返回 C 市，连着加班好几个通宵。

她开始盼星星盼月亮，盼寒假到来。

可当寒假真的到来，顾桢和江砚却进了重案组直接以单位为家。

江砚好像比顾桢还要忙一些，他回来的时候她要么已经睡着，要么刚好出门和恩恩散步，阴错阳差，竟然就一直没有见到他。

顾桉每天早上睁开眼睛，最期待的事情就是见到他，可是希望总是落空。

几天之后，顾桉索性继续去给暑假时辅导的高中生当家教，有事可做，就不会一闲下来脑子自动开始想某个人。

等家教兼职告一段落，这一年的最后一天到来。

一直到大年三十，顾桢依旧没给个准信，晚上能不能回家吃饭。

顾桉喜欢过年，喜欢一切和热闹有关的东西。

她起床就打开电视，电视上开始播放历年春晚的小品集锦，过年的调调听起来非常喜庆。

她被小品逗得笑出眼泪，好几个水饺包得东倒西歪。

下午六点，一切准备就绪，她就等哥哥们回来开饭。

春卷、水饺、糯米圆子、糖醋排骨、清蒸海鲜……卖相上乘，红红火火地摆满了餐桌。

顾桉喜滋滋地笑出小虎牙，这也太厉害啦！

几乎同时，顾桢的微信发过来："加班，不能回家过年。"

紧接着"唰"的一下蹦出一个大额红包，上面写着"给顾桉的压岁钱"。

微信上方显示"对方正在输入……"，她却半天都不见有什么消息过来。

可当那条和顾桢的语言风格完全不相符的微信蹦出来，顾桉的眼眶一下子红了。

"把你接到身边，却还是让你一个人，甚至让你照顾我，哥哥感到很抱歉。"

顾桉吸吸鼻子，其实早有心理准备。

她把自己吃的东西留出来，饭菜打包成两份，拿便当盒装好，走到玄关处套上奶白色羽绒服，裹上围巾和手套，风风火火地出了门。

家家户户团圆，大街小巷挂起红灯笼，C市公安局大楼灯火通明。

顾桉心酸又骄傲。

她的哥哥是警察，她喜欢的人也是。

顾桉打了层层报告走到七楼。

刚下电梯她就看到走廊尽头的人，那人寸头，黑发黑瞳，黑色作训服显得肩宽腰细、腿长逆天，英俊挺拔。

而他面前的女孩侧脸柔美，唇边带笑。

顾桉几乎一秒就认出她来，就是上次看演唱会时，来请江砚吃晚饭的那个。

大美女不像她胖乎乎的，把自己裹成熊，驼色大衣衬得气质优雅。

她身高起码一米七，站在江砚身边不管是身高还是气质抑或是颜值都刚刚好。

她手里拎着精致的食盒，像极了顾桉曾经在电视上看到过的那种。

顾桉眼巴巴地看着，手指关节因为用力而泛白，手里的小熊便当盒瞬间变得廉价。

女生把便当盒往前一递，笑意盈盈语调温柔："听我爸说你们一直在加班，辛苦啦！"

江砚一张俊脸冷若霜雪，薄唇抿成一线，可又似乎因为看起来太不可冒犯，反而带着一种格外招人的劲。

女生笑着看他，却在想，这样家世、履历、身高、长相堪称完美，却又不近女色的人，动情会是什么样子？

"抱歉，我不能收。"他的语调冷冰冰到不近人情。

顾桉的眼睛瞪得溜圆，耷拉着的脑袋像是触发什么开关，"噌"的一下抬起来。

她突然想起来之前江砚说过"哥哥不喜欢她"。

是了，现在他正是好好工作成就一番事业的时候，谈什么恋爱！搞什么儿女情长！

"借过。"江砚长腿一迈想要走，错身而过时却被女生伸长手臂拦住。

"为什么，为什么不能收？这些都是我提前三天跟主厨预订的……"

女孩显然没有考虑过会被一而再，再而三地拒绝，柔美的伪装已经挂不住，就连画了无辜狗狗眼妆容的眼睛，都显得咄咄逼人。

江砚那张冰山俊脸神色如常，只是抬眸往走廊的尽头看了一眼。

某个小姑娘穿了奶白色羽绒服，脑袋上扣着羽绒服帽子，像只憨态可掬的小熊。

"小熊"怀里抱蜂蜜罐子一样抱着便当盒，正在面壁。

"有人给我送饭。"

他的语气放得过分轻缓，甚至带着淡淡的宠溺，和刚才判若两人。

女孩看着江砚的背影，简直怀疑自己出现幻听。

"另外，不要在我身上浪费时间。"

"走了。"江砚隔着顾桉的羽绒服帽子轻敲她的脑袋。

顾桉"哦"了一声，屁颠屁颠地跟上。

顾桉把饭盒放到桌子上，往江砚面前一推："挑喜欢的吃。"

江砚微微颔首。

"我哥呢？"

"出警还没回来。"

他说完，坐在小凳子上的小姑娘也没有再搭话。

她的羽绒服帽子依旧扣在脑袋上，大概外面风大所以系得很紧。粉色围巾盖过鼻尖，只露出一双湿漉漉的眼。

"哪天放的寒假？"江砚的语气不自觉放柔和。

顾桉像回答老师的提问一般，没有多说半个字："腊月十七。"

她坐着，左手揣在右手的羽绒服袖子里，右手揣进左手的羽绒服袖子里。小脑袋耷拉着，看起来白皙精致，像个糯米团子。

江砚打开饭盒。

显然小姑娘做了很多菜，又每样给他装出来一些。

在这样的日子，一个人忙里忙外，一个人过除夕，还要来送饭。

江砚走到顾桉面前，顾桉仰起小脑袋呆呆地看着他。

她坐的凳子很矮，抬头很费劲，而下一秒江砚直接在她面前蹲下，和她说话。

她看他突然就变成俯视。

三个月没有见的人没有任何缓冲，清俊的脸庞近在眼前，剑眉、很深的双眼皮褶皱、浓密的睫毛，还有那双能勾人魂魄的漂亮眼睛。

顾桉的目光一寸寸往下，他鼻梁特别挺，薄唇线条清晰，看不见梨涡。

她感觉心动也心酸。

"你吃过了吗？"

顾桉摇头。她不光没有吃过，还突然一点胃口都没有。

她平时喋喋不休的嘴巴紧紧抿着，一副不想多说的样子。

是因为顾桢不能回家陪她过年吗？

江砚安安静静地看着她，目光澄澈柔和，干净得不像话。

"不开心吗？"

顾桉嘴巴抿得更紧，心里有个迷你版本的自己在攥拳呐喊：对！我就是不开心！看到你身边有女生我非常不开心！

"可以告诉哥哥吗？"

他穿了黑色制服，蹬着作战靴，非常冷淡严肃的警察叔叔一个，可那深黑澄澈的眼底，只有她一个人小小的影子。

顾桉最怕他温温柔柔地认真看她。

他一用这种眼神看着她，她就有种自己被宠着的错觉。好像自己有任何烦心事都可以说出来，不用自己消化。

她的表情开始有松动的迹象，抽抽鼻子，开始打腹稿。脸颊有些热，围巾有些闷，帽子捂得她耳朵发烫。

刚才她看到江砚和别的女生说话，本来还想把饭盒直接撂下了就走来着……

她把羽绒服的帽子摘下来，又慢吞吞地解开围巾，露出那张可爱的小圆脸。她的头发起了静电，不可避免地翘起几根小呆毛。

江砚修长的手指落在她的发顶上，帮她把翘起的头发顺到耳后。

顾桉的心跳冷不丁乱了拍子，她听见他开口："说吧。"

"跟你说话的那个小姐姐，"顾桉用手背蹭蹭发烫的小脸，"很漂亮哈。"

江砚显然不能理解她迂回婉转的心思，眉眼干净又很无辜："嗯？"

这到底要怎么说？！难道她要直接说不准和她以外的女生说话吗？

顾桉秀气的小眉毛皱成波浪线，嘴巴微微嘟着，吞吞吐吐地道："就是吧，这年头，长得好看的男孩子也不安全的，要学会保护自己……"

她说完，还幽幽怨怨地递给他一个"你懂的"的小眼神。

江砚显然不能理解顾桉奇奇怪怪的脑回路，只是觉得她绷着脸说话的样子实在可爱。

不知道为什么，他看到她就想笑。

他翘起嘴角，漂亮的眼睛安静地看着她："还有什么要补充的吗？"

顾桉看他的表情就知道，他肯定没能理解她深层次的意思。

她要怎么说才能让他不要理那些觊觎他的小姑娘呢？

而且还不能让他发现，自己对他居心不良……

"我都撞见她来找你两次了，一定是对你有所图谋，"顾桉攥着小拳头，小脸绷得很紧，圆眼睛直直盯着眼前的大帅哥，"所以……你懂我的意思吧？"

她有板有眼的样子，简直像个教育小朋友不能早恋的老师，就差把"我是为了你好"写在脸上。

她的声音又软又糯，鼻音听起来特别奶，之前她羡慕大熊猫可以以卖萌为生，其实她也可以。

顾桉说完久久没有得到回应，低头却见大帅哥眼睛弯弯，倏然笑了。

他浓密的眼睫之下，眼睛黑黑的、亮亮的，瞳孔深处似乎泛起温柔的涟漪。

距离实在太近，她能清晰看见他的嘴角缓缓牵起，那个小小的梨涡异常叫人心动。

美色惑人啊，美色惑人！

顾桉鼓着腮悄悄呼气……

他肯定是在笑自己多管闲事！呜呜，她好像又一不小心说多了……

这种话……她有什么立场说呢？！

她只不过是暗恋人家，又不是他的女朋友！

她在江砚的注视下，又羞又恼，无地自容，扣上小帽子系好小围巾，就要从小凳子上下来，准备打道回府。

而就在这时，她的手腕被人隔着羽绒服松散地握住，冷冰冰的音色落在耳边，语气无辜甚至堪称乖巧："知道了。那我以后不和她说话了。"

他眉眼干净，咬字轻且清晰，却并没有问她为什么，就好像不管她提出什么无理要求，他都可以无条件答应她。

他温顺的样子，让顾桉想起家里那条无辜的德牧崽崽。

德牧看起来威风凛凛，也多作为警犬、军犬，但是谁能想到，私底下其实是个爱黏人、爱撒娇的可爱鬼？

而面前这个冷面警官，警校毕业之后前三年都在禁毒一线，之后转刑警又将近三年，见过常人一辈子都见不到的阴暗面，和通缉犯、重案要案的犯罪嫌疑人打交道是家常便饭。

可透过他的眉眼，她好像能瞥见那个温柔干净的灵魂。

顾桉想起弗朗索瓦丝·萨冈写的那句话："这个世界腐败、疯狂、没人性，你却清醒、温柔、一尘不染。"

江砚站起身拿了饭盒放到桌子中间，又给顾桉搬了把椅子："过来一起吃。"

"我说楼道里怎么这么香，原来是妹妹来送饭了，妹妹好像又变漂亮了！"

楚航端着泡面走进来，看到江砚面前的饭菜眼珠子差点瞪出来。

江砚面前那个不算大的饭盒起码摆了六七样菜，裹着浓厚料汁的红烧排骨亮而剔透，闻起来更是一绝："砚哥，分一块呗。"

顾桉有些不好意思地挠头笑笑。

自己这天光是准备年夜饭就用了一个下午，所以也没想着给大家做点好吃的。

这可怎么办？

她赶紧用眼神示意江砚，饭菜满满当当地装了一饭盒，他自己吃肯定吃不完，倒不如分给同事，搞好同事关系。

更别提同事都直接开口了。

顾桉眨眨眼，大帅哥微怔，睫毛长长的眼睛大大的，看起来茫然且无辜。

顾桉再眨，再眨，眼睛都要眨抽筋了，江砚好像还是不明白，一点动作都没有。

他果然是当惯了养尊处优的大少爷啊，一点眼力见都没有！

楚航都快看不下去了："砚哥，你能吃完吗？如果吃不完……"

"能吃完。"江砚声音干净冷淡，不动声色地把饭盒往自己面前挪。

顾桉被江砚这副小气鬼的样子惊呆了，却不料这还不算完。

下个瞬间，江砚小孩子护食一般，用另一只手臂圈了个圈，把饭盒牢牢控制在自己能掌控的范围内。

他还是那张冷冰冰的少爷脸，举止行为却一点世家公子哥儿的气度都没有。

他眼神戒备地看向楚航，一副生怕好吃的东西被人抢走的样子。

顾桉甚至都想冲到他面前保护他，在他的脑袋上摸摸，顺顺毛：不分了不分了留着自己吃，乖！

只不过……楚航还站在那里，显然已经受到一万点伤害。

顾桉赶紧打圆场，从身后拎起一个大袋子："楚航哥，这儿有水果。"

她拎着又重又大的购物袋，低垂着小脑袋从里面拿了两个火龙果递给楚航："新年快乐，红红火火！"

顾桉弯着眼睛，皮肤又白皙，笑得可爱，像个小瓷娃娃。

江砚忍不住勾起嘴角，却见楚航眼睛一直跟着顾桉，直到顾桉提着水果去给大家分，看不见才转过头。

"如果顾桉不是顾桢的妹妹就好了，顾桢这样的大舅哥太吓人，我怕挨揍。

"又乖又可爱，还这么懂事，性格又温柔。

"好想等她长大，给我当小女朋友啊……"

楚航发出感叹，迟迟得不到回应。

他也知道他砚哥虽然家世、履历、身高、长相堪称完美，但是语言能力没开发好，说完也不指望对方回话，就是想表达一下兄弟之妹不可追的遗憾，毕竟顾桉这样的小女孩，就没有人会不心动。

只是，身后凉飕飕的感觉越来越强。

他回头，刚好对上江砚那双没什么情绪的眼睛，眼底澄澈，冷光毕现，没有任何缓冲的眼刀直接飞过来。

那张高高在上的阔少爷脸冷若冰霜，声音平静得没有任何起伏："你刚才说什么？我没太听清。"

楚航忍不住打了个哆嗦，哆嗦之后，眼睛缓缓眯起。

他不像江砚和顾桢那种"母胎单身"，学生时代正儿八经谈过几个女朋友，所以跟那两个白痴比起来，对感情这事还算敏感。

虽然江砚冷脸的时候全国通缉犯看了都要心里犯怵，但他总觉得他好像从冰山之下，发现了什么不为人知的秘密。

而且是当事人自己都没意识到的那种。

楚航吊着嘴角，清清嗓子，靠近江砚："砚哥，这儿没旁人，我就想问，你就真没对人小姑娘心动过？"

那句话像一把利刃，猝不及防地刺向心里最不设防的那块位置。

江砚微怔，眼睫低垂，眸色渐深，片刻后又恢复那张冷漠淡然的少爷脸。

他修长剑眉一挑，轻哂："皮痒直说。"

这反应恰恰把楚航的猜想坐实百分之五六十。

因为按照江砚的"直男"行事风格，人家要联系方式，他能给人留110和漂流瓶。

所以如果他没有心动过，应该直接说"没有"才对，而不是顾左右而言他地要揍人。

不过他要揍人好像也并不是说说而已。

这天江大少爷看自己格外不顺眼的样子。

楚航笑嘻嘻地从他面前晃出去："砚哥，我撤了，撤了……"

顾桉分完水果回来，鼓着脸呼了口气："终于分完啦。"

她如释重负一般坐在小凳子上，和江砚目光相撞，眼睛又开开心心地弯起。

江砚的语气不自觉放得轻缓："不要想着照顾所有人的感受。"

顾桉一乐，笑出小虎牙，掰着手指头数给他听："我很喜欢他们的！

戴眼镜的法医小哥哥好帅啊，还有楚航哥也很好玩，他刚才对着你饭盒里的排骨，好像差点流口水……"

楚航哥。

法医小哥哥。

她叫谁都叫哥哥吗？

法医帅吗？不都是两个眼睛一个鼻子，他怎么就帅了？

楚航好玩？想吃别人的东西就是好玩？

江砚神色如常，淡淡地道："你哥的同事虽然看起来和你哥一般大，但是某些人并不是真把你当妹妹。"

顾桉懵懵懂懂地抬头，娃娃脸上一片空白，慢吞吞地吐出个："哈？"

她就差把"我很好骗的快来骗我"写在脸上。

江砚抿唇，估计说辞稍微迂婉转一些，她的脑回路就会跟不上。

于是，他直接皱着眉补充："男人没有一个好东西。除了你哥和我。"

顾桉摸摸鼻尖，脑袋瓜咕嘟咕嘟全是糨糊。

江砚皱眉的样子也很帅，但是表情太冷让她想打寒战。

她赶紧配合地乖乖点头，像极上课时老师问听没听明白，随大溜地心虚点头的差生。

她这才见江砚眉眼舒展开。

他突然好奇怪啊，又小气，又莫名其妙。

难道他是加班把脑袋加坏啦？

吃啥能补补脑哇？

晚饭后，顾桢依旧没有回来。

窗外烟花烂漫，顾桉扒着窗户呆呆地看着，忍不住打了一个长长的哈欠。

江砚跟队长打了个招呼，送顾桉回家。

顾桉系好围巾，扣好帽子，如假包换的小熊一个。

"小熊"刚慢悠悠地挪动到门口，楼道里传来匆匆的脚步声。

身材高大偏胖的男人，戴着手铐，一道斜斜的刀疤从右脸贯穿到了左脸。

那个瞬间顾桉好像看到恶魔从地狱跑出来，心惊肉跳，忘了回避。

似乎察觉到她的目光，通缉犯抬起头，视线相撞的前一秒，她被人一把拽向身后。

江砚拉着她的手腕带着她转了个身。

她只来得及看清他的警号和银色肩章，下一秒眼前一片黑。

她的脑袋被他的手指摁在肩侧，紧贴着他胸口的位置，鼻间是他身上的味道，黑色作训服只有淡得几乎闻不到的洗衣粉香气。

"闭眼。"

他的声音压得很低，呼吸近在耳边。

电流顺着耳郭滑过，心尖都跟着发颤。

一人之隔的走廊上，有全国通缉犯刚刚落网，脸上刀疤可怕，眼神像是要吃人。

那种从脚底而起的凉意，和那种汗毛全部竖起的恐惧，重重堆积在一起。

她被他整个护了起来。

她的脸埋在他怀里，不敢呼吸，快要缺氧，心跳开始因为其他的什么跳动，全身的血液疯狂流向脸颊。

手铐摩擦的声响由远及近，再由近及远。

不远处的审讯室门被打开，又被带上。

短短几秒像是被无限拉长。

江砚松开手，往后退了一步，弯腰认认真真地看着她的表情。

怕惊扰到她一般，他的声音又轻又温柔："吓坏了？"

顾桉张了张嘴，什么都说不出来。

明明刚才相贴着的，只有她的脸颊和他的肩侧，可是他怀里的温度和触感都有些久久挥之不去，让她紧张又害羞，一开口心脏好像就要从嗓子眼里跳出来。

他皱眉："抱歉，让你看到这些。"

顾桉摇头，紧张到极致，一不小心触发小话痨开关，声音却不稳："没……没关系，我之前只在电视上看过……我没有被吓到，刚才谢谢你呀……"

小姑娘仰着瓷白的娃娃脸，眸子湿漉漉的，一眨不眨地看着自己，就像误闯人间受到惊吓的小鹿一般，乖巧无辜又可怜兮兮的。

她的发顶刚到自己的肩侧，手指紧紧地攥着羽绒服袖口，似乎在努力平复自己的恐惧，看起来茫然无措的一小点，嘴巴喋喋不休，可爱的小虎牙冒了个尖。

声音越来越小，她低下头，睫毛轻颤不再看他。

江砚这才察觉，刚才的举动过分亲密，似乎不妥。

他不想让她看到任何一点这个世界不好的地方，所以就直接把她按进自己怀里。

他轻抿嘴角，耳侧染了一抹红，往修长脖颈深处蔓延。他的心底冒出一个声音，清晰且不留情面："你就真没对人小姑娘心动过？"

"走吧，送你回家。"

顾桉点点头，思维还沉浸在刚才那个不算拥抱的拥抱中，迷迷瞪瞪地看着江砚套了件黑色工装外套，他个高清瘦，简直就是个行走的衣架，穿什么都好看。

就在这时，江柠的微信消息铺天盖地地一条接着一条："桉桉、桉桉、桉桉！

"明天我男神约我去看日出啊看日出！

"啊啊啊，我从现在就开始紧张了，怎么办啊？"

江柠有个"小竹马"，两人小时候都住在部队大院里，是邻居。

据江柠说这哥们儿小时候是个小"傻白甜"，成天跟在她屁股后面得靠她罩着。

后来"小竹马"搬家，两个人再见已经是高中，小"傻白甜"一下子变成高冷小男生，个子抽条，脸也往酷哥方向长，在她暗恋江砚的时间里，江柠也暗恋着"小竹马"。

顾桉隔着屏幕都能感受到江柠有多开心，也不自觉地跟着笑起来。

暗恋这种事情，好像只要对方给出一点点回应，就能鼓足十倍勇气继续走下去。

顾桉打字的时候，嘴角都是高高翘起来的："新年新气象！柠柠加油啊！"

"你同桌？"江砚淡声问。

顾桉重重地点头："她说要和喜欢的小男生去看日出，嘿嘿。"

她一笑就露出小虎牙，也不知道江柠去看日出她在开心些什么，细白的手指飞快地打着字，从他的角度看过去，她脸颊婴儿肥未消，稚气可爱。

出了公安局大厅，北风兜头而来。

江砚单手拎起顾桉羽绒服的帽子扣在她的脑袋上，面前的小女孩眨着那双无辜干净的眼睛："我都没看过日出，等有机会，我也要去看看。"

顾桉把手机塞回羽绒服兜里。

其实顾桉也不是羡慕江柠去看日出，是羡慕她能和喜欢的人一起迎接新年的第一天。

十七八岁的女孩子总喜欢奇奇怪怪的仪式感，又或者说，在心里有喜欢的人的时候，就会变成这样。

如果以后她能有机会和江砚一起去看就好了……

但是他那么忙、那么累，有看日出的时间还不如睡觉。

顾桉想到这儿，又鼓着脸颊幽幽怨怨地呼了口气。

江砚随手把她的围巾展开又折整齐，绕过她的脖颈，挡住她的大半张脸，只露出一双弯弯的眼睛。她的瞳仁黑而剔透，总带些天真感。

"想去？"他安静地看着她，一张俊脸不带情绪。

顾桉瞬间瞪圆眼睛，呆滞一秒后小鸡啄米般疯狂点头，惊喜得像是猝不及防被喂了颗糖。

"那明天五点我回家接你。

"起得来吗？"

顾桉走在他前面，背着小手走路，衣服穿得圆滚滚，像个憨态可掬的小雪人。

"小雪人"笑眼弯弯虎牙尖尖，声音隔着围巾，又闷又可爱："能起来能起来能起来……"

她还是小，即使又长大一岁。

或者说，她永远会比他小。

但他能这样一直看着她长大吗？

江砚说五点出发，顾桉定了四点的闹钟。

闹钟响起时，她没有半秒犹豫，闭着眼睛下床，闭着眼睛叠被子，闭着眼睛洗漱，一整套流程走下来，这才清醒。

她打开衣柜，习惯性捞起圆滚滚的姜黄色羽绒服，又放回去，最后选了一件黑色牛角扣大衣，搭配正红色围巾，长发绑成小鬏鬏，对着镜子笑出小虎牙。

这天她也是个小可爱没错了！

她下楼的时候，江砚已经等在客厅里。

他大概是刚洗过澡，离得近了有清浅的沐浴露味道，干净又好闻，身上是极冷淡的黑色卫衣和黑色长裤。

刑警同志个高腿长，穿黑色酷得不行，到玄关拎了件黑色羽绒服，松松垮垮地套在身上。

顾桉小幅度地弯起嘴角，色调一致，"四舍五入"就是情侣装！

外面天还黑着，北风冷得刺骨，在地下车库短暂停留的几秒顾桉就冻得牙齿打战，手指冰凉。

江砚给她打开副驾驶座的车门，她坐进去才发现，他在座位上放了热水杯，让她抱着取暖。

这是个什么温柔体贴的小天使呀！

顾桉打着哈欠，心里却已经开始炸开烟花。

新年第一天她是和喜欢的人在一起的，嘿嘿嘿！

"江砚哥哥，你之前看过日出吗？"她抱着水杯取暖，歪着头看他。

天还暗着，江砚的头发眉眼都隐没在阴影里，只有侧脸轮廓清晰。他的眉骨高而眼窝深，鼻梁超级直挺，这个角度看简直一绝。

江砚"嗯"了声，语气冷冷淡淡的。

"和谁呀"这三个字几乎就要脱口而出，顾桉临时改变策略走迂回婉转路线："是什么时候呀？"

"大学。"

大学……又是大学！

顾桉一直没敢问江砚之前有没有交过女朋友，总觉得这么极品一个大帅哥没交过女朋友才比较奇怪。

反正不管怎样，他现在都是单身！单身！

顾桉沉迷自己的脑补无法自拔，直接给江砚幻想出一个细腰长腿的前女友，闷声闷气地问了句："那她肯定长得很好看吧？"

她说话还带着没睡醒的鼻音，不知道是有多困，眼睛里都是水光。

江砚嘴角顿了顿道："还行吧。"

还行！

能让江砚说还行的人应该很行很行了，呜呜呜……

十字路口的绿灯变成红灯，江砚转头看向顾桉。

她把牛角扣帽子捞起来扣到脑袋上，又把左手揣进右手袖子里，右手揣进左手袖子里，嘴巴紧紧抿着，一副不想搭理他的样子，像个小受气包。

"哥哥说错话了吗？"

他侧头看她，还是那张冷冷淡淡的少爷脸，但是语气放得极轻，长睫低垂，温柔无害，简直能将人无声溺毙。

顾桉的小心脏瞬间就不会跳了，好半天她才慢吞吞地道："就……就觉得自己特别没见过世面，都没看过日出……"

——不像你！大学就和女朋友去看日出了，呜呜呜！

江砚神色无奈地道："我和顾桢去看的时候是大二，他给我打了几十个电话，我实在没有办法。"

顾桢！是顾桢！

顾桉脑袋里一百个海绵宝宝在奔跑，跳跃，撒花！

她的嘴角忍不住上扬，但她拼命忍着，小声哼哼道："你和我哥做过的事情可真不少。"

车内重新陷入寂静。

片刻后，"咕噜"一声响，顾桉整个人僵住，赶紧捂住肚子。

按照她的经验来说，她饿的时候，肚子不会只叫一声就罢休的。

果然一声之后，又响起无数声……

她脸颊爆红，恨不得蹲到越野车座位底下。

江砚嘴角轻扬："打开你左边的箱子，有吃的。"

面包、蛋糕、酸奶，甚至还有她最喜欢的薯片，她整天抱着"咔嚓咔嚓"咬的那种。

在加班一个通宵的情况下，他是什么时候准备好的这些？

"还有糖！"顾桉的眼睛瞬间亮起来，是她整天揣在兜里的那种，很小的透明玻璃罐子，里面装着水果形状的糖果，她最喜欢葡萄口味，"你也喜欢这个糖吗？"

江砚："上次抓人，嫌疑人在和儿子吃饭，小朋友一直哭，买来哄小朋友的。"

顾桉好奇地道："然后你哄完哭鼻子的小朋友，又把糖要回来了？"

江砚好笑地看着她："想到家里还有一个，就顺便多买了一盒。"

"哦……"

家里还有一个……这个说法她可真喜欢！

顾桉偷偷去看车窗，自己的嘴角翘起收不回去，而江砚的侧脸白皙英俊。

他记得给她买糖，是不是说明，有那么些时刻，或者说极其偶尔的情况下，他也会想起自己？

就像她蓦地想起他那样。

半个小时后，黑色越野车抵达邻市海边。天依旧黑着，但是海滩已经全是人，手机灯光星星点点，还有好多帐篷。

坐在副驾驶座上的顾桉已经歪着头睡着，手里还紧紧攥着那一罐水果糖。

她迷迷瞪瞪地察觉车停下来，猜想是到达目的地了，刚要睁开眼，清冽冷淡的薄荷香拂进鼻腔。

江砚倾身过来，给她调低座椅，让她睡得舒服些。密闭的空间里，眼前一片黑暗，所有感官都被无限放大，神经无限紧绷。

她的意识一点一点回笼，听见布料摩擦的声响，下一秒柔软蓬松的羽绒服盖在她身上，带着他的体温，和他身上的味道，特别特别暖。

顾桉不敢呼吸，生怕他发现她在装睡。

这样的江砚真的过分温柔，让她越来越想自己占有。

她闭着眼睛，眼前全是身边的人。

他抿唇、皱眉、面无表情，又或者看着她笑起来，眼睛弯弯的，睫毛长长的。

顾桉想着想着，就真的睡着了，直到远处暖色阳光自海平面浮现，温温柔柔地落在她的眼睛上。

她睁眼时，江砚倚在车座上，闭着眼睛，长而浓密的睫毛鸦羽一样覆盖下来，鼻梁挺直，似乎真的可以在上面玩滑梯……

他闭着眼睛，她的心跳也还是快，脸往围巾里缩，挡住泛红的小半张脸，偷偷看他。

江砚的皮肤白，一旦熬夜，眼睛下方的青色印记就格外明显，距离太近，她能看到他白皙下巴上新冒出的青色胡楂，显出一种漫不经心又颓废的英俊。

顾桉把他的外套轻轻盖回去，还不忘把边边角角都掖好。

"这么累还陪我看日出干吗呀？"

顾桉叹了口气，心疼极了，昨天他一提她光顾着开心，其他的全部抛诸脑后，真的……太不懂事了。

"不要皱眉，像个小老头。"

她大着胆子，轻戳他的眉心，抚平后，又过电一样收回手。

"小梨涡在哪里来着？

"算了，下次得到允许再碰吧……"

她的语气十分大度，隐藏着一点点不甘心。

顾桉轻手轻脚地推开车门下车。

冬天的海风清冽冰凉地拂过她的脸颊，太阳自海平线上升起，天空染上明亮色泽。

人们欢呼拥抱迎接新年的第一天。她站在人群之外，每一分每一秒都不想错过，默默许下新年愿望："哥哥和江砚岁岁平安。"

如果还可以再有一个愿望，她希望她喜欢的人明年还在身边。

顾桉许完愿美滋滋地回头，车里的人已醒。

她"嗒嗒嗒"地往回跑，打开车门声音里有掩饰不住的开心："日出真的好好看！难怪那么多人早起来看日出！"

她开开心心的样子，眼睛笑成弯弯的月牙，大概是真的喜欢。

江砚的嘴角有很浅的弧度，他示意她系安全带，小姑娘系好之后仰起小娃娃脸，又十分遗憾地道："可惜你没有看到。"

他熬了一个通宵，却在凌晨回来接她去看日出。

等到了海边，日出近在眼前，他又累到倚着车后座睡过去……

连日来高强度地工作，江砚的精神紧张到几乎到极限。他短暂闭眼的片刻，眼前一帧一帧播放着旧时片段。

梦见年少时被绑架，梦见缉毒一线，梦见那条跟在自己身边的缉毒犬，梦见师傅中弹，梦见枪林弹雨血肉模糊……他睁开眼时她转身，天空也变成没有颜色的背景。

女孩眉眼柔软，虎牙尖尖，笑着喊他"哥哥"。

灿若初阳。

天光大亮。

"哥哥看到了。"他清朗干净的声音落在她耳边。

"骗人……"顾桉抬头，沉浸在愧疚中无法自拔，鼻音很重。

她刚才弯弯的嘴角现在充满歉意地撇着，可怜兮兮地嘟哝："你加班加一个晚上，还陪我来看日出，又累到睡着……"

江砚却没有急着发动车，只是安安静静地看着她，听她说完。那双漂亮眼睛染了一层暖色，瞳孔深处尽是笑意和温柔之色。

他伸手揉揉她的脑袋，轻声说："能陪公主殿下看日出。微臣荣幸之至。"

他平时冷着脸冷着声音说话都足够招人，更别提现在薄唇轻启，声音压低，带着鼻音，听起来有特别重的纵容意味。

这让顾桉觉得自己在他面前怎样都可以，看日出这样简单的要求根本不值一提，更过分一点好像也不是不可以……

她抬眼看他。

江砚看起来真的很累，半垂着眼，双眼皮的褶皱深刻清晰。

他弯着眼睛碰了碰她的头发，非常教科书版本的摸头杀，跟顾桢那种恨不得把她的头发薅秃的摸法完全不一样……

他这根本不是陪她看日出！而是在她心上放烟花！

他也不是在摸她的头发！而是在耽误她！

不要散发魅力了，你这个迷人的家伙！

她好像从十九岁的顾桉，完完全全变成被宠爱的小姑娘。

她脸红心跳，把脸缩进围巾里，只露出一双黑白分明的眼睛，悄悄看他的侧脸和他长长的睫毛。

她拿了一颗最喜欢的葡萄味水果糖，甜甜的味道却在心底化开。

江砚把她送到家，紧接着回了单位。

顾桉"嗒嗒嗒"地跑上阁楼，拿出数位板画了一格小漫画，配文："我真的好喜欢他呀。"

"土拨鼠叫！"

"太撩了，我的天……"

"呜呜呜，这个公主殿下也太'苏'了，我不行了。"

"这样的警察叔叔在哪儿排队能领？"

"啊啊啊，这男人太会了，太会了啊。"

"女儿新年快乐！十九岁了！妈妈允许你谈恋爱！"

顾桉双手托腮，小娃娃脸圆鼓鼓的。

她的新年愿望从"明年这个人还在我身边"，变成"快点让他变成我男朋友吧"……

大年初三之后，顾桉又继续去给小高中生当家教，忙起来之后，寒假过得飞快。

就算她天天在家，见到顾桢和江砚的时间也很少，这下早出晚归，就更加见不到人了。

两名刑警同志平时忙，到了重要节假日就更是忙得要死，有时候顾桉去送饭，等几个小时都等不到人。

她心疼又没有办法，只能加倍努力做好后勤保障工作，闲下来的时候，看电视只看养生和膳食搭配。

顾桢和江砚每次回家的时间不定，只是不管是半夜还是凌晨，总能看到正处在保温状态的电饭煲。像是哆啦A梦的口袋，那个平淡无奇的电饭煲里，总能变出各种美味的饭菜。

上边总是贴着某人的卡通便笺，圆滚滚的小学生字体："今天也辛苦啦！两位先生用餐愉快！"

"你说以后谁娶了顾桉，是不是有点过分幸福？"顾桢掀开电饭煲盖子，番茄牛腩煮得软烂，汤汁浓郁，他拿碗盛饭，又皱眉道，"算了，不能想，光是想想都想揍人。"

江砚薄唇轻抿，没有说话。

顾桉的家教兼职在正月十五那天上午结束，两天之后就要开学，她开始收拾东西准备返校。

只是不知道开学前她还能不能见到哥哥和江砚。

正月十八那天，顾桉早上起床打着哈欠下楼，顾桢正系着围裙在料理台前做饭，江砚端着碗筷、碟子往餐厅走，分工明确，配合协调。

空气里的细微浮尘似乎都被镀上一层暖色，眼前的场景过于温馨，顾桉的鼻子一酸嘴一撇，她更加不想回学校。

她还是小孩子心性，喜欢过年，喜欢烟花，喜欢热热闹闹的氛围，喜欢下雪、糖葫芦、汤圆和烤地瓜。而这些美好事物，只展示在名为"寒假"的展示柜里。

"哥，我今天就要回学校了……"顾桉的眼睛天生下垂，看人的时候总带着可怜巴巴的无辜感，像极了德牧幼崽。

"嗯，"顾桢浑不在意，"让江砚送你，我下午有事。"

顾桉慢吞吞地"哦"了一声，奇怪地发现自己开学前的离愁别绪，因为"江砚送你"这几个字成功消失大半。

早饭后，顾桢刚要收拾碗筷，就被顾桉手疾眼快地摁住。她穿着白色卫衣，身上全是煎蛋图案，整个人像个行走的鸡蛋饼，鸡蛋饼长了一张小圆脸，笑得又可爱："我来我来！顾警官，您歇着！"

顾桢果然就不跟她客气，往沙发上特别"大爷"地一倚，又跟崽崽开始看《海贼王》。他自从上了警校当了警察，就完全跟不上这部动漫的更新进度了。

顾桉抱着碗碟放进洗碗池，转头就见江砚跟过来："哥哥帮你。"

嘿嘿嘿，他们又穿了一个颜色的卫衣！只是他的没有煎蛋图案，非常单调，非常没意思。

但是她又不得不承认，江砚穿白色卫衣的时候一身青春气，看起来温柔无害还少年感十足，只不过那张脸过分冷淡，眼角眉梢都透着不可冒犯的感觉。

空气变成浅淡香甜的薄荷味道，顾桉心里开始冒粉红色泡泡，脸颊一不小心就开始升温。她鼓着脸颊像只小金鱼，开始"咕噜咕噜"地吐泡泡："好不容易休息一天，你还是不要干活啦，快去和我哥看路飞或者补个觉吧……"

"哥哥洗就好。"江砚开口，声音清朗。

他把袖子折了两折，露出清瘦利落的手臂，因为个子太高，洗碗时不得不弯下腰，脊背和窄腰的线条被衣服勾勒得十分清晰。

那双骨节分明的手赏心悦目，肤色白皙，皮肤细腻，一看就是个十指不沾阳春水的大少爷。其实他的掌心有枪茧。

洗碗池那么大点地方，两人也没办法一起，顾桉提议："那我做汤圆，你想吃什么馅的？"

江砚："都好。"

"那就黑芝麻馅和豆沙馅好了，我哥喜欢这个来着。"

她的声音脆生生的，开始炒黑芝麻，炒着炒着她就忍不住弯腰凑近平底锅闻味道。圆眼睛餍足地眯成弯弯的缝，像只吃到小鱼干的猫，她笑出小虎牙："好香好香！"

她从小就对一切糯的食物毫无抵抗力。

她把馅料打碎，加猪油，放在冰箱里冷冻。糯米粉加水，揉成面团，包冷冻好的馅料，下锅煮。

烦琐的过程依旧能让她开心，小虎牙自始至终都露着可爱的尖。

煮汤圆的时候，她隔着透明锅盖看里面翻滚的糯米团子，眼巴巴的，像在看宝贝。

江砚失笑，笑意从眼尾蔓延至轻抿的嘴角，变成漂亮的梨涡。

"熟了、熟了、熟了！"

汤圆翻滚浮起来的那一刻，顾桉雀跃极了，迫不及待地用白瓷勺子舀了一个汤圆。

晶莹剔透的糯米团，内里是浓香芝麻馅，"呼哧呼哧"地冒着热气，让人看着都能想象软糯香甜的口感。

她鼓着脸颊放在嘴边呼呼吹凉，这才举到江砚面前，献宝一样充满期待："你尝尝看，我觉得会好吃！"

汤圆猝不及防地递到他嘴边，他垂眸，对上她乖巧的眉眼，突然想起顾桢说的那句，以后谁娶了顾桉是不是有点过分幸福。

她个子还是小，一直就没有长过他的肩膀，头发长长了，又像他刚开始见到她的时候，扎成小鬏鬏。

有些乱，很可爱，她好像怎样都可爱得过分。

而现在，她湿漉漉的圆眼睛一眨不眨地看着他，在他的注视下，浅浅的粉色从瓷白的脸颊蔓延至耳朵，还有不断加深的趋势。

安静几秒后，顾桉突然意识到，这其实是个……喂饭的姿势。

互相喂来喂去的男生女生，她阅历浅，只在学校食堂见过，腻腻歪歪，你一口我一口。而她用勺子喂江砚，实在是不合规矩……

她刚才只是迫不及待地想让江砚尝尝，根本没想这么多，勺子好像有自己的想法，自己飞到了江砚嘴边。

她的脸颊开始发烫，更别提江砚还看着她。

她手里的勺子变得不是勺子，像个烫手山芋，灼烧了她的指尖。

顾桉无措地咬了咬嘴唇，怎样才能自然而然地把勺子收回来呀？

——谁来帮帮我？呜呜呜……

她自欺欺人，在心里默念"江砚看不见江砚失忆了江砚什么都不知道"，一点一点慢慢悠悠地把手往回收。

而就在这时，她的手腕被轻轻握住。

她的卫衣袖口刚才已经全部撸起来，所以既是被握住手腕，也是真正的肌肤相贴……

他骨节分明的手指落在她的腕骨上，温度比她体温好像还要低一些。

她的视线从他的手指上移，落到他清俊的脸庞上。

江砚俯身，扶着她的手腕，咬下那颗芝麻馅的汤圆，薄唇颜色绯红带一层水光，干净却又说不出地招人。

而那双平日里清澈的眼，黑亮干净，自始至终没有离开过她的脸颊。

顾桉"噌"的一下脸红成一颗小番茄，还是熟透那种，心跳得快要爆炸，"怦怦怦"撞着胸腔。

而大帅哥唇红齿白，薄唇轻启，淡淡地道："甜的。"

C市离A大很近，上次开学赶上开学季堵车堵了一个小时，而平时开车只需要二十分钟。

午饭后，顾桉的心跳才堪堪平复下来。

她收拾好行李箱，百无聊赖，坐在行李箱上玩，腿在地上一蹬，行李箱就滑出去老远，她忍不住笑出小虎牙。

午后的阳光从大大的落地窗暖暖和和地照进来，德牧在她的脚边乖巧温驯地晒着太阳。

寒假竟然就这样一晃而过，回到学校，她又要见不到哥哥，也见不到他。

她和江砚好像变得亲近了一点点，可是不知道这个一点点，是不是她的错觉。

毕竟也没有刻度尺可以精确丈量。

顾桉不想太早去学校，能拖一会儿是一会儿。

顾桢因为加班回了单位，江砚坐在沙发上，手里是一本军事杂志，侧脸白皙，鼻梁超级挺，堪称人间绝色。

他可真好看。顾桉心说。

可是明天她就看不到了，后天也看不到了……

她忍不住看了一眼，又一眼，再一眼……

但是常在河边走哪有不湿鞋？在她偷偷摸摸不知道看第多少眼的时候，江砚合上手里的杂志，起身走过来。

顾桉赶紧看天，看地，看脚边的恩恩，还欲盖弥彰地哼起歌，腿一蹬想滑着行李箱溜之大吉，却被江砚挡住了去路。

大帅哥个高腿长一米八七，穿白色衣服的时候简直就是个干净明朗的大男孩，帅得人眼晕。

"怎么了？"顾桉心虚地开口。

她本来就矮，坐在行李箱上就更矮了，却又不得不仰着头和他直愣愣地对视着。

下一秒，江砚在她面前蹲下来，手指关节轻敲她的脑袋："一直看我干吗？"

那双漂亮的眼睛不带任何情绪地看着她，但语气又是温柔的。

近距离的美颜暴击简直叫人招架不住，但是输什么不能输气势，顾桉梗着脖子，只是软糯糯的鼻音越来越小："怎么，还不让看看啦？看看又不会少块肉……"

她都要回学校了！看一眼就少一眼了！他竟然还要因为她看他过来找她算账！

小气鬼！娶不着媳妇儿！

以后他就只能娶她！

顾桉撇着嘴，脑袋耷拉下去，小孩子脾气一起来，开始委委屈屈地生闷气。

"给看。"

给看？！

她猛地抬头，怀疑自己幻听。

因为她坐在行李箱上，比蹲着的江砚还要高，看他竟然变成了俯视。

大帅哥的眼睛煞是好看，笑时眼尾微扬，平时冷淡严肃的气场悉数敛起，简直叫人心动得天崩地裂。

——呜呜呜，你长这么好看根本就是在耽误我！

顾桉又回味了一下他轻声说的"给看"，简直快要从行李箱上摔下去了……

"所以是有什么要和我说吗？"

顾桉悄悄吸了口气，拼命抑制住自己的心动，小声地问他："我回学校以后，可以给你发微信吗？"

她说完，又小心翼翼地补充："我也不会每天都发，就偶尔发一条而已……"

——在很想你又忍不住的时候。

"还有吗？"

江砚的瞳孔黑亮，笑意浅浅地浮于眼尾。

顾桉蹭鼻子上脸不知满足，又可怜兮兮地看着他，问："你不忙的时候我可以给你打电话吗？"

因为打电话可以听见声音……

听见声音，她就能想象他说话时的表情，就觉得好像也没有隔得特别特别远。

她说完，就把脑袋耷拉下去，摸摸鼻尖，手心都微微冒汗。

他会不会觉得自己很烦，事情很多？本来他工作就够忙，还要搭理一个莫名其妙的小姑娘。

"对哥哥，你想做什么都可以。"

他的字音清晰，落进她的心底。

顾桉变成一只凝固住的糯米团，糯米团吞了口口水，干巴巴地蹦出三个字，带着满满的难以置信："这么好？"

江砚忍笑看着她："嗯。"

"为什么呀？"顾桉的脑子已经彻底死机，呆呆地看着面前的人。

午后的阳光落在他的眼睫上，似乎有细碎的光，他的瞳仁色泽也变柔和，而他安静地看着她，眼神清澈，温柔无害，漫不经心的声音都变软。

"公主殿下特权。"

顾桉整个人发蒙，脑子迷迷糊糊一片空白，只有眼前的人清晰。

之前她害羞了、不好意思了，可以充分发挥个子矮的优势，低头把脑袋往脖子里缩，虽然没什么用，但是看不到他的人，心跳就能慢慢自己平复。

可现在江砚蹲着，就在她的眼皮底下。

从她的角度看过去，他长而浓密的睫毛落了阳光，有细碎的光，更别提嘴角弯弯的，她最喜欢的小梨涡就在他唇边一指的地方，好看得能勾人魂魄。

顾桉以前也没觉得自己"颜狗"，而且比亲哥顾桢好看的男生全学校找不出几个，所以在同学们都追星看"校草"的时候，她两耳不闻窗外事，淡定极了。

只是不知道为什么，面对着江砚这张脸她就毫无抵抗力，想看又不敢看，紧张得要喘不过气。

"送你去学校。"江砚站起身。

顾桉这才偏过脸偷偷呼口气，绷紧的脊背一点一点放松下来。

车程不过二十分钟。

江砚的侧脸白皙，白皙修长的手搭在方向盘上，看起来非常赏心悦目，只是他开得很慢很慢，顾桉甚至觉得她下车走路都能比 SUV 快。

两人独处，这样的空间又密不透风。

顾桉表面安静温柔，小小的淑女一个，其实脑袋瓜里有个大屏幕，来来回回滚动他那句"对哥哥你想做什么都可以、都可以、都可以……"

唉，当时就应该让他举个例子来着！做什么都可以，比如呢？

除了发微信打电话，他当男朋友可不可以呀？

她想着想着就把自己想脸红，不想被江砚发现，于是慢吞吞地捞起卫衣的帽子扣在脑袋上，帽绳系紧，小圆脸变成奶黄包，还是"呼哧呼哧"冒热气，刚出锅的那种。

她偷偷看一眼身边的大帅哥。

半个小时后，黑色越野车抵达 A 大停车场。

她心里十分矛盾，看见江砚害羞，马上要分开又舍不得，拖拖拉拉不想走，最后撇着嘴，小声地说："谢谢哥哥送我，那我走啦。"

她过年没有买新衣服，还是之前的奶白色羽绒服，明黄卫衣，卫衣上带着两个小耳朵，让她看起来像只奶黄馅的小馒头。

帽子一摘下来，她的刘海乱了，翘起一撮小呆毛。

他顺手就把她翘起来的头发顺了回去。

江砚垂眸，顾桉纤长卷翘的睫毛轻颤。

喜欢她的男生一定很多，多到是谁把电影票放进她的书包都不知道。

他们不用像楚航那样在意顾桢的存在，也不用像高中时背负"早恋"

二字那样小心谨慎，有喜欢的女孩大可以肆无忌惮地去追。

她那么乖，会不会被骗？

"顾桉。"

顾桉呆头呆脑，还因为他碰她的头发而脸红心跳："怎么啦？"

江砚的视线落在她的脸颊上，最后只轻声道："没什么，去吧。"

顾桉的小眉毛一皱，察觉事情并不简单，江砚好像想说什么没有说。

她解开安全带，直接钻到他的眼皮底下。

大帅哥近看皮肤光滑没有任何瑕疵，下颌白皙尖削，鼻梁特别特别挺，显得眼窝微微凹陷。

在她的注视下，他很无辜地挑了一下眉，近距离看简直能勾魂。

猝不及防地出现在面前的小圆脸，让江砚微微怔住。

她脸上没有任何锐角，眸子湿漉漉的，乖巧无辜，因为鼓着腮，嘴巴也变得圆圆的。

距离实在太近，她眨眼时，睫毛好像要扫在他的下巴上。

喉结上下一滚，江砚低声问："干吗？"

她伸出手指戳他的额头，像他下午对她那样，但是戳了一下就过电一样收回去。

"有什么话要和我说吗？"她板着小娃娃脸，有样学样，就连语气都在模仿他。

江砚无可奈何地摇头，嘴角带了笑。

"那好吧……"

顾桉叹了口气，身边人不知道是在想些什么。

天已经一点点暗下来，她还想问问他，"做什么都可以"这句话，包不包括来看她。

只是直到下车，她也没有鼓足勇气开口。

大一下半学期就这样开始了。

顾桉的课程依旧排得满满当当，所以虽然离家很近，想要随时回去也不那么现实。

好在这个学期假期多，四月有清明，五月有劳动节，六月有端午，七月放暑假……

顾桉在手机里设好无数个倒计时，骗自己时间会过得很快。

画画的时候大脑全神贯注，无暇顾及其他，但是一到晚上睡觉前宿舍开始开茶话会，妹子们凑成一小堆开始讨论院里哪个男生好看，又或者看上了哪个帅哥的时候，顾桉就不可避免地想起江砚。

她缩在上铺一角，裹着海绵宝宝小毯子倚着墙，远看像朵蓬松柔软的小蛋糕。小蛋糕皱着眉毛，目光专注，一副要干大事的架势。

她要发什么呢？

她要发什么才能显得她只是偶尔想起他，而不是一直一直想的呢？

虽然江砚说做什么都可以，但她除了顾忌被他发现自己的小心思，还怕打扰到他。

毕竟刑警同志每天二十四小时开机，为了随叫随到手机全程不静音，万一他正在休息被自己的信息吵醒怎么办？

顾桉呆呆地看着对话框，呆呆地看着寥寥几个字的聊天记录，不知不觉就已经过去半个小时，她还是一个字都没发出去。

她从戳开对话框的那一秒心脏就开始乱跳，好像面对的不是他的头像而是他真人。

江砚头像上的那只狗狗和家里的德牧有八九分像，应该是从照片合影里裁下来的，能看到缉毒犬旁边，他的警用作战靴，和白皙修长的手。

她点了点，一不小心手抖了一下，江砚的头像动了两下，把她吓了一跳，而下一秒就看见对话框显示"顾桉拍了拍江砚"。

顾桉的眼睛瞪得像黑葡萄，紧接着她把脸埋进了小毯子里。

啊啊啊，这激动的心颤抖的手啊！

手机"嘀嗒"一声，蹦出消息提示。

江砚发了一个问号过来。

对话框左上方显示"对方正在输入……"顾桉屏住呼吸，眼睛一眨不眨。

江砚："在干吗？"

顾桉的嘴角止不住上扬，心里一万只海绵宝宝和派大星手拉手起舞，一边跳舞一边撒花花，她瞬间被粉红色的泡泡包围。

她咬着嘴角，最后还是没有办法，笑出了小虎牙，成功引起了全宿舍人的注意。

"顾桉，嘴都要咧到耳朵根了！男神发消息了？"

"哟哟哟！这脸红的！"

"恋爱的酸臭味啊……"

顾桉嘿嘿一笑，像个没出息的小呆瓜，蹭蹭鼻尖开始回消息。

顾桉："没干吗。"

她总不能说在想着怎么给他发消息吧……

顾桉："你呢？"

江砚："下午休息，没有加班。"

每次江砚说他休息，顾桉就一百个紧张，怕他适婚青年一个，说不定哪天就被家里安排去相亲，或者直接像电视剧里演的，这种世家公子哥儿，不得不为了家族利益联姻什么的……

顾桉："那你就一直在家吗？"

江砚："嗯。"

她这才松了口气，小虎牙开开心心地冒出个尖。

江砚："反正也没有人找我。"

顾桉盯着这句话来来回回读了三遍，越读越觉得江砚的语气委屈巴巴的，可怜又无辜，像个留守儿童。

而"留守儿童"现在高冷又傲娇，正在控诉她不找他聊天的行为……

是她的错觉吧？

气温一点一点回升，目光所及之处葱郁绿色取代荒芜，厚重的棉服变成软绵绵的针织开衫。

顾桉的大学生活远远没有其他人丰富多彩，她没有参加社团，没有逛街的爱好，也不热衷买衣服和护肤品，很少打扮自己，绝大部分时间在画室，所以专业成绩一直第一。

第一名同学唯一的娱乐项目是每天下午下课之后，约江柠吃饭散步，偶尔光顾校门口夜市一条街，一边嚷嚷着减肥一边炸串、烤冷面吃得欢。

江柠和她的高冷小男神似乎有些进展，只不过江柠在数学院，小男神学金融，除了共同社团很少有联系。

江柠比顾桉高五六厘米，长相和性格有十足的反差，在她把短发留长之后这种反差更大，外表温柔小美女，内心十足"铁憨憨"。

而现在江憨憨江柠皱着眉抱怨："我跟他平时只有微信联系，跟养了个手机宠物似的，想见面都找不到理由……"

顾桉心说：谁不是呢？

江砚连给她当手机宠物都办不到呢……

她也不是个聪明的，或者说比起江柠更像个小呆瓜，但还是大胆提出自己的想法："不是有宿舍联谊吗？不然两个宿舍约一约？你的室友认不认识他的室友？"

江柠猛地抬头："还真有！我的室友和他的室友都选了同一门选修课来着！"

于是，江柠宿舍和小男神宿舍约在周五晚上一起吃饭。

周五晚，顾桉刚要发微信问江柠情况如何，她的信息倒是先一步蹦出来："桉桉，我室友来'大姨妈'，你陪我去？大哭。"

虽然这次见面是打着"联谊"的幌子，但是顾桉心软不想让江柠一个人去，于是大义凛然地回道："没问题！"

A市公安局刑侦支队。

前段时间A市发生一起命案，引发社会广泛关注，由于涉案嫌疑人钱某居住在A市，但在C市打工，经常往返两地，社会关系复杂，A市刑侦支队请C市警方配合，最终于今日将犯罪嫌疑人抓获。

"多谢我们 C 市市局的兄弟们配合，这起案子才能这么顺利侦破，大家都辛苦了，晚饭市局统一安排，大家一起简单吃个便饭。"

江砚："谢谢魏局，我个人有些私事要处理，不便留下。"

"怎么，急着回去见老婆？"

魏局笑眯眯的，面前的小伙子早在三年前他就有所耳闻，却没想过如此年轻。

江砚微微颔首，没有正面回应："抱歉。"

江柠和她的小男神约在市中一家自助餐厅见面，吃完饭可以看电影、打游戏、滑冰，人多也不至于尴尬。

男生叫谢杨，高中时江柠年级第一，他万年第二，除了高考那次。

谢杨的室友跟他坐在一起，完全变成背景板。

江柠的脸红了。

顾桉偷偷笑了。

这时，她的手机响起。

啊啊啊，是江砚！

江砚："在哪儿？"

顾桉："在吃好吃的，嘿嘿嘿。"

她想也没想，给江砚发了个地址。

顾桉："等以后你来 A 市，我就带你来这儿吃好吃的！"

江砚没有再回话，顾桉的肚子饿得不行。来之前江柠就说好了，不用顾桉帮忙活跃气氛，在一边给她壮胆就好，少说话多吃饭，反正谢杨请客。

江砚的黑色越野车停在餐厅门口，透过车窗，他刚好能看到正对门口坐的顾桉。

顾桉左边是他的小侄女，对面是两个男生。

她在他和顾桢面前的时候，窝在沙发上看小品笑得东倒西歪，小虎牙生动活泼，而现在非常含蓄地抿着嘴，像个小淑女。

顾桉："你吃饭了吗？"

江砚："我在门口。"

顾桉的眼睛瞪得滚圆，瞬间什么都顾不上，她揪住江柠的衣角给她看他的微信，显然江柠也被惊呆，最后还是江柠戳戳她的脑袋："还不快走？愣着干吗？"

顾桉推门往外跑的时候大脑空白一片，直到看见他站在那辆黑色越野车旁边，个高腿长一身黑衣，即使没穿警服，挺拔肩背和肃穆气场也带着职业特征。

她跑到他面前一个紧急刹车，因为惯性人还往前倾了倾，声音因为激动还有些不稳："江砚哥哥，你怎么来了？"

面前的人五官深刻轮廓清晰，不带任何表情看人的时候，俊美冷淡，像精美的大理石雕塑："不是在和小男生聊天吗，跑出来干吗？"

顾桉想也没想，头摇得像个拨浪鼓："不聊、不聊、不聊……"

江砚的长睫低垂，没有说话。

顾桉仰起头，之前江砚对她过于温柔，经常让她忘记他是个警察，会荷枪实弹地抓犯罪分子的那种，而他现在面无表情，高冷遥不可及，简直就是个不动声色的制冷机器。

好可怕呀……

她将小脸皱成一团，被低气压环绕而手足无措，可她又不知道自己哪里做错，摸着肚子可怜巴巴地道："我饿了。"

江砚的表情松动了些，像个想要批评孩子又不可避免地心软的家长，只是声音依旧冰凉，比初春寒风更甚"刚才不是有小男生请你吃饭吗？"

顾桉鼓起脸颊像只小金鱼，呼了一大口气，皱着秀气的小眉毛，看起来郁闷极了。

"是江柠想约谢杨，也就是她喜欢的小男生吃饭嘛，然后扯着宿舍联谊的幌子，所以就是我和江柠、谢杨和他室友吃饭，男、女主角分别是谢杨和江柠。"

江砚扬起嘴角，对上她的视线又抿回去，下巴轻仰示意顾桉继续说。

"但是另一个男生……话有些多。"

顾桉说话慢，声音软糯，她挠挠额头，又认真纠正道："不是有些多，是真的很多！"

从江砚的俯视视角看过去，她扎在头顶的小鬏鬏、有些乱糟糟的小刘海、说话时一眨不眨的圆眼睛，以及因为郁闷鼓起来的脸颊，的确过分可爱。

她就像只看起来很好揉又可爱的小动物。

他垂着眼，听她嘟嘟囔囔，看她伸着小短胳膊比画给他看。

"我刚要吃一个红通通的糖渍山楂球，你知道那个山楂球有多好吃吗？"顾桉极尽溢美之词，用"彩虹屁"小论文夸完那个莫名其妙的球，才费力把跑偏的话题转移回来。

"我筷子刚递到嘴边呢，他就叫我：'顾桉，你平时喜欢做什么？'

"'顾桉，你们美术生平时忙不忙？'

"'顾桉，你画人像的时候我可以给你当模特吗？'

"'顾桉，你下课都干吗？'

"'顾桉，明晚有没有空？'"

江砚失笑。

"他就一直问，我就一直答，最后……"她耷拉着小肩膀无辜地摊手，"啥都没吃着。"

顾桉说完，笑声从头顶落下来。

她抬头，刚好撞进江砚含笑的眼。

好好一个冷面警官，笑起来却眼睛弯弯的，睫毛长长的，嘴角扬起的弧度异常令人心动，唇红齿白，梨涡浅浅，笑声还是干净又好听的少年音色。

瞬间满世界花开。

她看得呆了，直到他碰了一下她的后脑勺："走吧，带你去吃饭。"

江砚本来订好了餐厅，顾桉偷偷搜索了下价格直接撺掇着他取消，还点评道："真是个钱多人傻的大少爷啊……"

江砚眼尾微微弯着，像个"妻管严"的小可怜，最后被顾桉拉着手腕一头扎进夜市小吃街。

"我要吃烤冷面、炸串、冰激凌，你请我吃吧？"

她走在他前面，蹦蹦跶跶好像很开心，像朵行走的棉花糖，棉花糖周围的空气跟着变得静谧甜美。

顾桉进去的时候攥着江砚的手腕，出来的时候已经啃上章鱼小丸子，跟在她身后的江砚手里还提了满满当当的各种小吃。

顾桉指了指路边的排椅："我们坐一会儿吧？"

江砚点头，乖巧听话，像公主身边的骑士。

只不过骑士同志有轻度洁癖，拿着消毒湿巾把排椅来来回回擦了三遍了……

真好啊。月亮很圆，晚风温柔，身边是自己喜欢的人。

顾桉咬着小丸子，晃悠着小短腿，餍足地眯起眼睛。

"江砚哥哥，你怎么会来A市，又是协助破案吗？"

她的脸颊鼓起一个圆球形状，嘴角沾了酱汁，江砚拿纸巾给她擦嘴角，动作轻柔得像照顾小孩子一般："懂得还挺多。"

"嘿嘿。"顾桉仰着瓷白的小娃娃脸，安心地享受江砚的照顾，虽然还是害羞，但是显然开心更多些，让她无暇顾及其他。

她的嘴巴片刻也不闲着，又低头喝了一大口热果汁："那你什么时候回去呀？"

他能不能在这儿多待几天？这样他们就可以多见几面啦。

江砚的语气不自觉放得柔和了些："十点集合。"

顾桉看看时间，已经九点十分，她竟然就在毫无心理准备的情况下，迎来了倒计时……

她刚才还欢欢喜喜的小脸不禁皱成一团，嘴里的果汁瞬间不甜了。

江砚将手覆在她的发顶上，轻轻揉了揉，悄无声息地给炸毛边缘的她顺毛。

如果时间能够在这一刻静止多好，或者往后倒退，退到她晚上刚见到江砚的那一刻，月光，晚风，人间四月，喜欢的人。

"那……"顾桉开学那天没能问出口的那句话，现在鼓足勇气把它说了出来，"等你有空，还可以来看我吗？"

她的话还没说完，声音已经小得听不清，最后粘在嗓子眼里。

她的勇气好像只够说完这一句话，说完就低垂着睫毛，做出一副专心致志喝果汁的样子，却还是忍不住看他，路灯昏黄，他的侧脸天边朗月一般遥不可及。

"看你的表现。"

听到江砚松口，顾桉赶紧蹬鼻子上脸，伸出手，小拇指和大拇指翘起来："拉钩！"

江砚的唇边也带了浅浅的笑："长不大了吗？"

本来两人并排坐着，中间还隔着一堆吃的。

这下顾桉果断抛弃所有好吃的，直接站到他的面前，表情严肃极了，皱着小鼻子说："拉钩，快点嘛，不准说话不算话。"

上次他说对他，想做什么都可以的时候，她就应该跟他拉钩，又或者让他立个字据的，后来顾桉每每想起，都觉得十分后悔。

江砚姿势闲散地倚在排椅上，两条长腿随意伸着，身上每道线条都极致冷淡，透着不可冒犯的气息。

他微微仰着头看她，修长的脖颈泛着象牙光泽，喉结的线条清晰："想让我来看你吗？"

顾桉抿着唇，点头。

江砚眉梢轻扬。他靠近了些，淡而清冽的薄荷味道拂进鼻腔。下一秒，他修长白皙的手指钩住她的。

顾桉没来由地脸红心跳。

那双漂亮眼睛在月光下又黑又沉，深不可测，看人的时候仿佛带着钩子。而他就这样直直看着她，道："那不准再搭理那些小男生。"

第 八 章
寄 明 信 片

　　"想让我来看你吗？

　　"那不准再搭理那些小男生。"

　　江砚那双一尘不染的眼睛，映着浓重夜色和天边朗月，黑而纯粹，近距离心无旁骛地直直看着她。

　　那眼神莫名让她心跳加速，任哪个小女生被他这样深深看着，估计都要念念不忘地放在心里好久。

　　顾桉的大脑已经没有思考能力，只是听到江砚会来看她心里已经炸起小烟花，其他的都不重要。

　　"不理不理，"她攥着小拳头保证，"一个都不理。"

　　她完全没往别处想，在她没有任何弯弯绕绕的脑子里，不准搭理那些小男生约等于"敢早恋腿打断"，顾桢不知道说过多少次，听起来稀松平常，并不算什么过分要求。

　　江砚开车送顾桉回学校。他发动车子，漂亮的眼睛平静无澜不带任何情绪，只是嘴角微扬，冷淡的侧脸也跟着无端柔和起来。

二十分钟后，黑色越野车抵达 A 大。

江砚垂眼，才发现顾桉已经睡着。

距离集合时间还有三十分钟，从 A 大到 A 市公安局车程二十分钟，而他习惯早到五分钟。

所以……他还能和她再待一会儿。

月亮的清辉无声笼罩下来，晚风温柔。

连日来紧绷的神经悄然松懈，江砚后脑勺抵在黑色座椅上，侧过头去看副驾驶座上的小姑娘，他眉眼微垂，目光干净又柔软。

她怀里抱着没有吃完又不舍得扔的好吃的，头歪在座椅，浓密的眼睫弯弯的，脸颊瓷白，精致得像个糯米团。

他的视线向下，落在她总是喋喋不休的嘴唇上，原来她不笑的时候，嘴角也会微微翘起。

时间一分一秒地过去，直到他不得不出发。

江砚伸手碰了碰顾桉的发顶："顾桉，到了。"

顾桉从熟睡状态中被叫醒，睫毛忽闪着睁开眼，揉揉眼睛努力清醒："到了呀？"

她说话带着浓重的鼻音，嘴角下撇，可怜兮兮的样子，仿佛下一秒就要哭出来。

她混沌的脑子慢慢悠悠地开始运转，从睁眼看到江砚的开心，到意识到这个人马上要走，心情大起大落，不过几秒的时间。

她好像总是很难面对分别，不管是高二去学美术还是后来江砚出任务半年不见，又或者是现在读大学，每次分开，鼻子都无可救药地发酸。

"哥哥，那你开车慢一点，我走了……"她人小小一团，声音也小，湿漉漉的眼像小鹿斑比。

江砚"嗯"了一声。

他看着顾桉走到宿舍楼下，从她的海绵宝宝书包里拿出门禁卡，刚要发动车子，她又转身跑回来。

车窗落下，她扒着车窗探着可爱的小脑袋，柔软的眉眼近在咫尺：

"不能说话不算话，说来看我就得来看我。"

她很少用这样霸道的语气说话，娃娃脸敛起了所有表情，认认真真地看着他。

江砚心里软得不像话，修长的手指落在她的发顶上。

每次他摸她的头发，她都希望不用长大，可以全心全意依赖他，对他提出各种要求，而他都会无条件纵容。

就在她骗自己那是错觉的时候，江砚温柔地道："那你要乖。"

江砚返回 C 市之后，顾桉开始数着日子等劳动节小长假。

这期间如果说有什么不一样的，那就是江砚极其少见的情况下，会主动发消息给她。

每次看到新消息提示她都不可避免地脸红心跳，然后抱着江柠嗷嗷叫，虽然"直男"的开场白永远是"在干吗"。

顾桉就龇着小虎牙开开心心地回消息，纵使心里锣鼓喧天，发出去的消息却也云淡风轻：在吃饭、在上课，又或者是在画画。

在她某次不经意表达对崽崽的思念之后，江砚的微信开场白就从"在干吗"变成随手拍的照片。

刚洗完澡的崽崽，和顾桢一起看《海贼王》的崽崽，和江砚一起散步的崽崽，偶尔大帅哥也会出镜，露出白皙修长的手指或者一个模模糊糊的影子。

再后来，出警路上的日出、晚归的路灯，再或者是顾桢新研发的泡面口味，他都会拍给她。

他就这样用他的方式，和她分享她不在家时他的生活。

转眼间，劳动节小长假到来。

顾桉一下课就蹦蹦跶跶地回了家。

五月的风好像格外温柔，顾桉傍晚到家时，夕阳已经把空气镀了一层暖色。

她换了她满是煎蛋图案的卫衣，准备好晚饭不过六点，出了门，坐在小区的秋千上等哥哥们下班。

不远处的篮球场上有高中生们正在打篮球，他们刚刚放假，还穿着校服，年纪小很有朝气。

她曾经也在这样大的时候，和江砚一起打过篮球，他环着她投篮，还差点把她欺负哭。

顾桉的嘴角轻弯。她竟然就认识他这么久，也喜欢他这么久了。

只不过篮球比赛很精彩，她看着看着就入了迷，直到熟悉又欠揍的声音在身后响起："一放假就回家，看来是真没有男朋友，毫无长进啊，顾桉。"

紧接着，她被人弹了个脑瓜崩。

什么叫一看就没有男朋友啊……

她未来的男朋友就在家里，她不回家还能去哪儿？！

顾桉气鼓鼓地回头，气炸了的小受气包一个，却见顾桢身边正站着她未来的男朋友，现在正双手插兜睨着她。

顾桉抿了抿嘴，夯起的毛悄然平息，甚至还很温婉地冲着江砚笑了笑。

如果不是顾桢长了张嘴，她现在应该是很多小姑娘艳羡的对象，毕竟全小区最帅的男生都在她这里。

"哥，"顾桉清清嗓子开口，"你看那个小男生腿比你的还长！好帅啊！"

顾桢修长的手指戳上她的额头，他温和地道："你眉毛下面长了两个玻璃珠吗？哪只眼睛看到他腿比我长？"

"就算不比你腿长，他也比你年轻呀，"顾桉皱着一张纯良无害的小娃娃脸，认真道："你要服老。"

事实证明，男人至死都是少年。

顾桢没好气道："明天系统内部运动会，你来不来看我打球？"

顾桉眨眨眼睛，目光越过顾桢看他身后的那位："江砚哥哥，你参加吗？"

江砚将视线从篮球场上收回，面无表情地"嗯"了一声，长腿一迈转身就走。

顾桢完全没有注意到被自己亲妹妹忽略的事实："江砚，你不是不参加吗？刑侦支队差点人都没凑够，楚航怎么求你你都不去。"

江砚冷着一张脸，面无表情地淡声回答："你听错了。"

五月一号，C市公安系统篮球赛在大学体育场举办，参加比赛的单位有C市市局以及各区县局。

顾桉坐在观众席上，她周围有家属也有警察小哥哥、小姐姐，还有许多来看热闹的大学生。

"快看快看，C市公安系统的'警草'江砚！"

"果然长得帅的男人都上交国家了。"

"那眼睛、那鼻梁、那个大长腿啊！还有弯腰系鞋带时那个腰线！"

"我更喜欢顾桢，你看这该死的少年感。"

"啊啊啊，他往观众席走过来了！"

旁边的女生叽叽喳喳，欢呼雀跃，顾桉顺着她们的目光看过去，果然有个肤白貌美的大帅哥越来越近。

人满为患的篮球场上，他依旧是最显眼的那个。

江砚穿了白色球衣，内搭了件黑色短袖，手里还拎了一件黑色棒球外套。

清冷的年轻男人，越是淡漠疏离、云淡风轻，越是让人想要靠近。

在江砚走过来之前，楚航不知道从哪里冒出来："妹妹，帮哥哥拿一下外套。"

"哦，好！"顾桉脆生生地答应，刚要伸手接过来，就被江砚挡开。

"拿我的。"

他霸道极了。

顾桉不可避免地想起学校篮球比赛时，帮男朋友抱衣服的小女生。

她微微颔首向楚航表示歉意，然后就在女生们艳羡的目光中，把江砚的衣服抱进了怀里。

篮球比赛这种事情，内行看门道，外行……看颜值。

身边一群女生短短时间里已经从江砚的颜粉变成"老婆粉"，甚至开始神志不清地胡言乱语，从"这种冷淡系谈恋爱会是什么样子"到"待会儿就要去要他的联系方式"。

顾桉老实巴交地抱着江砚的外套，黑色外套有着和他身上一样的浅淡薄荷味道，让她的小脸爆红。

人群中爆发出欢呼，又是江砚进球了。

两边比分远远拉开，甚至已经没有继续比赛的必要。

顾桉抬眸，江砚刚好看过来，目光相撞，他的剑眉微扬，嘴角勾着淡淡笑意，意气风发，像个干净明朗的少年。

他平时警服、衬衫，又或者运动外套都穿得一丝不苟，而球服领口大一些，他下颌到脖颈的弧度流畅，喉结清晰，如果周围女生的目光能化成实质，现在他的衣服可能已经烂掉。

比赛四十分钟后结束，刑侦支队毫无悬念地胜出。

顾桉跑下观众席送水，江砚身边已经围了一群女生。

有穿警服的女同事，英姿飒爽个高腿长的漂亮小姐姐，那美貌、那身材分分钟出道。也有没穿警服的女生，打扮得花枝招展香气扑鼻，脸颊泛红羞涩又直白地看着眼前的人。

顾桉个子矮，站在人群外围，心里有颗柠檬被一不小心戳破，酸涩的味道铺天盖地地兜头而来。

她读大学的这段时间，追他的女生可能又要多一堆，保不齐这里面就有他的理想型，遇到之后表白恋爱，按部就班地见家长，步入婚姻殿堂……说不定哪天上着课，顾桢就会给她打电话，说："你江砚哥哥结婚，要不要回来参加婚礼？"

顾桉耷拉着头等在一边，看着手里的外套愣神。

谈恋爱的江砚是什么样子吗？也会冷着一张俊脸吗？还是，虽然冷着脸，但其实超级温柔？

她越想心里越闷，越想越觉得她脑补的画面，可能就在不久之后的将来出现。

"顾桢等着领奖，"江砚碰了一下她的后脑勺，"我们先走。"

顾桉"哦"了一声，慢吞吞地跟上。

身后那些女生的目光刀子一样往她身上飘。

因为运动会在大学体育场举行，而篮球赛结束时间又正好是放学时间，校园里满是下课的大学生，像Ａ大一样，目光所及之处，总有那么几对手牵手的小情侣。

而她抱着他的外套，和穿着球服的他一起走在校园里，倒也很像是其中一对。

顾桉看着两人肩并肩靠在一起的影子，心道，可惜不是的……

小话痨这天好像很沉默。

江砚低头，走在他旁边的小姑娘鼓着脸抿着唇，像朵自闭的小蘑菇。

他嘴角轻抿："篮球比赛是不是很无聊？"

顾桉摇头，变成小拨浪鼓："很好看，警察叔叔就是警察叔叔，都好厉害啊。"

"那你为什么不开心啊？"

他站在她面前，半垂着眼睛看她，睫毛密而双眼皮褶皱很深。

他好像不管怎样都恰好是她喜欢的样子。

她……不开心得很明显吗？

为什么关于他的事情，她就非常容易不开心，变得无理取闹？

小姑娘围着他她不开心，小姑娘偷看他她不开心，小姑娘屁颠屁颠地跟在他身后她不开心。明明他冷着脸一个字都没有说，一点错都没有，但她就是不开心。

顾桉摇摇头，干巴巴地扯出个笑脸，弧度牵强生硬："没有，哥哥超级厉害！"

说着，她还给江砚竖了个真心实意的大拇指。

他超级厉害，进了那么多球，还那么引人注目，招蜂引蝶，打一场篮球赛不知道要多多少追求者……

呜呜呜，早知道她就应该阻止他报名！

"真的不告诉我吗？"他的眼神干净，语气过分温柔。

被他这样看着，顾桉的脑子都不会转了，像是受到蛊惑一般。

他个子太高，她想说的话又不适合大声喊出来，于是她伸出手，冲着他勾勾手指。

江砚乖巧弯腰，耳朵靠近她嘴边。

眼前是他修剪干净彻底的鬓角，下颌白皙线条紧绷，顾桉的心脏又开始狂跳，她抑制着心动小声说："看你的女生好多……"

她说完，江砚微怔。

顾桉这才意识到自己这句话醋味过于浓重，而说出口的话又不能像发消息一样点击"撤回"。

她慌乱着，赶在江砚反应过来之前给自己打补丁："因为看你的女生太多，所以我给你送水都送不了，我抱着水又抱着衣服，所以才不开心的……"

顾桉说完，就好像对手里的外套产生浓厚兴趣，低着头，专心致志地打量起他的衣服，睫毛颤着不敢抬头。

而淡粉的颜色，以可感知的速度从她的脸颊蔓延到耳朵再到脖颈。

"哥哥错了。"

他清泉一般干净好听的声音，落在她的耳边。

她抬头，猝不及防地撞进他干净的眼底。

他弯下腰，手撑着膝盖看她。距离骤然拉近，她的每个细微表情好像都落进他的眼底，她心虚又毫无招架之力，只能梗着脖子脸红心跳地和他对视着。

距离太近，他眨眼时睫毛长长的，清晰可见。

往下，大帅哥鼻梁挺直，嘴唇薄而清晰，因为刚才喝过水，颜色格外勾人，更别提他的嘴角还有个浅浅的梨涡，唇红齿白，纯情貌美。

自己觊觎的大帅哥近在咫尺，顾桉的心脏都差点不会跳了。

而下一秒，江砚修长的手指落在她的脸颊上，食指、拇指轻轻捏了一下。

他好听的嗓音微微压低，带了宠溺意味，无辜又乖巧地落在她的耳边："但是你不让和她们说话，哥哥就一个字都没有说。"

他眉骨高，眼窝微微凹陷，轻飘飘地看个垃圾桶大概都能自带深情，更别提他现在认认真真地只看着她。

被他的指尖碰到的脸颊飞速变烫，顾桉的大脑开始缺氧，她已经不知道自己是谁、在哪里、要做些什么。

她细白的手指无意识地揪着江砚的外套一角，她呆了好半晌，才嘟哝道："那'110'和'漂流瓶'呢？"

江砚剑眉微扬，难得笑了，像是听到小孩子的玩笑话。

嘴角漂亮上扬，浅浅的梨涡温柔无害，他却依旧认真回答："'110'和'漂流瓶'也没有。"

他穿着白色球衣，黑发黑瞳，看起来还是那个清俊的大帅哥。

顾桉心里那颗柠檬瞬间就裹了一层蜂蜜，变得酸酸甜甜十分可口，小虎牙迫不及待地想要露出可爱的尖，嘴角止不住弯起开心的弧度。

她决定大人不记小人过，看在他态度良好的分上，不再计较他进了那么多球招蜂引蝶，也不再生气他一下场就被那么多莺莺燕燕围着。

顾桉心情很好地转移话题："那我们快点回家吧，我肚子都好饿好饿了……"

早上来的时候顾桢开车，而现在顾桢要留下代表刑侦支队领篮球赛奖品。

到了学校门口，江砚习惯性地拿出手机打车，被顾桉手疾眼快地制止："我们坐公交车吧，只要一块钱，打车起码二十块。"

她低头从自己的小菠萝斜挎包里找出两个硬币，塞一个到江砚手里，仰着小脸，特别大方："看你表现好，请你坐公交，嘿嘿。"

江砚下巴轻仰："那恭敬不如从命。"

他们等公交车的站台正好就在学校正门，一起等车的多是外出逛街吃饭的年轻小姑娘。

小姑娘们耳聪目明，目光一个劲地往江砚身上飘。

顾桉不动声色地挡住其中一个，立刻又有另一个看过来……

江砚打完球以后换回自己的衣服，白色短袖外面套了件黑色棒球外套，他肩背挺直、个高清瘦，看起来干干净净，站在一群大学生中间毫不违和，倒是很像是附近哪个学校的"校草"。

顾桉突然庆幸江砚大学上的警校，毕业又直接当了警察，这就决定了他日常接触的异性非常有限，不然这颜值、这身材、这气质，分分钟被人绑回家当老公。

在她胡思乱想时，七路公交车到站。

顾桉松了口气，这下可以甩开那些偷看她家江砚的小姑娘了。

却不想，那群叽叽喳喳的小女生，紧跟在他们后面上车。

"我们坐最后面吧？"顾桉警惕地道。

江砚对她弯弯绕绕的小女孩心思毫无察觉，乖巧地点头。

"你坐里面，"顾桉又说，"靠窗太阳特别大。"

江砚"嗯"了一声就坐过去，大长腿看起来有些憋屈。

这样应该不会有人一直盯着他看了吧？顾桉皱着小眉毛想。

那种感觉就好像自己的大宝贝一直被人盯着，心里非常非常不舒服，她恨不得立刻把身边的某人"金屋藏娇"。

车程一共半个小时，公交车在午后阳光里开得很慢，像个晃晃悠悠的摇篮。

顾桉打了个哈欠，视野有一瞬间变得模糊，余光瞥见身边的大帅哥眼睛已经闭上。

暖色的阳光给他冷淡的侧脸镀了一层柔和光圈，浓而密的睫毛显出柔软的质地。

即使在这样的强光下，他的皮肤依旧白而细腻，没有任何瑕疵……

小姑娘们坐在前排，遇到极品帅哥心神不宁，一边回头看一边小声议论着：

"他身边的到底是不是他女朋友啊？两人从刚才就一直在一起的。"

"看起来不像，是妹妹的可能性更大一些吧？"

"你别说，这么一看还真有点像，肤色，肤色最像，他们家的基因真好！"

顾桉低头看看自己的奶白色卫衣、小菠萝斜挎包。

她很少买衣服，穿的都是高中那会儿的，所以是有些显幼稚。

但是她就只是婴儿肥没有退去而已！并不是真的那么小！

她已经十九岁了！怎么就像妹妹了呀？明明是"夫妻相"好不好呀！

"你去问，问问是不是我们学校的，哪个专业、哪个系？"

"先把联系方式搞到手，然后从长计议……"

在她的眼皮底下，她们竟然还想来要联系方式！

顾桉炸毛的小猫一般，整个人小小一团，瞬间呈警备状态。

前排女生真的起身，往她这边走。

顾桉深吸一口气，偏过头看江砚。

多年刑警工作生活，江砚的睡眠一直非常浅，甚至有些神经衰弱。

可能因为这天的篮球赛，可能因为午后阳光过分静谧，又或者因为身边的某个人，他闭上眼睛，竟然真的就有困意来袭。

而没过一会儿，他察觉，有只手伸过来轻轻把他的脑袋摁到了她的肩上。

像她高二那年他陪她去山上，回来路上他做的那样。

顾桉把江砚的脑袋摁在自己的肩上之后，往她这边走的女生脚步顿住，刚才为了要大帅哥的联系方式而特意调度出来的甜美笑容，瞬间垮掉，渣都不剩。

女生们愣了愣全部失语，目光却仍旧偷偷摸摸地往江砚的方向瞄。

"原来有女朋友啊……"

"也是，长那么一张脸怎么可能没有女朋友。"

顾桉从来没有过这么大胆的时候。

在她因为女生们不再觊觎江砚而松口气的时候，肩上不容忽视的重量，又让她脸颊火一般烧了起来。

她的鼻间是无限靠近的薄荷味道，淡而好闻。

他的头发刺在她的侧颈上，有些凉有些痒，细小的触感被无限放大，变成小电流传至四肢百骸。

她不敢看他，却又想看他。

江砚的睫毛鸦羽一样覆着，鼻梁从这个角度看过去，挺直如剑刃，好像真的能在上面玩滑梯……薄薄的嘴唇，显出原本柔软无害的样子。

在进一步胡思乱想前，顾桉赶紧移开视线。

她咬着嘴唇，像个蒸锅里的糯米团。

明明主动的人是她，现在不知所措的人也是她，怎么才把他不动声色地摆回原来的位置啊？

顾桉僵直着身体，目视前方，完全不知道应该怎么办，害羞得快要哭出来。

江砚从警快六年，禁毒三年刑侦三年，执行过无数危险任务，见过无数穷凶极恶的亡命徒，和全国通缉犯近身肉搏，办过无数部级督办大案，扣过无数次扳机，也无数次被枪口对准，却没有一次，心跳如同现在。

他第一次靠在一个小姑娘身上，一个个子总也长不过他的肩侧的小姑娘。

可他又不得不承认他对她动心，不知道是从什么时候开始。

当他发现的时候，就已经很喜欢很喜欢。

她的脸颊、耳朵都已经红透，茫然无措地咬着嘴唇，大气也不敢喘，看起来可怜巴巴的快要哭出来。

江砚闭上眼睛，嘴角浮现浅浅的梨涡。

车程三十分钟，顾桉就脸红心跳了三十分钟，仿佛已经得过一次心脏病。

直到公交车报站："各位乘客，前方到站……"

她终于可以从脸颊蹿火的状态下解脱。

顾桉想要伸手去戳江砚，才发现心里竟然还有那么一点说不清道不明的不舍的情绪。

她不舍得这样难得的亲近，不舍得这样静谧的时间。

她的肩侧，江砚睡颜清俊，脸上每道线条都温柔。

"哥哥，到了……"

江砚带着鼻音"嗯"了一声，坐直身子，偏过头看她。

顾桉的大脑空白一片，她赶紧蹿出去摁铃，背对着江砚站着，脸颊热度依旧不减。

公交车门一打开，她就像离弦之箭一般"嗖"的一下蹦出去。

风吹过她的脸颊，她的心跳也跟着慢慢平静。

可是她刚一转头，就碰上江砚看过来的目光。

大帅哥大概是睡得很好很舒服，眼神清明，亮而纯粹，因为迎着阳光，微微眯着。

"顾桉。"

顾桉硬着头皮："嗯？"

"你的脸怎么这么红？"他的睫毛长而柔软，眼睛一眨不眨看人的时候，特别纯情特别无辜。

顾桉一僵，干巴巴地扯出个笑来："有吗？大概因为我本来就……就白里透红吧……"

她说完，赶紧转身往家的方向走，敏感地察觉脸颊温度更高。

江砚拖长语调"哦"了一声，嘴角还有淡淡的笑意，温柔到晃眼。

顾桉吞了口口水："你笑什么呀？"

江砚垂眸："没有笑。"

顾桉害羞程度浅的时候，会脸红不敢看人，但是一旦突破某个临界点，她的脾气就上来，会小奶猫一样夯毛，还特别无所畏惧。

就比如现在。

"你就是笑了，"她仰着头看他，手指戳向他的梨涡，又被灼烧到一样收回去，"小梨涡都笑出来了！"

江砚眉梢微扬，嘴角翘起一边，声音清朗，透着无辜："我以为你脸红，是因为占哥哥便宜。"

顾桉瞬间瞪大眼睛。

什么叫占便宜？！她就把他的脑袋摁在自己肩上就是占便宜了吗？

她面红耳赤，而大帅哥肤白貌美，就眼睁睁看着她脸红。

顾桉张了张嘴，小脸鼓着，就像吸气呼气的小金鱼一样。

小金鱼缓了好一会儿，才皱着秀气的小眉毛，奶凶奶凶地开了口："我那不是看你睡得不舒服嘛，不还担心你因为紧急刹车撞到车玻璃嘛……"

但是这话她说得毫无底气，因为江砚没有睡得不舒服，公交车行驶平稳，没有任何紧急刹车的情况。

她虽然不是为了占他便宜，却确实是为了在他不知情的情况下，破坏掉他所有潜在的桃花。

从这个角度看，她不说是占便宜，也差不多了……

顾桉理亏且又羞又恼，全身血液"呼哧呼哧"往头上蹿，她在他的注视下索性破罐子破摔："就……就占便宜了怎么了？"

呜呜呜，好丢人啊！

他会不会觉得自己是个大花痴？跟之前那些追他的小女生一样！

啊……他会不会跟她说：以后联系就用漂流瓶，如果想打电话，请致电110。

她低低地垂着头，像是要缩回自己的壳子。

阳光落在她发顶变成柔和光圈，脸颊细小的绒毛清晰可爱。

她爹毛的时候可爱，害羞的时候也一样。

江砚的心软得不像话。

他温温柔柔地俯身，靠近顾桉的耳边，轻声说："哥哥没说不让占。"

他的声音带着能蛊惑人心的热度，只停留一瞬，他便直起身。

顾桉跟在江砚身后，大脑长时间回不过神来。

等她把他说的话来来回回过了三遍，就止不住地想蹦跶，看着大帅哥高高瘦瘦的背影露出小虎牙。

这样的他，温柔哄人的他，清俊的他，在篮球场上意气风发的他，她不得不承认，不管任何时候遇到，都不可避免地让她心动得无以复加。

劳动节小长假只有三天，而更可贵的是，江砚难得有时间，可以待在家里。

顾桉连午觉都不舍得睡，就怕一觉醒来外面天色已黑，江砚和顾桢又去执行任务了。

她把画架从小阁楼搬到客厅，坐到画板前，开始画崽崽。

"崽崽，我一定把你画得帅一点。"顾桉一边嘟囔一边落笔，没一会儿，目光就从崽崽身上落到崽崽旁边的人身上。

他就坐在沙发上，因为刚刚洗过澡，空气里都是淡而清冽的薄荷沐浴露味道。

白色短袖衬得他肤色白皙，浅灰运动裤下腿长而直，露出清瘦的脚踝。而那张脸每一道线条都恰好长在她的审美上，每次看她都觉得惊艳。

顾桉本来在画崽崽，可是不经意间，就把崽崽旁边的男人也画了进去。

她甚至不需要看他，也知道那双眼睛的精致弧度，和嘴角微弯时的漂亮梨涡，从高二到现在她已经画过无数次。

她画画的时候总是很专心，没有注意到夕阳悄无声息地把一切染成暖色，也没注意到江砚不知道什么时候从沙发上起身，站到了她身后。

"这人谁啊？"

他站在她身后，从她肩侧俯身，声音带了点漫不经心，又装着无辜。

顾桉怔住，像只受到惊吓的幼鹿，短短一天时间大脑死机两次已经重启困难。

她呆呆转头，刚好撞进江砚清澈的眼底，瞳孔黑而纯粹，现在饶有兴致地看着她。

"怎么，不让画啊？"

她软糯的声音不稳，呼吸也不顺。

江砚上身压低，她被他身上的薄荷味道笼罩着，就好像整个人都被他环在了怀里。

他的剑眉微扬，看起来又坏又温柔，比平时更招人，语气却很认真，商量正事一般："你们的人像模特怎么收费？"

顾桉随口胡说八道："长得好看的就贵一些，有八块腹肌的还要再加钱，对，是这样子的……"

江砚近在咫尺的俊脸上表情云淡风轻，他微微侧过头看她，嘴角牵起弧度，嗓音微微压低，落在耳边干净得不行："那你觉得，哥哥这种卖相值多少？"

"那你想收多少？我给你就是了……"她深呼吸，空气都变成热的，烤着她的脸颊。

他竟然还想收费！

这个小气鬼，啊啊啊！画画又不会少块肉！

距离太近，好像下一秒他挺直的鼻梁就能碰到她的脸颊。

或许她动一下，脸颊就能碰到他的下颌和薄薄的嘴唇。

空气陷入寂静。

顾桉被他直直地盯着，心又忍不住地"怦怦"直跳，可怜兮兮地看着画架，不敢看他的眉眼。

她只想找个地洞钻进去，或者现在就收拾书包回学校。

这天到底是个什么好日子？！呜呜呜，怎么她丢人的时候他都在！

他不夸夸她画得好看也就算了……竟然想先收钱！

她画了上千遍，才觉得笔下的人和他有了十分之一相像。

这样想一想，她又有些说不出的委屈。

"画吧。"

江砚的声音还带着未散的笑意，听起来似乎还有些说不出的宠溺。

顾桉整个人呆住了。

下一秒，他温热的呼吸和干净的嗓音同时刺激着耳郭，她听见他轻声说："哥哥只对你一人免费。"

声音因为微微压低带了很重的鼻音，就像近距离放了个低音炮。

顾桉的耳朵像是被电了一下，有些痒，她忍不住想要伸手碰一碰，却又不敢。

这也太犯规了吧！她怀疑他在撩妹，却又没有证据！

她本来就不算聪明的脑子，已经彻底变成一堆破铜烂铁。

每个零件都"吱吱"乱响，无法正常运转，在崩溃的边缘。

就以她身边人的美色，去画室当模特，大概"有市无价"。

如果他不给她免费，她画了那么多的他，以后还债很可能要交不起学费吃不起饭……

"一等奖竟然就只有个奖杯，"顾桢从外面回来，车钥匙扔在玄关柜子上，"哎我说，顾桉，你的脸怎么那么红，晒伤了？"

顾桉迷迷糊糊，顾桢挑眉，温和地补充道："猴子屁股似的。"

顾桉一听，整个人都呈现凝固状态，从糯米团变成红里透粉的草莓大福。

他为什么还要当着江砚的面说她脸红啊？！还要用这么个比喻，呜呜呜！

她顾桉不要面子的吗？！

"被……被太阳晒到了吧。"顾桉攥着小拳头，极力维持表面平和，弯起的嘴角僵硬。

江砚眉眼微垂，他身前的顾桉脸已经红透，耳朵颜色比脸颊还要深，睫毛轻轻颤着，齿尖咬着嘴唇，还要可怜兮兮地装出一副无所谓的样子。

嘴角悄然上扬，他忍不住伸手揉了揉她的头发。

顾桉撇着嘴抬头，让她脸红心跳的大帅哥唇红齿白、纯情貌美，甚至还心情很好地笑出小梨涡。

只是，他对上她幽怨的目光，一秒恢复正常，看起来乖巧又无辜，想笑不敢笑的样子，竟然像个"妻管严"小可怜。

她就瞬间耷毛都耷不起来。

顾桢也没往别的方向想。

作为一个"钢铁直男"，他根本就分不清害羞脸红和晒伤脸红，只是想着小姑娘长大了是不是护肤品什么的都得买。

他不懂，下回得问问他那同学。

听说那人现在就在顾桉学校的医学院。

劳动节一共三天假期。

第一天，两名刑警同志参加完篮球比赛，在家连晚饭都没吃就被紧急召回单位。

第二天，只有顾桉和崽崽在家，像两个等不到家长的留守儿童，委屈巴巴地没有人管。

第三天，顾桉起了个大早，去早市买了新鲜蔬菜和肉类、海鲜，回家就挽起袖子，和面，剁馅，包成水饺，大概够一星期的量，放进冰箱冷藏室。

电饭煲里米饭飘香，凉拌时蔬清新爽口，砂锅里炖了玉米排骨，只需要哥哥回来热一下。

做完这一切，她才收拾了小书包坐地铁返校。

希望下次她回家，江砚不用加班。

因为，他生日在六月，非常非常可爱的六月一号。

"柠柠，你说男生过生日送什么比较好？"

晚饭后，顾桉和江柠坐在操场看台上，顾桉双手托腮，愁眉不展。

江柠同学已经在这个学期光荣"脱单"，显然已经是个十分靠谱的参谋。

男人，和她小叔叔一般年纪的男人。

她小叔叔那种教科书版冷淡系，从小到大追在身边的小女孩不计其数都没动过心的人，现在都隐隐约约有春心萌动的迹象，由此可见……

江柠斟酌着开口："要不你去表白，送他个女朋友得了……"

顾桉的小脸瞬间蹿火，红得像个山楂球。

她也不是没有想过，但就是害怕，害怕时机还不是那么合适，自己的心智还不是那么成熟。

本来她还可以仗着江砚和顾桢的关系，把他当哥哥依赖，好不容易才亲近了一点点，突然表白，他不动声色地疏远自己怎么办？

她甚至庆幸她刚刚高考完的时候有人劝阻，没有真的去追江砚。

江砚那么冷淡的一个人，实际上非常温柔知分寸，骨子里绅士得要命，肯定会毫不犹豫地拒绝。

她现在的想法和十八岁时就已经完全不同，会不会明年二十岁的她，比起现在有更好的办法？

"表白，我光是想想，就觉得紧张到喘不过气，"顾桉小脸皱成一团，"我不敢……"

江柠的手搭上她的肩膀："那或许作为同龄人，你哥比较了解他？你问问你哥喜欢什么！"

顾桉的眼睛瞬间亮了，她拿出手机"噼里啪啦"地打字："哥，你今年生日最想收到什么礼物呀？"

顾桢大概刚好闲着，秒回："女朋友，学医的那种。"

六月一号刚好是个周六，顾桉周五下午逃了两节课，坐上了回家的地铁。

门一打开，黑黄相间的德牧威风凛凛，却毫不稳重，开开心心地扑过来。

"又变帅了我们崽崽！"顾桉笑出小虎牙，蹲下来给它顺毛，"江砚和顾桢都不在家吗？"

好像是的。

她不想打扰警察同志工作，直到晚饭时间才给顾桢发了条微信。

顾桢九点多回："出任务，锁好门。"

顾桉从来没有提过，每次顾桢夜不归宿，她都睡不踏实，即使迷迷糊糊睡过去，也会突然惊醒，跑下楼看他有没有回来。

最后，她索性盖着皮卡丘小毯子，窝在客厅沙发上看电视，从美食节目到地方新闻再到深夜电影……眼皮越来越沉。

江砚后半夜到家时，顾桉已经窝在沙发一角睡着。

他不知道她会回来，心跳悄然变得不规律。

她本来个子就小，这样缩成一团，看着更小了，像个粉雕玉琢的糯米团。

她的头发有些乱，丸子头也歪掉了，睫毛长长密密地垂下来，嘴角翘翘的，猫咪一样。

"顾桉。"

睡着的顾桉迷迷瞪瞪地蹭了蹭鼻尖，怀里抱着皮卡丘抱枕，往沙发里缩了缩继续睡。

江砚薄唇轻抿，弯下腰想要把人抱起来。

距离骤然拉近，她呼吸浅而温热，带着蜂蜜柑橘的清甜味道，萦绕在两人之间。

她柔和的眉眼近在咫尺，他修长手指轻轻攥起，喉结上下滚动，线条流畅。

"顾桉，醒醒。"

顾桉睁开眼睛的时候，她喜欢的那个人近在眼前。

她窝在沙发上，而他半蹲在她身边。

月光透过玻璃窗落在他的脸庞上，悄无声息地给他镀了一层柔光，他清俊的轮廓也变得柔和。

一个月不见，他好像瘦了些，头发大概刚刚剪过，鬓角干净，脸型完全显现出来。

他的眉眼是纯粹的黑，但是冷不丁看一眼，还是能帅得人心尖发颤。

顾桉裹着她的小毯子，像一只三角小粽子，只露出个可爱的小圆脸。

她迷迷瞪瞪，小声地开口："你什么时候回来的呀？我都没有听见。"

江砚抬眸，目光扫过挂钟："大概十分钟之前。"

"十分钟之前，就一直蹲在我旁边吗？"顾桉刚醒，鼻音听起来特别奶，睡梦中的呓语一般。

"嗯，"江砚的手臂随意搭在膝盖上，下巴轻抵在手臂上，"看了你一会儿。"

已经半夜三点，冷不丁被叫醒的顾桉迷糊极了，脑袋瓜里全是糨糊："看我干吗呀？"

她打了个哈欠，眼前立刻起了一层水雾，视野恢复清晰后，刚好迎上江砚的视线。

他的眼角微弯，看了她几秒，语气似乎有些无奈："看我面前这个小姑娘，什么时候才能长大？"

"我都十九岁了好不好呀，还说我长不大。"顾桉软糯的尾音带着小钩子，看起来真的已经困得不行，但是这趟回家的目的她还没忘，"哥哥，你明天有安排吗？"

江砚怔了几秒，片刻后勾起嘴角，摇头。

"那我们出去玩？"

"好。"

翌日，午后。

江砚对过生日没有任何想法，乖乖巧巧地任人摆布。

刑侦支队借给他过生日之名的聚餐，地点设在市中心，定在了晚上八点。

所以他这之前的时间，全部属于顾桉。

顾桉借给他过生日之名，吃自己想吃的好吃的，逛自己想逛的街，抓自己想抓的娃娃。

江砚跟在她身后，看她蹦蹦跶跶，除了纵容，毫无办法。

"你看那家店！"顾桉一只手拿着冰激凌，另一只手指向不远处一家装修文艺的店面，"寄给未来的明信片！"

江砚不懂小女孩喜欢的这些东西："嗯？"

"我知道这个的，就是写明信片，店家会在客人指定时间寄出去，可以是一个月之后、半年之后或者几年之后。"

顾桉语气认真，还带着冰激凌的奶香，手已经自然而然地握住他的手腕，往那家店走："我们去看看！"

顾桉和江砚走到店门口，刚好有对小情侣手牵手走出来。

女生晃着男生的胳膊撒娇："你写的是什么？为什么都不给我看？"

男生伸手握住她的手十指相扣："明年你就知道啦。"

好羡慕他们。顾桉在心里悄悄说。

如果明年她和身边这个大帅哥也可以手牵手就好了。

"我也要寄明信片。"想到什么，顾桉不太自在地摸了摸鼻尖。

她一紧张，就习惯性这样。

江砚垂眸，她赶紧拿起几张明信片挑选，借此挡住自己开始泛红的小脸："就觉得，还挺别致、挺好看的……"

明年这个时候，她就已经二十岁了。

那个时候，她有勇气和他表白了吗？

顾桉悄悄抬眼看身边的人，江砚拿起一沓明信片仔细看着，侧脸白皙冷淡。他穿着没有任何图案标识的白色短袖，黑色运动裤露出清瘦的脚踝，脚蹬简单的黑色板鞋，看着也就二十出头，干净清瘦的小哥哥一个。

她不动声色地往旁边挪了一步，心说：顾桉同学，如果一年后的你还是没有勇气表白，那就由现在的我来代劳好了……你看，这么一个极品大帅哥，可得好好把握住！

她在小小的角落蹲下来，把明信片垫在包包上，抽开笔盖。

"你写的什么，要寄给谁？"

江砚逆光而站，而她蹲着，一举一动尽收在他眼底。

"你不准看呀……"顾桉赶紧把手竖起来挡住江砚的视线，另一只手写字，紧张兮兮的，满满的防备。

想到表白，她每写下一个字，心跳就加速一分。

等那句话写完，她已经像是表白过一次，手心微微冒汗。

那张小小的卡片，承载了她少女时期从未宣之于口的心意。

软萌的字体，清清楚楚地写着：

江砚，我喜欢你。

收件人：C市公安局刑侦支队江砚

寄出时间：一年以后的十一月二十二日

她曾经在她十八岁生日那天许愿，二十岁时，江砚会是她的男朋友。

而这张写着"我喜欢你"的明信片，将在她二十岁生日那天寄出。

顾桉心"怦怦"狂跳，震得她胸腔发颤。

在自己反悔之前，她赶紧把明信片反扣过去，递给店主。

店主是个扎着低马尾的漂亮小姐姐，看着顾桉会心一笑，看向面前年轻英俊的男人："小哥哥要写吗？"

江砚微微颔首，冷淡地"嗯"了一声。

顾桉的视线瞬间粘在江砚身上。

他要写吗？他也要寄明信片吗？

她还以为……只有她这种幼稚大学生才会寄这个。

她还呆愣着，就察觉有人把明信片放在她的头顶上。

她抬头，被人轻敲脑袋，江砚嗓音带笑："别动。"

顾桉呆呆站着，江砚就把明信片放在她的发顶上写字，身高差竟然刚刚好。

她和他面对面站着，眼前是他的白色短袖，鼻间都是他身上的味道。

她心里好奇得很，恨不得头顶长只透视眼。她拼命往上看，却只能看到他清晰的喉结和白皙的下颌。

"你写的什么呀？"

"不告诉你。"

江砚写字很快，没多久她就听到笔盖合上的声音。

他把明信片递给店主，付了两张的钱，转身往外走。

顾桉偷偷摸摸地移动到店主旁边想要偷看，得逞之前被江警官一眼识破其不良居心，他忍笑看着她："顾桉，走了。"

"欢迎下次光临。"

店主小姐姐手撑下巴，低头看手里字迹风格完全不一样的两张明信片，猝不及防地被喂了一口"狗粮"。

软萌小可爱和高冷的年轻男人真是好"嗑"。

而双向暗恋也太让人羡慕了。

晚上八点，顾桢订的包间，人都到齐。

蛋糕、酒和满满当当一桌菜。

包间里都是刑侦支队一起出生入死的兄弟，顾桉因为送饭、送点心频繁，大多认识，所以不像刚来 C 市的时候那么紧张。

那竟然都是三年前的事情了，时间过得好快。

"挑自己喜欢的吃。"江砚坐在她的身边，低声叮嘱。

"砚哥，你可比桢哥还像亲哥！"楚航笑得满是深意。

江砚那张脸上神情冷淡毫无波澜，他轻轻挑了眉没有说话。

"砚哥，有什么生日愿望没有？"

"比如蓝衬早点变白衬？"

"早点橄榄枝加一星？"

"那得多大岁数？还是早点'脱单'三年抱俩比较切合实际。"

江砚淡声回道："早了点。"

众人不过是开玩笑活跃氛围。

江砚这人平时冷淡得要死，高高在上公子哥儿一个。这种私人问题原本大家也没指望这个冰山回应，却不想他竟然接了话茬。

顾桉转头看他，明亮的灯光从高处落下，江砚面无表情不带情绪，只有嘴角扬起一点弧度。

她把"早了点"这三个字在脑子里来来回回过了无数遍，拿出了字词赏析的较真劲。

早了点，就说明他已经有这方面的想法，起了这方面的心思。

说不定什么时候，他就真的要找女朋友了……

她这样想着，心里悄然堆积起一朵乌云。

耳边的喧闹嘈杂都与她无关，她小口小口地吃着蛋糕，默默游离在人群之外。

没有加班电话，没有待命通知，难得聚餐，楚航那几个年轻小伙子喝大了。

饭后，滴酒没沾的顾桢开车把喝多的兄弟们往家里送，低声叮嘱顾桉："你跟着江砚先回家。"

顾桉乖巧点头："哥，你开车慢点。"

市中心离家不远，步行只需要十五分钟。

顾桉看着两人并肩的影子，心里依然有些说不出的难过。

"晚饭不合口味吗？"江砚抬手碰了碰她的后脑勺。

顾桉摇摇头。她不挑食，只要能吃就觉得好吃，非常好养活。

"那怎么都没有吃东西？"

晚饭期间，他一直是众人的焦点。

顾桉没有想到他竟然还会注意她。

"没有，我吃了好多蛋糕……"她仰起小脸，扯出个笑脸给他，"生日快乐，江砚哥哥。"

"嗯，谢谢顾桉。"

江砚喝了酒，身上的酒气不重，皮肤依旧白皙。只是眼角有些醉态的红，看人的时候像是带着小钩子，比平时还要吸引人。

他双手插兜，走在她身后，高高瘦瘦，怎么看怎么让人心动。

顾桉将手背在身后，面对着江砚倒退着走路。

明信片一年之后寄出去会不会有些晚？她是不是应该早一些表白？万一在她表白之前他真的像他们所说的"脱了单"怎么办？

她可爱的小娃娃脸皱出褶子，像个刚出炉的小笼包，看不见小虎牙。

"还有什么要对我说的吗？"江砚在她身前站定。

他半垂着眼睛看人，睫毛浓密清晰。

"江砚哥哥，"顾桉背在身后的手，手指紧张地绞在一起，"他们都祝你早日'脱单'，那……你想找女朋友吗？"

她黑白分明的圆眼睛，湿漉漉地漾着水光，一眨不眨地看着他。

江砚眯了眯眼睛，看起来莫名有点坏，低声问："那你想让哥哥'脱单'吗？"

顾桉完全没想到话题又莫名其妙地抛到她这里，梗着脖子道："鄙人有些愚见，不知当讲不当讲？"

她软糯的语调听起来非常严肃，娃娃脸不动声色地收敛所有的表情。

江砚只觉得可爱，但还是学着她的样子，轻点下巴："请讲。"

顾桉得到允许，清清嗓子，开始胡诌："我觉得你还年轻，正是建功立业的好时候，应该当有理想、有抱负的共和国警官……"

她顿了顿，小心翼翼地打量他的神色，攥着小拳头继续道："而不应该把过多精力放在儿女情长上面，三年抱俩什么的，也太耽误时间了，所以你不要急着找女朋友什么的……"

话说到最后，已经全是她的私心。

顾桉的声音越来越小，脑袋也越来越低，最后几乎已经缩进了壳子。

江砚垂眸，笑意浅浅，浮现于眼尾。

他看着她，又过了两秒，忍不住低头笑了。

他笑的时候，眼里的光晃眼，在月光下显得干净澄澈。

"你笑什么？我说得不对吗？"

顾桉声音不稳，背在身后的手手心冒汗，关节泛白。

江砚修长的手指落在她的发顶，轻轻揉了揉。

而他就着这个姿势俯身和她平视，清浅的薄荷味道环绕下来。

"顾桉说不找。

"哥哥就不找。"

他温柔又坚定，像骑士一样对他的公主殿下允诺。

明信片店主结束一天营业，根据寄出时间，分门别类地整理今天的明信片订单。

其中一张字迹潇洒俊逸，很难不被吸引目光。

上面写着：

二十岁的顾桉，要不要考虑和哥哥恋爱？

收件人：A 大美术学院顾桉

寄出时间：一年以后的十一月二十二日

第 九 章
查 无 此 人

"你想找女朋友吗？

"那你想让哥哥'脱单'吗？

"顾桉说不找。

"哥哥就不找。"

这个人，明明晚上队里聚餐的时候，还一副冷冰冰的少爷样子，和三年前她刚到 C 市见到的江警官没有半点不一样。

任凭大家怎么起哄怎么喧闹，他始终清心寡欲，冷淡得不行，像个不动声色的制冷机器。

可是现在，他手撑膝盖，弯腰看她，寸头帅哥眉眼英俊，嘴角难得挂了淡淡的笑。

他这样看着非常温柔无害，眼尾上扬，尽是干净的光。

他对她好像总是格外纵容，即使是那些藏着小心思、听起来非常无理取闹的要求，他都一一答应。

之前的篮球赛也是，她不喜欢他和别的女生说话，他就一个字都没有说，还要邀功似的告诉她。

所以……有没有一种可能，他像她喜欢他一样，喜欢着她？

这个想法让顾桉的呼吸一室，她忍不住去想这天的明信片。

他到底写了什么，又为什么不给她看？她真的好想知道。

那种被蒙在鼓里的感觉，像是眼前有一颗包装精致口味香甜的糖果，只给看不给吃，心尖都跟着发痒。

"顾桉。"

"嗯？"

江砚的目光澄澈如水，冷白皮因为酒精染了颜色，直直看人的时候，眼缝里透着散漫，小钩子精准无误地朝着心尖挠过去。

她第一次见喝过酒的江砚，被他看得脸红心跳，毫无招架能力。

"那你呢？"

"什么呀？"

"什么时候交男朋友？"距离太近，他唇线清晰，有着非常勾人的绯色。

顾桉吞了口口水，偏过头不敢再看江砚，声音小而含混，粘在嗓子眼里："你和顾桢不是说不准早恋吗？"

她深吸一口气，眼睛对上他的。

她每个字音都柔软，轻飘飘地落到他的心底。

"所以我就二十岁再谈恋爱。"

江砚缓缓勾唇，手在她的发顶上揉了一把："乖。"

他的声音带着从来不曾示人的温柔宠溺，顾桉的小耳朵冷不丁被撩得通红。

她十点到家，洗漱后换了睡衣，长发绾起成丸子头，镜子里的人依旧红得像糖葫芦。

数位板连接电脑，屏幕上的小女孩软糯"Q弹"，脸颊绯红，怀里抱着明信片，上面写着"我喜欢你"。

而第二格漫画里，女孩仰着瓷白的小圆脸，手攥成拳："你想找女朋友吗？"

清俊的年轻警官俯身和女孩平视，眼尾微弯，嘴角还有个漂亮的梨涡。

"你说不找。

"哥哥就不找。"

配文："二十岁就表白。"

"嗑到了，嗑到了！"

"这意思是不是说你要是想让哥哥脱单，就把自己当生日礼物送给哥哥？"

"嗷嗷嗷，楼上你说得好有道理哇，J警官好会啊，啊啊啊啊。"

"J警官是动心了吧？我嗑的CP（情侣）已经是'双箭头'了，对不对？！"

"女儿冲呀！"

"我是民政局我自己把自己搬来了。"

顾桉笑了。

以前她每次更新漫画，评论里"土拨鼠"和"尖叫鸡"疯狂大喊"在一起"，她心里都酸酸涩涩的。

因为漫画结局由她来定，但是她和江砚能不能有结果，却不是她说了算。

可不知道从什么时候开始，她开始莫名笃定，天边朗月好像也并不是那么遥不可及。

那张明信片给她期待，让她忍不住开始为二十岁的到来倒计时。

翌日，顾桉返校。

进入六月，期末考试和暑假都近在眼前。

学期末通宵熬夜稀松平常，尤其是期末考试很多科目学分根据大作业评定。顾桉经常灌完特浓咖啡，紧接着开始在画室"肝作业"。

连日来高负荷运转，顾桉的脑子已经开始变钝，坐在画架前彻底死机，她拿出手机，戳开和江砚的对话框。

最后一条消息记录是一个星期以前，她给他发自己吃到的抹茶蛋糕照片。

他没有回应。

当刑警就是这样，说消失就消失，因为涉密，什么时间去哪儿、做什么半个字都不能透露。

可是她没有那么自信——江砚没有回她信息，是因为执行任务，还是开始觉得她无聊而不想回？

顾桉咬着嘴唇，忍住联系他的冲动，把手机重新塞进书包的前一秒，消息提示响起。

江砚："任务刚结束。"

透过短短几个字，顾桉能想象他解开防弹背心取下装备的样子。

她鼓着小脸呼了口气，很想控诉江砚不回微信的恶劣行径，让她胡思乱想以为自己被讨厌。

遇到喜欢的人，芝麻大小的情绪都会被无限放大。

顾桉抑制着小激动，冷冷淡淡地回了个"噢"字，就把手机放到一边，自欺欺人地表示她根本不在乎他说什么，却又在提示音响起的时候一秒拿起手机。

江砚："还没睡？"

顾桉："嗯。"

她的嘴角已经开始自己往上翘了，好在现在画室没有人，不然室友们又要开始没完没了地起哄……

江砚："方便视频吗？"

顾桉一愣，下一秒跑到窗户边把玻璃当镜子。

她穿着画室专用的黑色T恤，不可避免地被颜料弄脏，长长的头发随意用铅笔簪了个丸子头，看起来非常不适合见心上人。

但她又很想看看他……

于是，她鼓足勇气拨了个视频通话过去，江砚一秒接起。

想念的人近在咫尺。

洁癖患者肯定是出任务回来先洗了个澡，乌黑的剑眉沾了湿气，湿漉漉的眼黑而纯粹，脖颈上搭着白色毛巾，头发有些乱，却似乎很软。

他 T 恤的领口有些大，白皙的脖颈和喉结线条清晰，一路蔓延至领口，不轻易示人的锁骨随着他的动作露出一点端倪，那个微微凹陷的窝叫人很难挪开眼睛。

手机摄像头随意立在他的面前，明明是非常"直男"的死亡视角，但大帅哥依旧唇红齿白，清俊貌美。

顾桉隔着屏幕也不禁脸红心跳，思维都被灼烧，呆呆地看着屏幕忘了喘气。

直到含笑的磁性嗓音从耳机里传来，听得她头皮一麻："好看吗？"

顾桉这才回神，江砚勾起嘴角，莫名地坏笑，清澈眼底却尽是纵容之色。

她蹭蹭鼻尖，从不否认自己喜欢江砚的美色，现在被美颜暴击到头脑发昏，慢吞吞地开口："好看……"

江砚忍笑看她，并不打算继续逗她："之前没有回你，是因为在执行任务。"

和声音好听的人打电话简直要命，他温温柔柔的嗓音落在耳边，特别磁性特别"苏"，像极亲昵的耳语。

"我知道的，"顾桉无意识地搓搓耳朵，"你剪头发了吗？"

江砚"嗯"了一声，往镜头前靠近了些，让她看得更清楚。

修剪非常彻底的寸头，鬓角整齐干净，本来他五官属于俊美那种，换成这样的发型就显得特别酷，近距离看他英俊的眉眼，顾桉心都要跳出心脏病。

想起之前江砚把她当个小猫小狗玩，她嘟哝道："我都没有摸过你的头。"

江砚失笑，不知道是不是故意，看着她，压低嗓音一字一顿地道："下次见面给你摸回来。"

这样的他简直勾人不自知。

平时那么冷淡的一个人，眉梢吊着，有些坏、有些痞，像个调戏小姑娘的世家公子哥。

顾桉的耳朵发麻，连带着脸颊都变烫："我不和你说啦，我要回寝室了……你先挂吧。"

江砚的唇边还有淡淡的笑，语气懒散又温柔。

"公主殿下先挂。"

七月，魔鬼考试周过去后，顾桉同学终于迎来暑假，开心到上天。

她美滋滋地想，放了暑假，不说可以天天见到江砚吧，但是起码一个星期可以多见几次！

多多见面就可以培养感情，感情升温，毕竟她近水楼台先得月！

顾桉开开心心地拎着行李箱回家，外面太阳大，她脑袋上顶着明黄色渔夫帽，身上同色系背带裙，蹬着帆布鞋，看起来像樱桃小丸子。

"小丸子"刚进门，就被顾桢叫住上下打量："过来。"

顾桉小书包都没摘，就跑到亲哥面前："干吗呀？"

顾桢手里拿了把卷尺："都说换水土能长个，我看看你长了没？"

"肯定长高了，"顾桉使劲抻着脖子，得意扬扬地道，"我之前的裤子的确都短了。"

"你之前多高？"

顾桉认真地道："1.613米。"

顾桢不屑，又觉得好笑："就这么点个子还好意思精确到小数点后三位。"

顾桉也不知道为什么，明明是一个爹妈生的，顾桢能长到一米八五往上，而她就止步一米六。

"长高了没长高了没？"她紧张兮兮地问，充满期待。

顾桢收起刻度尺，点头："长了……"

顾桉眼睛瞬间瞪圆，卧蚕和小虎牙一样可爱："长了多少？"

顾桢垂眼睨着她，轻扯嘴角，温和地补充："个寂寞。"

长了个寂寞。

顾桉一秒石化。

"你以后找男朋友，不要找身高超过一米八的，站在一块儿跟傻大个拎着个小鸡崽似的，不协调。"顾桢好心提醒，顺手在顾桉的脑袋上敲了一下。

没有长个就算了……他竟然还不让她找身高超过一米八的男朋友！

她未来男朋友江砚一米八七，啊啊啊！

说到江砚，顾桉往他的方向看过去。

江砚一身宽松白色运动服，干干净净像一束光。

只是这束光原本坐在沙发上看书，这会儿手里的书不动声色地举高，挡住那张人间绝色脸。

然后，人好像有些抖，胸腔震颤。

她隐隐约约听到了……他带着气音的笑。

顾桉的小脸皱作一团，目光变得幽怨。

眼看自己的亲妹妹有参毛的趋势，始作俑者顾警官溜之大吉，徒留小可怜的江 sir 一人在客厅里。

"哥哥，你笑什么？"

江砚手里的书下移，只露出一双漂亮的眼睛，在长睫掩映之下，弯弯的亮亮的，乖巧无辜："哥哥没有笑。"

顾桉看着他浓密的睫毛，底气瞬间不足，难怪都说英雄难过美人关。

这么一个极品大帅哥在面前，她参毛都参不起来，只是小声嘟囔着："难道你们一米八七的空气还格外清新没有污染吗？"

江砚将手里的书合上，站起身，她头顶瞬间落下浅浅阴影："没有，就是摸小朋友的脑袋比较方便。"

他话音带笑，还有说不出的宠溺，顺手就在她的脑袋上揉了一把。

她委屈巴巴地抬头，皱着脸，像小馒头皱出褶，变成小笼包，目光幽幽怨怨，人看起来小小一团，可爱得过分。

江砚失笑。

平时他笑，薄唇依旧抿着，弧度非常冷淡，而现在，嘴角漂漂亮亮地上去，牙齿洁白，梨涡灼眼，像个干净明朗的十七岁少年，还是唇红齿白、秀色可餐的那种美少年。

顾桉突然想起什么，鼓着小脸看他："你之前视频的时候，不是说给我摸摸你的头吗？我现在就要摸回来。"

她眼角圆，眼尾自然下垂，光亮干净澄澈。

被她这样看着，他从来都说不出个"不"字，只能要星星不给月亮，极尽所能地纵容。

江砚目光落在顾桉的脸颊上几秒，妥协："好。"

顾桉就完全把在顾桢那儿受到的气，转移到了江砚身上。

其实她就是随口说说，根本没指望高冷的大少爷会答应。

可下个瞬间，一米八七的年轻警官竟然就真的俯身，到了可以和她平视的高度。

她想念一个月的人，就在眼前。

距离太近，淡而好闻的薄荷味道萦绕鼻间，她好像稍微往前一点点，鼻尖就要碰到他的。

顾桉屏住呼吸，心脏"怦怦"直跳。

江砚的睫毛本就比女孩子的还要长和浓密，半垂着眼睛的时候更加明显。

"顾桉，没人这样欺负过我。"

他抬起眼皮看她，清俊的眉眼乖巧又无辜，带着无可奈何和深深的宠溺："你是第一个，也是最后一个。"

翌日，江砚的爷爷过生日。

江柠窝在沙发上拿手机和顾桉分享情感问题，没多会儿她的小叔叔也到了。

这样的场合，江家长辈小辈难得都在。

江砚衬衫、西裤衣冠楚楚，看起来非常斯文清俊，但是只要一想起来曾经被他辅导功课的寒暑假，江柠就瑟瑟发抖，于是默默在心里把"斯文清俊"这几个字改成了"斯文败类"。

"斯文败类"和长辈们打招呼，得到长辈们的一致认可。

高中成绩全校第一，高考成绩可以去全国排名第二，他却直接报考警校，警校毕业奔赴西南禁毒一线，入警六年侦破无数大案要案立功无数。

江砚的确是典型的别人家的孩子。

只是别人家的孩子，也逃不过长辈对终身大事的关怀。

江柠都有男朋友了，她小叔叔还是单身。

江柠龇着小白牙打字，幸灾乐祸，极其明显。

江柠："我小叔叔回来了，嘿嘿，被长辈们问怎么还没有女朋友！"

顾桉："你小叔叔多大啦？"

江柠："记不清，老男人一个，和你喜欢的那位差不多大吧。"

顾桉："才不老呢，正当壮年！"

这还没在一起呢……她就这么护短？

江柠牙酸。

江柠："前段时间我老觉得他春心萌动了，又是问小姑娘喜欢去哪里玩，又是给人送衣服的……"

江柠："本来我还以为他能仗着长得好看骗个媳妇呢，但是最近又没有动静了，估计是黄了哈哈！"

江柠："幸亏他有婚约，不然冰块一个，娶媳妇儿可太难了！"

江柠："我未来的小婶婶真的太可怜啦……"

"小砚，你爷爷叫你去书房，说有事情要和你交代。"江奶奶看着自己的孙子，目光满是慈爱。

不管是长相、身高、气质，还是性格、工作，她看着长大的小孙子，让她怎么看怎么觉得满意，就是如今年纪也不小了，如果能快点成家就更好了。

"知道了，奶奶。"

江老爷子八十多岁，肩背挺直身板硬朗，说话中气十足："之前和你说过婚约的事情，现在还想听听你的意见。"

江砚颔首。那个时候他拒绝，是因为从没有过结婚的想法。

现在，他却蓦地想起某个人。

"爷爷，我已经有喜欢的女孩子了。"

"是吗？那什么时候带到家里吃个饭？"江老爷子带兵打仗一辈子，但是在自己最疼爱的小孙子面前，也不过是个慈祥的长辈。听到小辈终身大事有着落，难得笑了，"爷爷尊重你的意见，顾家我会亲自去说。"

江砚："顾家？"

老人家点头："你十几岁出事，救你的老警察有个小孙女，那个时候你应该见过。"

江砚："那个时候她很小，正在换牙。"

江老爷子继续道："小姑娘叫顾桉，父母自小离异，还有个哥哥，叫顾桢，我也是刚听说，顾桢就在 C 市刑侦支队，你应该认识吧？"

原来她在他离开时，隔着车窗喊的"guan"字，不是一个字，而是"顾桉"啊。

原来他以前凶过的小团子，就是他现在喜欢的人。

他心底千头万绪瞬间呼啸而来，难以名状。

"如果是顾桉，"江砚剑眉微扬，目光清澈，声音温柔平静，"我愿意等她长大。"

江砚发动车子往回走，月光落在他清俊的侧脸上，勾勒出极致冷淡的线条。

那年在南方，绑匪是江老爷子亲手送进监狱的重刑犯，在监狱蹲了几十年，出狱后不为钱不为财，只为打击报复。

江砚成为他几十年牢狱生活的泄愤出口，遭受几天几夜的非人折磨生死一线，爷爷得知消息一时之间难以接受直接入院。

江砚住院，进 ICU，转普通病房，都是救他的老警察亲自照料。老人家站退休前最后一班岗，案子交接完毕才办理退休手续，前一天来医院看他的时候制服笔挺，第二天就换了便装，身边还跟着个绑了小鬏鬏的小姑娘。

她只在第一天看到他的时候是安静的，黑葡萄似的眼睛一眨不眨，再之后，小话痨本质暴露无遗，像只行走的小喇叭，吵得他头疼。

"哥哥，你受伤了吗？

"哥哥，你还疼吗？

"哥哥，我的糖可以分你一颗，就只能分一颗……"

她献宝似的攥着糖果盒子，小心翼翼地往外倒，两颗彩色的糖果落在他的掌心里，她赶忙紧张兮兮地收回去一个，还要一脸"你看我多大方，都请你吃糖了，快点夸我"的小表情，又小气，又可爱。

江砚的嘴角勾了勾。现在的顾桉依然是这样，上次哄他吃药多倒出一颗糖，小脸瞬间皱作一团，可是心疼坏了。

后来他的伤好了，被老人家接回自己家里。某天到了饭点，依旧不见吃饭最积极的小团子回家，江砚出门去找她。

小团子蹲在小河边，穿着明黄色卡通短袖短裤，远看像块小蛋挞。小团子圆眼睛一眨不眨，嘴巴呈"哇"的形状，正在专心致志地看人家钓龙虾，口水好像都要流出来了。

江砚揉了揉鼻梁，忍着笑看她。

"那个高冷小哥哥是你们家新来的客人吗？"

小团子脑袋摇得像拨浪鼓，因为换牙说话漏风："不是的不是的！"

"那是谁，怎么一直住在你们家？"

小团子嘿嘿一乐，绷起的小脸瞬间圆鼓鼓的，显出糯米质地，小嘴振振有词地道："那是我留着给自己当男朋友的！等他长大就给我当男朋友！"

江砚直接被气笑，黑着脸一言未发地拎起她的后衣领，拎小猫似的把她拎回了家……

江砚和顾桢都不在家，顾桉闲着无聊，决定进行一场彻彻底底的大扫除，显示自己的温柔贤惠。

她把长发绑成干净利落的丸子头，刘海都用小卡子别了上去，穿上围裙戴上手套。她个子小，看起来像个被雇的童工。

小童工顾桉戴着耳机哼着歌，步伐轻快，从厨房到餐厅再到客厅，边边角角都不落下。

沙发旁边的茶几上，还放着江砚昨天翻看的军事杂志。

她站定，突然想起来，她昨天在这儿摸过江砚的头。

他的头发触感和那张冷漠少爷脸完全不搭，很软，只是因为短有些刺手指，她碰了一小下，心尖都跟着发痒。

"顾桉，没人这样欺负过我。

"你是第一个，也是最后一个。"

他冷淡严肃的气场敛起，他看着她，嘴角噙笑，表情温柔无辜。

顾桉不敢顺着他的话继续往下想，怕想太多，怕自作多情。

她晃晃脑袋，把那些小心思都晃飞，伸手把他的杂志和顾桢的笔记、刑侦专业书都摞到一起，往沙发旁边收纳架上放的时候，有张照片轻飘飘地掉出来落在地板上——二〇一×届侦查系毕业照。

照片上全体人员着警服常服，背景是湛湛青空和警院大门。

那个时候的顾桢肩上只有一拐，他吊着嘴角看向镜头，有些坏、有些痞，神态不驯。

而与他并肩站立的人一张俊脸冷若冰霜，有清晰的棱角，眼神干净明亮，透过照片少年气扑面而来。

是六年前的江砚，高高瘦瘦，脸又白净，青涩明朗，像一束光。

顾桉看着那张年轻英俊的脸，心脏狂跳，看不够，不舍得放下。

他的五官和之前相比并无变化，只是照片里的人带着年轻的锋芒与桀骜冷漠，让人根本无法想象他笑的样子。

顾桉从围裙兜里拿出手机。

江砚的朋友圈空白一片，没有一张自己的照片。

而她在篮球比赛时偷拍的那几张，也只有看不清脸的修长身形。

之前视频的时候她想要截个图来着……但总是因为太紧张忘记。

所以，她连一张他的正脸照都没有。

顾桉抑制着心跳，紧张得要命。

她把手机摄像头打开，屏幕上是江砚那张清俊的脸，对焦⋯⋯

这时，耳边倏地一凉，耳机被摘下。

他干净的声音取代了手机铃声。

"好看吗？"

顾桉一僵，江砚不知道什么时候站到她身后，微微弯腰，她为之着迷的那张脸就垂在她的肩侧。

她全身的血液瞬间得到指令一样往上涌，她的小心脏剧烈跳动，直接要得心脏病。

怎么会这么巧啊？！她刚拿出手机要拍一张他的照片，怎么就被正主抓了个正着？！

手机屏幕上还是他二十岁的俊脸，纯情貌美让人心动，顾桉害羞得想哭，简直想钻到沙发底下。

"嗯？"

他压低上身，又靠近了些，清朗又有磁性的嗓音撩得她耳朵发麻。

顾桉的脸已经红得不像话，她顾左右而言他，干巴巴地笑着开口："警察叔叔哪有不好看的呀，当然好看了，这个制服、这个站姿⋯⋯"

江砚嘴角噙笑，侧头看她，没有出声。

小姑娘像被定住了似的，低垂着头不敢看人，淡粉颜色已经从脸颊蔓延至耳郭。她扎着丸子头，娃娃脸没有任何遮挡，只有细细的发丝落在脖颈上，毫不设防。

她好像比他三年前再次见她的时候长大了些，暖色的灯光下长发柔软，脸上的绒毛清晰可见，翘起的嘴角带着嫣红色泽。

"那哪个最好看啊？"

顾桉一侧头，刚好就撞进他干净的眼底。

江砚剑眉微挑，似乎真的在问她意见。

她刚才只要动作稍微大那么一点点，鼻梁就要擦过他的脸颊。视线从他垂落的睫毛往下，是他挺直的鼻梁和好看的嘴唇……

江砚个子高，站在她身后，从她肩侧看他手里的照片。

明明他的手背在身后，她却还是……像被他从身后抱在怀里，鼻腔都是他身上浅淡清甜的薄荷香。

顾桉气都喘不顺："都好看……"

"是吗？"他的视线落在她的手机屏幕上，"那你是要拍谁？"

江砚的嗓音悦耳无辜，字音咬得慵懒又清晰，滑过她的耳郭，带起细小的电流。

客厅的灯光很暖，他的瞳仁也染了温润的色泽，比窗外月色还要清澈明亮，带着小钩子，悄无声息地蛊惑人心。

这样近的距离，顾桉僵直着背，紧张得要命，就怕一不注意，人真的就靠入他怀里。

她的脸以可感知的速度热了起来，脾气也上来，嘟囔："拍一下怎么啦？我不是没见过吗？又觉得有点好看，你不让拍就算了……"

呜呜呜，为什么自己丢人的时候总能被他看到呀？！

她偷偷画他被发现！现在偷偷拍他又被发现！

她想想自己的行为就觉得是个大写的花痴！

顾桉越想越绝望，嘟嘟囔囔半天，江砚都没有回应，空气陷入凝滞状态。

好半晌，她才攥着小拳头抬头，却见那双漂亮的眼睛一眨不眨地看着自己，黑而沉，侧脸能看到他嘴角缓缓勾起的弧度，又坏又温柔，甚至有些性感。

而落在她耳边的声音压得很低，带了鼻音和说不清的宠溺。

"那你转身。

"哥哥给你看真人。"

晚上十点，C市公安局七楼灯火通明。

前段时间发生的"6•29杀人案"嫌疑人归案，所有人连日来紧绷的神经还没来得及放松，专案组却突然通知召开紧急会议。

刑侦支队队长表情严肃："6·29杀人案犯罪嫌疑人落网，但是毒品检测呈阳性，说明这很可能不是一起简单杀人案，经过初步判断，可能和五年前'7·11大案'脱不了关系。"

在场所有人噤声，凉意沿着他们的脊椎攀爬而上，寂静的会议室里有人倒吸冷气。

"刑侦支队有过缉毒经验的，"队长视线扫过会议室里的众人，最后落在一人身上，"顾桢，组织决定选派你前往西南边境，三天后出发。"

顾桢到家已经半夜十一点，不管他多晚回家，电饭煲总是处在保温状态，"呼哧呼哧"地冒着温馨的热气。

顾桉穿着煎蛋睡衣搓着眼睛从小阁楼上跑下来，和德牧一起往他身上扑："哥，你回来了啊，哎，你手里拿着什么？"

顾桢垂眼，把手里的纸袋递给她。

"哇，全是我喜欢吃的啊，有哥哥真好！"她笑出小虎牙。

她总是这样，不管被他呛得多狠，买点好吃的、说句好听的，就能不计前嫌继续屁颠屁颠地跟在他身后。

"看你这点出息。"他的手覆在她的发顶上，她充满戒备，甚至已经绷紧神经等待那个剧痛无比的脑瓜崩，却等来顾桢很轻很轻地摸了摸她的头。

"我去盛饭，"顾桉抱着好吃的不舍得松手，"顺便问问江砚哥哥要不要吃夜宵！"

"等一下。"

顾桉抬头，不敢相信自己竟然从顾桢脸上看到类似"温柔"的神色："我教你换家里的灯泡。"

"哈？"顾桉皱眉，歪着脑袋小声抱怨，"灯太高了，我够不着，我只要会点蜡烛就可以了，灯泡坏了不能等你回来换吗？"

顾桢抿唇，手垂在身侧，低低"嗯"了一声。

"冰箱放了你喜欢吃的雪糕和冰激凌，但是一次不准吃多。

"都说女孩得富养，不能委屈自己，不要总是想着节约钱。

"还有，追你的那些小男生，如果有心动的，记得让江砚帮你把把关，不要被人骗。"

顾桉跑去盛饭，江砚不知道什么时候从房间出来，看着顾桢若有所思。

他抽了把椅子在顾桢对面坐下，还是那张淡漠的少爷脸："哪天出发？"

顾桢往椅子背上一靠，坐姿一贯的大爷模样，笑道："三天之后。

"帮我照顾顾桉，依照我们的交情，照顾到大学毕业可以吧？

"我的工资卡一会儿拿给你，帮我按月给她打钱。

"帮我看好了，别让她被小男孩骗，男人没一个好东西。"

江砚抬眸，站在料理台旁边的小姑娘正在盛饭。

她背对着他们，肩背单薄，低着头。

"去多久？"

"你还不知道吗？"顾桢轻扯嘴角，还是惯常的欠揍语调，"可能能回来，也可能永远回不来。"

顾桉听不到哥哥们在说什么，可眼前猝不及防地起了雾，变得模糊。

她和顾桢是亲兄妹，与生俱来的默契，怎么会不明白他突如其来的温柔？那年他警校毕业，去西南边境当缉毒警察之前，带她去游乐场玩了所有她想玩的项目，没有半分不耐烦之色，带她逛街买新衣服，恨不得从十几岁买到二十岁。

鼻腔大片酸涩来势汹汹，顾桉极力忍着眼泪，把饭菜盛好端给顾桢。

在他抬头看她之前，她装模作样地打了个哈欠，非常自然地搓了搓眼睛："哎呀，困得我眼泪都出来了，我去睡觉啦？"

顾桢没有抬头，语气却很轻："快去，多睡点觉还能长个子。"

顾桉转身，忍不住站在楼梯上偷偷看顾桢的背影。

他低头吃饭，肩膀很宽脊背挺直，头发长了，没有时间打理，身上是没来得及换的黑色作训服。

他在父母离婚的时候说："桉桉不要哭，哥哥会来接你。"

后来他就真的做到了。

在别人喝酒吹牛插科打诨的二十几岁，他要想着买房，把她接到身边读高中，照顾小朋友一样照顾她直到成年，支付她学美术的高昂费用，提前十几年当了家长。

明明那么嚣张恣意的一个人，却没有一天为自己而活，嘴比谁都毒，心比谁都软。

顾桉带上阁楼的门，泪如雨下。

她不知道哭了多久，门被敲响。

"顾桉，是我。"

顾桉极力憋着眼泪，忍到眼圈通红："江砚哥哥……"

她吸了吸鼻子，怕自己一开口就带上哭腔，谁知道说着说着，眼泪还是啪嗒啪嗒地掉下来："我哥他……他是不是会很危险？会不会回不来？我该怎么办？"

她才十九周岁，害怕到除了哭没有别的办法。

那双笑得弯弯的眼，现在凝满水汽。她泪眼蒙眬地看着他，看起来脆弱易碎。

"乖，不要哭。"他伸手给她擦眼泪，拿出毕生耐心一般，从眼角抹到脸颊，直到瓷白的小娃娃脸变得干干净净。

顾桉抽抽搭搭地打着小哭嗝，看起来可怜极了。

江砚俯身和她平视，像之前的无数次那样，天边朗月大概也不敌他此时的眉眼温柔。

"或许，顾桢可以不用去。"

江砚从来没有怕过什么。

即使是年少时被绑架；即使是只身一人与通缉犯枪战子弹只剩几颗；即使是子弹射到车窗上，差一点就要擦过他的太阳穴；即使是警校刚毕业的第一年，就深入犯罪团伙当卧底……而现在他无力地发现，他怕面前这个小姑娘哭。

她咬着颤抖的嘴唇，湿漉漉的眼里尽是水汽，酝酿着一场大雨，她承担着她这个年纪所不能承担的害怕和无助。

他弯腰，手扶在她的肩膀上，和她平视："去洗脸刷牙，然后睡觉，好不好？"

顾桉从抽抽搭搭地哭，变成小声啜泣，看起来更加委屈巴巴。她伸出小手胡乱一抹眼泪，乖乖点头，又红着眼睛看他："那你能和我待一会儿吗？"

江砚摸摸她的头，温和默许。

就像那次她看完恐怖电影又遇到家里停电。

那个时候她和他并不像现在，他对她来说还是个冷漠的大哥哥，喜欢又不敢靠近的大哥哥。

他是从什么时候开始悄悄变了？冷冽的眼睛柔和，还经常给她看他的小梨涡。

已经半夜十二点，顾桢回来洗了个澡又回去加班。

顾桉哭得脑子里都是糨糊，难受又困，沾着枕头就开始眼皮打架。

江砚干净的声音、身上淡而好闻的味道，都像一剂安定剂。暖光昏黄，将他冷淡的身形勾勒得非常温柔，看起来可以接近，不再那么遥不可及。

顾桉闭上眼睛，呼吸变得均匀绵长。

江砚弯腰替她关了床头的灯，两人之间距离骤然缩小，近到他能看清她脸颊上细小的绒毛，近到她清浅的鼻息扫过他的下颌，挺翘的鼻尖和嫣红的嘴角都近在咫尺。

他修长的手指落在她哭肿的眼睛上，蹭掉她睫毛上沾着的眼泪。

星河万里，万籁俱寂。

他像是叹息。

"我能拿你怎么办？"

半夜一点，黑色的越野车消失在夜幕中，驶向 C 市公安局的方向。

这座城市已经陷入深度睡眠，而 C 市公安局大楼像永不停止运转的机器，兢兢业业，夙夜为公。

这个群体每天都有人牺牲，江砚早就看淡生死，只是无数个午夜梦回间，眼前是枪林弹雨鲜血淋漓，他的师父、他的兄弟、替他挡过子弹的缉毒犬，无时无刻不在提醒他，活着的人要有活着的样子，有一分热发一分光。

那年"7•11大案"收网，顾桢问他为什么当警察。

他回："被人救过。"

顾桢"啧"了一声，懒洋洋地道："难怪。"

他问："你呢，为什么当警察？"

"我外公是刑警，我们家顾桉特别崇拜他，"顾桢低声说，"那小屁孩过得很不好，我得尽快回去把她接到身边。"

从警六年，他伤过、痛过、跌倒过、濒死过。

但是使命在身，信仰不灭，他从没后悔过、绝望过、退缩过、逃避过。

冷冷的光将那抹身影勾勒得修长挺拔，江砚一身黑衣，叩响了局长办公室的门。

"请进。"

江砚颔首："沈局。"

马上就要退二线的老领导，不过六十岁鬓侧头发已白，依旧没日没夜地守在一线："你怎么来了？"

江砚开口，声音坚定："如果'6•29杀人案'必须选派一名同志到西南边境，我是比顾桢更加合适的人选。

"于公，我有和'7•11大案'毒枭头目打交道的经验，卧底两年直到收网未曾曝光身份，当时顾桢作为警方负责人和我接线，对毒贩内部情形一概不知。

"于私……"

眼前，小时候的顾桉，和十九岁的顾桉层层重合，哭鼻子的、闹脾气的、害怕的、不安的，更多的时候是弯着眼睛笑出小虎牙的。

如果可以，他愿意把全世界亲手奉上。

如果不可以，那他遥祝她一辈子无忧。

江砚的声音不自觉柔和，目光清澈如水。

"于私，顾桢有个妹妹。

"才十九岁，身边只有他一个亲人。"

翌日清早，顾桢接到通知，组织另有安排，不用他奔赴西南边境。

他去队长办公室了解情况，队长看着他直皱眉："保密规定懂不懂？不该问的别问。"

紧接着，他还没回过神，就被扔到另一个重案组，某起刚发生的跨区域案件人手不够，让他去支援，今日报到。

顾桉接到电话，又忍不住想哭，眼泪一直掉："吓死我了，呜呜……"

电话那边的人难得笑得温和："胆小鬼，等哥哥出差回来给你带好吃的。"

顾桉破涕为笑："要多买一点，你不要小气。"

"嗯，走了，在家记得锁门。"

顾桢出差，江砚很忙，只有她一个人在家。

她裹着小毯子吹空调，阳光很好，空气都是暖色，边边角角摆着她新买的花，崽崽温驯地守护在她身边。

她不想哭，眼泪却止不住。

等她再见到江砚，是两天后的晚上。

江砚从外面推门进来，顾桉的眼睛瞬间亮起来。

她一个人在家闷了好几天，和崽崽说话，崽崽都烦她，这会儿见到个人，还是自己喜欢的人，小嘴就停不下来。

江砚走到哪里，她就亦步亦趋地跟到哪儿，糯米团一般黏人。

往常，江砚虽然话少，但是会认认真真地听她说话，淡淡地"嗯"一声，或者温温柔柔地看着她，又或者是笑着揉揉她的脑袋。

但是这天的江砚很奇怪，一言不发，像她刚认识他的时候，周身气场很冷，冰冻三尺那种，叫人不敢靠近。

他可能很累吧？她不应该这样子吵他的……

江砚眼睛下方的青色明显，白皙下巴上是新冒出的胡楂。她心疼，又惊讶地发现，他这样依然很帅，是一种颓废的英俊。

"江砚哥哥，你去休息吧，我不吵你了，"她挠挠头，乖巧地做了个在嘴上上封条的动作，"或者你想去做什么就做什么吧，我不跟着你啦……"

已经晚上七点，凌晨出发，他回来收拾东西，距离集合还有五个小时。

江砚垂眼："哥哥想出去玩，你有没有推荐的？"

"可是你看起来真的很累，"顾桉一边忧愁，一边又有些蠢蠢欲动，"你真的想出去玩吗？"

江砚"嗯"了一声，长而密的睫毛染了温和色泽，显得异常柔软。

"那我想想啊……"

顾桉的脑子开开心心地转得飞快，这简直就是个"以权谋私"的好机会！她都好久没有出去玩了！

上次她跟江砚单独出去，好像还是她十八岁生日的时候吧？

她身上是米黄色娃娃裙，白色小圆领显得人很乖，如果他没记错，这件衣服在她高二那年他就见她穿过。

"为什么不穿我送你的裙子，不喜欢吗？"

"当然不是，"顾桉头摇得像拨浪鼓，"我喜欢的！"

那可是她最喜欢的衣服，喜欢到轻易不舍得穿，只要看着就很满足。

"我们可以去游乐场吗？就是我高二的时候，看完大熊猫去的那个游乐场，"她看着他，眼睛里满是期待之色，"能再去一次吗？"

江砚嘴角弯起很浅的弧度："好。"

顾桉开心到上天，走路步伐轻盈，忍不住蹦蹦跶跶。

明明前几天，她还在为顾桢要去出危险任务哭鼻子来着……

这天！她喜欢的人，就要带她出去玩！

人生怎么对她这么好呀？

她屁颠屁颠地跟在江砚身后，迫不及待又满心欢喜，直到江砚停住脚步，她一个不注意脑袋撞到他的后背。

顾桉的小脸瞬间皱作一团："好疼好疼……"

江砚叹了口气，弯腰给她揉额头："还好吗？"

顾桉又瞬间没了脾气，但是又喜欢被他照顾，嘟哝："不好，很疼，都怪你……你干吗突然不走了呀？"

江砚的眉梢微挑，看起来又坏又温柔，字音清晰："哥哥要去洗澡刮胡子，你要跟着吗？"

顾桉不自觉睁大眼睛，一下蹿到小阁楼上，脸红心跳。

江砚送她的那条裙子，是她衣柜里的重点保护对象，平时不穿的时候套着防尘袋，其他的衣服都要和它保持间隔。

她换好衣服，长发扎成半丸头。刚要出门，她又慢吞吞地挪着步子退回去，翻出去年生日江柠送她的口红，浅浅地涂了一层。

江砚穿了宽松的白T恤、黑色运动裤、白色板鞋，手里拎了件浅蓝色牛仔衬衫。

她知道……那是他怕太晚会冷，特意给她带的。

她喜欢的人，可真是个肤白貌美的小天使呀！

"我们出发吧？"她伸手招呼江砚小天使。

她站在他面前，活泼可爱。

她和她周围的空气都带着清甜的柑橘味道。

江砚应声："好。"

夏天的晚风格外温柔，她身边的人更是。

顾桉看着他瘦高挺拔的背影，无数次默念时间停在这一刻。

"那个射击场地你还记得吗？我们赢了一只小熊猫玩偶！"

顾桉一开口，射击场地的老板就看过来，脸瞬间吓绿了。

当初这个年轻男人百发百中跟狙击手出身似的，让他一天的营业额赔了个精光。

"这次放过他吧，"江砚笑着侧头，"哥哥都是实弹射击。"

他说这句话的时候，灿烂星河都变成背景板，他的眼里充满光亮而坚定之色，让他看起来像个意气风发的少年。

顾桉忍不住地心动。

两人漫无目的地走着，游乐场内也多是这样的小情侣。

顾桉依旧看什么都新鲜，蹦蹦跶跶地跑在前面，所以不曾注意到，她暗恋多年的人，目光自始至终落在她的身上，不曾离开半秒。

灯光亮起的游乐场像极童话故事里的城堡，而眼前的旋转木马像公主殿下的音乐盒。

旋转木马大概百年难得坏一次，却恰巧被她遇见，不知道该说幸运还是不幸。

可是让她抱到了喜欢的人，那她应该还是幸运的！

想起他抱她的时候，脸又以可感知的速度发烫，她不知道他还记不记得……

顾桉偷偷看身边的大帅哥，刚好撞进他深沉的眼底。

距离集合还有三个小时。

江砚心里的那根弦，不动声色地一点一点收紧。

他下巴轻仰，肤白貌美没有任何异常，淡声问："想玩？"

"想是想，"顾桉手背蹭蹭发烫的小脸，慢吞吞地道，"可是万一再突然坏了怎么办呀？"

"如果坏了，"江砚低头看她，眼神温柔如月色，"哥哥抱。"

就因为"哥哥抱"这三个字，顾桉坐旋转木马的时候，脸自始至终都红得像颗小番茄。

只是这次旋转木马很给面子，没有任何故障。

眼前的场景过分美好，像是不真实的梦境。

江砚站在旁边等她，人群之中，她一眼就能看见他。

视线偶尔隔空相撞，他的嘴角微微上扬，漂亮眼睛就显出原本温柔的样子，看起来英俊无害，叫人想要据为己有。

晚饭定在一家西餐厅，窗外整个 C 市尽收眼底。

顾桉不自觉坐直，温婉文静得像个小小淑女，状似不经意地翻开菜单。

下一秒她将菜单竖起，朝着对面的人勾勾手指。江砚低头靠近，听见小姑娘小声说："好贵好贵，我们悄悄走吧……"

"哥哥请客，你心疼什么？"江砚失笑，抬手敲她的脑袋，"不吃的话，自己饿着肚子回家。"

"不要饿肚子，我走了好多路，现在好饿啊……"

顾桉皱着小眉毛，一边心疼，一边挑看起来"便宜量大能填饱肚子"的菜点，最后还是江砚抽走菜单。

他点完菜，问她："喝的要什么，果汁吗？"

"我们餐厅新推出一款果酒，度数很低。"

顾桉的眼睛瞬间亮了，她托着腮，脸圆圆的、小小的，鹿眼亮晶晶的："甜吗？"

侍者微笑回答："口感很好，微甜。"

"小朋友喝什么酒？"江砚拒绝，严肃得跟个学生家长一般。

顾桉攥着小拳头，不满地抗议："成年人要喝酒！我要喝酒！我还没喝过酒！"

她太好奇了，为什么那么多人喜欢喝酒？

喝酒还上瘾，真的有那么好喝吗？

她第一次喝酒，如果是和喜欢的人一起，岂不是非常非常浪漫？！

江砚对着她，完全说不出个"不"字，最后无奈地妥协道："只可以尝尝。"

顾桉点头如捣蒜，看着淡粉色的果酒眼睛都直了，一秒钟都不能多等似的。

"以后不准和任何一个男生出来喝酒。"

江砚话没说完，对面的顾桉已经"咕咚"一大口吞下去："好甜、好甜、好甜……"

紧接着，从来没有碰过酒精的顾桉毫无悬念地喝醉了。

…………

她的脑子里晕晕乎乎的，迈出的每一步都像是踩在棉花糖上，没轻没重。

走着走着，她才想起身边好像有人。

她偏头看了一眼，端详了一会儿，忍不住捂住小脸，脸颊很烫。

江砚跟在她旁边，手松散地环过她，却没有碰到，只是提防这个第一次碰酒精的小醉鬼摔倒。

他的牛仔衬衫披在她的身上，而他穿了材质柔软干净雪白的短袖，侧脸清俊白皙，而眉眼墨黑，仿佛融了墨色。

顾桉醉掉的脑子慢慢悠悠地运转。

这是她喜欢的人呀，他怎么会走在自己旁边呢？

她又做梦了吗？像之前的无数次那样……

那年他出任务，她以为再也见不到他，开始频繁梦到他。

江砚垂眸，顾桉小手捂着脸，只有一双弯弯的眼睛没有被挡住，浓密的睫毛扑闪扑闪，尽是明亮的光。

他觉得可爱又好笑："你在笑什么？"

顾桉把手放下来，已经把眼前的场景等同于梦境。

只是，为什么梦里头她这么晕这么不舒服？而且，这天的梦这么真实。

那，既然是梦的话……

她依然记得自己以前梦见江砚，醒来之后的怅然若失，难过一会儿，就开始后悔——

反正都是梦嘛！

她怎么光顾着害羞！都没有亲亲他、抱抱他！

她起码应该牵个手呀！

这样想着，她歪着脑袋看了他一会儿，带着害羞真诚地赞美："你真好看。"

江砚怔了一下，笑得漫不经心："是吗？"

"嗯！"顾桉大力点头，回答老师问题一般认真，就差捧出一颗真心，"是我从初中到现在，见过的最好看的人……"

人间绝色在前，顾桉一边走，一边皱眉思考。

她怎样才能自然而然地过渡到牵手和抱抱呢？

但是做梦要什么逻辑，要什么自然过渡？

反正她睁开眼睛后都是要消失的！

猝不及防，江砚的手腕被轻扯着往下，下一秒，他整个人怔住。

她把自己的手塞进他的手心，然后牵住了他的手。

掌心相贴，她紧紧地攥住他。

他的喉结动了动，深黑的眼底情绪晦暗不明。

"顾桉。"

"嗯？"

小姑娘软萌萌的，瞳仁又大又圆，眼里都是水雾，像森林里迷路的小鹿，牵着他的手大步大步往前走。

江砚声音不像往常那样清晰，甚至有些低哑："不能随随便便牵一个男人的手。"

顾桉皱眉，声音软糯得不像话，鼻音很重："为什么呀？"

他是不是要说因为"我不喜欢你"？

在梦里江砚都不喜欢她！

顾桉难过得想哭，可是下个瞬间，修长微凉的手指轻轻回握住她的手。

他手指瘦直，骨节分明，掌心干燥温暖。

瞬间，满世界花开。她又笑出小虎牙，牵着喜欢的人，一步一步往家走去。

月光很好，晚风也温柔。距离集合只剩一个小时。

江砚把人送到小阁楼里。

她站在门口，歪着脑袋笑眯眯地道："明天见！"

"顾桉，"江砚压低视线，轻声开口，"我工作调动，以后可能不能见面。"

"你要去哪儿呀？"她迷迷瞪瞪地搓了搓眼睛。

江砚俯身，让她不用费劲仰着脑袋："不能告诉你。"

"那我可以去找你吗？"

"不可以。"

"为什么呀？"

江砚摸摸她的头发，没有说话。

"那你什么时候回来呢？"

他可能回得来，也可能，以外一种形式回来。

顾桉鼓着小脸呼了口气，反正都是梦，这次梦不到下次还能梦到，于是她决定把便宜一口气占完，眼睛亮晶晶地问："那我能抱抱你吗？"

江砚垂眸，看了她几秒，而后张开手臂，把人轻轻揽进自己怀里。她还是小，还是没有长过他的肩膀。

"要快点回来哦……"怀里的顾桉打着哈欠，已经困得不行，鼻音很奶。

他下巴轻抵在她的肩侧，偏过头在她耳边轻声说："好好长大。

"岁岁平安。"

那是他第一次真正意义上抱到自己喜欢的小女孩。

在他做好殉职准备的这一天。

顾桉睁开眼睛时，清晨阳光大好，阳光落在蓬松的棉被上，空气里似乎有戚风香甜的味道。

她做了一个非常好非常好的梦。

梦里她牵到了喜欢的人的手，在她松开的前一秒，被他回握住。

啊……她还抱到了他。

梦里的江砚过分温柔乖巧，她说什么他都答应，以至她非常不想醒过来，醒过来就觉得心里非常空，有些难过。

顾桉坐起身，手边是江砚的浅蓝色牛仔衬衫。

意识突然以倍速回笼，那些昨天晚上的画面，一帧一帧地在脑海里播放：游乐场、旋转木马、很贵的西餐厅、水果酒……

她牵住他的手，她被他抱进怀里。

梦里的人说工作调动，不能去找，不能去看，归期不定。

顾桉呼吸一室，倏然意识到什么，拖鞋都来不及穿就从小阁楼跑下来，一不小心被柜子碰了个趔趄，十指连心钻心地疼。

目光所及之处，没有任何他存在过的痕迹。

"那你转身，哥哥给你看真人。"

"顾桉，没人这样欺负过我，你是第一个，也是最后一个。"

"顾桉说不找，哥哥就不找。"

"画吧，哥哥只对你一人免费。"

"你不让和她们说话，哥哥就一个字都没有说。"

"想我来看你吗？那不准搭理那些小男生。"

"能陪公主殿下看日出，微臣荣幸之至。"

"对哥哥，你想做什么都可以。"

"公主殿下，该回家了。"

"乖，哥哥不喜欢她。"

"护校的确是特警的事，所以我只护顾桉一个。"

"睡吧，哥哥等你睡着再挂。"

"他们是高中生，当然不可以哭鼻子，你是小朋友，所以没关系。"

"带你看一次，以后不要被小男孩的一张电影票骗走。顾桉，新年快乐。"

"画个刻度线，看看我们顾桉明年能长到哪儿。"

"小朋友在，嘴干净些。"

....

"警察。"

而现在，只有蓝色常服肃穆地挂在衣架上，银色的肩章光亮灼眼。

好像下个瞬间，她就能看到那瘦高颀长的身影从房间里走出来，站在玄关打领带，系袖口的纽扣，在她出门上学之前轻轻摸摸她的头。

可这更像是无声的告别。

江砚，男，二〇一×届侦查系毕业生，历任禁毒支队缉毒警察，C市刑侦支队刑警。

从这天起，查无此人。

第 十 章
没 吻 过 她

这一天还是来了。

七月二十日凌晨的 C 市公安局，一切有条不紊地暗中进行。

江砚神色冷峻，装备收拾妥当，临走前却看到办公桌抽屉里的一张平安符。

那年他陪她去山上寺庙，十六岁的小姑娘，虔诚许愿，绷起的娃娃脸严肃认真。

深山之中满目葱郁，阳光之下，她眉眼柔软如画。

她背着小手笑着看他："希望你和哥哥岁岁平安，万事胜意！"

江砚低头把平安符放进警官证里，紧贴自己的证件照："出发吧。"

人生的齿轮不断向前，顾桉的暑假还没来得及开始就已经结束。

她打了两份工，时间排得满满当当。每天早上六点起，七点出门，蹬四十分钟自行车去教小朋友画画，晚上给高中生辅导英语，到家基本晚上十点，洗漱睡觉，累到沾了枕头就睡。

八月顾桢从邻省回来，得知江砚替他奔赴西南，在阳台上坐了整宿，第二天眼睛布满红血丝，接到单位的电话又急匆匆地出了门。

1101室，好像从来都没住过一个叫江砚的人。

一切都顺着原先的轨迹按部就班，如果说有那么一点不同，那就是桉桉和J警官的小漫画再也没有更新过了，微博评论里却每天都有人打卡催更。

"今天我嗑的CP在一起了吗？"

"画手大大去哪儿了？怎么不更新了？不会是'坑'了吧？"

"呜呜呜，好想看后续哦！好不容易等了两年才等到'双箭头'，从单恋变成双向暗恋……"

这些，顾桉通通不知道。

她再也没有登录过这个账号，对她喜欢的人绝口不提。

不能提，不能想，她却每天都会看新闻，想看到他的消息，却又害怕看到他的消息。

九月开学，顾桉大二。

又是一年新生开学季，A大迎新热热闹闹。

顾桉拎着行李箱穿过闹闹嚷嚷的人群，有一瞬间的恍惚。

她深吸一口气，再去看当年她报到的地方，阳光穿过层层叠叠的树叶落下来，却再也不见站在树下等她的他。

日子一天一天过去，顾桉每天的活动地点：教室、画室、宿舍、食堂，不敢留下一点时间缝隙。

转眼进入十一月，十九岁的生日近在眼前。

她曾经无限期盼长大，期盼离他近一些，期盼二十岁去表白。

而如今，那个人已经不在。

她不知道他在哪里，不知道归期，甚至不知道他是否活着。

江柠已经"脱单"，和曾经的小男神在一起，但是每天放学轧操场的时间，依旧独属于顾桉。

"生日想要怎么过呀？"江柠提前一个星期开始谋划，"姐姐请你看电影，看完电影我们去逛街，吃好吃的……如果课少，我们出去旅行怎么样？短途闺密二人游！"

顾桉没和江柠提过江砚的事。

江柠却好像什么都知道。

顾桉笑着摇头，嘴角的弧度牵强得可以忽略不计，声音很软："要不不过了吧，劳民伤财的……"

她不能想起任何一点和江砚有关的事，可偏偏她人生的任何一个角落都有他曾存在过的痕迹。

看电影她会想起他说："带你看一次，以后不要被小男孩的一张电影票骗走。"

吃好吃的，她会想起他每天夜跑完去光顾烧烤摊，和她一人一把烤串，踏着月光往家走。

过生日，会想起去年的十八岁生日，她很想很想他，不知道找什么理由发信息给他，恰好就收到他的信息："我在楼下。"

和现在一样的季节天气，他和她一起走在她每天一个人往返的路上，看的都是她想和他分享的风景。

"裙子很可爱，但是你更可爱。"

"那现在，可以给我看看你的小虎牙了吗？"

"我想看你笑。"

十一月二十二日，顾桉生日。

江柠早早订好餐厅，把地址发给顾桉。

顾桉结束兼职，匆匆赴约。

眼前的街道莫名熟悉，灯光颜色似曾相识，她莫名有些恍惚。

北风起，落叶打着旋。

顾桉系紧围巾，脸颊有冰凉的触感。

她仰头，这一年初雪猝不及防，自深蓝的夜幕中飘飘洒洒地落下。

街上路人行色匆匆。

有人一身黑衣瘦高笔挺，一只手牵着德牧，另一只手里拎着一把烤串，自她身边擦肩而过。

顾桉心脏剧烈跳动，耳边的风声倒退，她不管不顾地追了过去。

是他吗？

是他吧。

拜托拜托……

她的喉咙腥甜，脚步不稳。

直到那人诧异地转身，是全然陌生的一张脸："有事吗？"

在顾桉开口之前，大片酸涩感兜头而来，顾桉摇头，极力抑制着哭腔。

"抱歉……我认错人了。"

顾桉转身，雪花也不忍心，轻柔地落在她的长发和脸颊上。

她站在四下无人的街头，有一种被人抛弃的感觉。

江柠正巧订了去年江砚带她吃过的餐厅。

熟悉的环境和灯光，面前的蛋糕香甜，令顾桉悄然红了眼眶。

她深吸口气，抬头的时候又弯起眼睛，抿着嘴角笑："谢谢柠柠陪我过生日！"

她原本肉乎乎的小脸，现在下巴尖尖的，看着巴掌大小，盛满小星星的眼睛，再也没有因为什么亮起过。

好像她怎样都可以，怎样都好。

江柠忍着心酸，声音也有些发颤："许个愿吧，我们小寿星的愿望，老天爷一定会格外给面子的。"

"真的吗？"顾桉吸吸鼻子，"你不要把我当小孩子骗。"

暖色的灯光里，她双手紧紧握在一起，闭上眼睛。

他一定要好好活在这个世界上，不管是哪个角落，不管会不会喜欢上别人，一定要好好活着，娶妻生子，儿孙承欢膝下。

他不必是顾桉的男朋友，但一定要岁岁平安。

她睁眼，吹蜡烛，才发现对面的江柠眼圈都红了，偷偷伸手抹眼泪："那你呢？你所有的愿望都是关于他？"

顾桉的嘴角轻弯，被灯光晃了眼，眼睛蓦地有些酸。

瓷白的娃娃脸，温温柔柔地笑出小虎牙，尾音轻快。

"我就这样吧，挺好的。"

半年后的六月一日，正值初夏，天朗气清，蝉鸣阵阵。

十六岁时去许愿的寺庙就在山顶。

顾桉顺着千级台阶往上走，曾经陪她一起的人已经不在身边。

这一年里，她只有一个心愿，每天在心底重复一万遍，没有回应，只能说给神佛听。

同样都是深山，西南边境一带尽是热带丛林。年轻男人荷枪实弹，神色冷峻，三百一十六天的精心布控，所有人枕戈待旦，等待收网指令。

"年纪轻轻跑这么远，媳妇儿乐意？"

江砚闻言，笑了："没有媳妇儿。"

"哦？不像啊。"老警察眯眼打量他。

他垂眼，睫毛疏朗分明："喜欢的人倒是有一个。"

顾桉绷着脸，神情虔诚认真，初夏的日光遇到她也不忍心，温温柔柔地落下浅浅一层，整个人看起来像镀了一层柔和的光圈。

她闭眼，眼前浮现他笑、他皱眉、他温温柔柔俯身和她平视的画面。

江砚，岁岁平安。

他还那么年轻，人生还有一万种可能。

请一定保佑他活着回来。

顾桉虔诚祈祷，眼泪无声地顺着脸颊滴落。

江砚，我真的很想你。

光亮被黑夜吞噬，子弹上膛，所有人战备。

有人问："怕吗？"

怕吗？

他从来没有怕过。

可是现在，江砚不得不承认比起死亡，他有更深的恐惧，怕再也见不到他的小姑娘。

顾桉回到家，戳开江砚的微信对话框。

"江砚哥哥，生日快乐！"

聊天记录往前：

"江砚哥哥，新年快乐！"

"中秋节了哦！要看月亮！"

"我今天吃到超级好吃的小蛋糕，给你看看。"

"又有小男生追我，恋爱真的会被打断腿吗？"

··········

她的目光所及之处，只有她一个人自说自话，从来都没有过回应。可是消息发出去的那一秒，她的心还是提到了嗓子眼儿。

万一呢？

万一他看见了呢？

万一他回来了呢？

发出去的消息如同水滴坠入深海，顾桉深吸一口气，脸深深埋进手臂里。

一千多公里外的西南边境，头顶热带植物的枝叶遮天蔽日透不进半点月光，脚下树根裸露纵横交错织成密密实实的网。狙击手已就位，缉毒犬威风凛凛蓄势待发，就等在最后时刻给出致命一击，等太阳再次升起，一切都将结束。

顾桉睁眼到凌晨，才迷迷糊糊闭上眼睛。

梦里江砚中弹，动脉血流不止，身负重伤，却还在追击最后一名逃犯。

他曾经亲口告诉她他是无神论者，可是被血染红的警官证里，放着当初她去山上寺庙里求的平安符，紧紧贴着他的证件照。

画面一转，他又出现在家里，坐在沙发上，姿势闲散，身上浅蓝色衬衫质地柔软，手里是一本军事杂志。

而她睁眼醒来发现一切不过是个梦。

时间还停留在她十八岁的夏天，他侧头问她："哥哥想要出去玩，你有没有推荐的？"

她什么都顾不上，哭着扑进他怀里："我不应该喝酒，我应该和你好好告别……"

而他温温柔柔地回抱她，像最后一次见面那样，笑着叫她："小哭包呢。"

顾桉睁眼，猛地坐起身，脸颊上满是泪痕。

床边电子时钟显示：六月二日，半夜三点。

耳边人的怒号声不绝于耳，鲜血远比夜色更加浓稠。

江砚的手臂因为失血过多开始发麻，他攥了攥拳，子弹干净利落地上膛。

他的枪法一直很准，即使放到专业狙击手队伍里也能拔得头筹。

他深吸一口气，最后一次瞄准射击，枪声震耳欲聋。

三百一十六个日日夜夜以此为终，时间就此凝固。一队警车风驰电掣地冲出夜幕，警笛呼啸刺破丛林犹如平地一声雷，刹那间所有喧嚣退去，天光大亮。

昨天是他的生日。

江砚清俊的侧脸尽是血迹，剑眉乌黑清晰，肤色显出惊心动魄的白，目光依旧雪亮。

垂在身侧的手臂血流不止，中弹的位置大概是动脉，隔着深黑颜色的作训服，看不到伤口，看不清深浅，却能知道那里大概有一颗子弹。

他的大脑开始混沌，眼前开始一帧一帧地播放旧时电影，死在他面前的师父、并肩作战的战友，枪林弹雨鲜血淋漓，皆是触目惊心的红。

枪声人声悲痛怒号混杂在一起，令他头疼欲裂。

失去意识的前一秒，周遭喧嚣不复存在，有个小小的声音冒出来。

"怎么可以随随便便说死这个字呀！"

"希望你和哥哥岁岁平安，万事胜意！"

她好好长大了吗？

他还能见到她吗？

她那么爱哭，如果等到他魂归故里，有没有人帮她擦眼泪？

江砚闭上眼睛，眼前的幻影化作天上的星辰。

他还没舍得吻过她，死掉太亏。

"江砚！江砚！听得见吗？"

"江警官！救援到了！"

"江砚！"

"你在哪儿？"

"收到请回答！"

············

耳边的警笛呼啸声渐渐远去，他的意识开始抽离，模糊不清。

阳光透过层层叠叠的热带植物，很暖很轻地落在他的眼睛上，万千画面化作虚无的光点。

他已经不知道多少个日夜枕戈待旦没有合眼，眼皮在这个瞬间被压上千斤重量，一旦闭上就再也没有力气睁开。

时间和生命以可感知的速度，无声无息地顺着手臂的鲜血一起流逝，留下一地浓稠斑驳的痕迹。

直至被人掩住口鼻捂住耳朵一般，他再也听不到，看不到，伤痛无法感知，坠入沉沉的黑暗中。

"伤者肱动脉中弹，失血过多！情况非常危险！

"头部受过钝器重击！

"血压一直在下降！

"患者已经出现休克症状！"

....

病床上身负重伤的年轻警察皮肤苍白，身上的警服被血染得深浅不一，半边脸都是触目惊心的血污。

但如果目光多在他身上停留一秒，就会发现他的五官其实非常深刻英俊，甚至有些斯文。

他寸头，脸型偏瘦，剑眉墨黑淡入鬓侧，睫毛垂落长而柔软，看起来不过二十出头，干净淡漠，像个警校刚毕业的大学生。

他这样的年纪，仿佛还应该在篮球场上挥洒汗水引得女生尖叫，还应该在阳光下笑得嚣张恣意不信鬼神不信人，又或者有个感情稳定的女朋友准备谈婚论嫁……

只是现在，他的生命迹象开始消失，宛如垂垂暮年的老者，距离生命尽头只有一步之遥。

六月底，顾桉放暑假，开学就是大三。

再有三十天，那个人就离开整整一年了，在过去的十一个月里，他音信全无，下落不明，仿佛曾经他的存在都是她的幻觉。

她无数次地梦见他受了重伤，又无数次梦见他从未离开，十八岁的夏天美好如幻影，时间永远停留在旋转木马前，璀璨灯光是童话故事的颜色。

她问他，如果木马再出现故障怎么办？

他轻笑着开口，语气宠溺："没有关系，哥哥抱。"

她每每睁眼，眼前深黑一片，拱形的窗外天边朗月清冷无言。

她每梦见他一次，他在她生命里留下的烙印就更深刻一分，直至永远无法磨灭。

再有五个月，她就要迎来她的二十岁生日，她写给他的明信片或许要因为"查无此人"被原路退回，而当年他写了什么她将无法得知。

人生不会停滞不前，她可以一直等他。

一年、三年、五年，直到她看见他安然无恙。

喜欢上别人又或者娶妻生子都没关系，只要他在这个世界任意一个角落好好活着。

天刚蒙蒙亮，顾桉已经晨跑回来。

她几乎是无意识地把江砚的生活习惯据为己有，跑步、锻炼，甚至是耳机里的歌都是他喜欢的重金属乐队的，衣服也从她喜欢的花里胡哨，变成简单的黑白灰蓝。

顾桉展开瑜伽垫简单拉伸，之后打开电视。

电视机里广告播放完毕，早间新闻背景音乐响起。

"各位观众朋友大家早上好，今天是六月二十日，星期六，农历四月二十九。"

顾桉扎着马尾，宽松的白色短袖，浅灰运动裤显得人在衣中晃，脖颈上搭着运动毛巾，转身打开冰箱拿牛奶。因为跑步的关系，肩背挺直削薄，手臂、腰、腿开始有纤细利落的线条。

她的本意是长个子，等江砚回来和他显摆以及有朝一日能和他一起去跑一次马拉松。

可是江砚没有回来，她的身高也遗憾地固定在十八岁的一米六一，只是虽然脸上还带着没有消掉的婴儿肥，下巴却隐隐有尖削漂亮的弧度，看起来还是长大了些。

顾桉嘴里咬着牛奶吸管，娃娃脸一不小心又撑得圆鼓鼓的，现出可爱的圆形，像极江砚第一次见她时，她咬着珍珠喝奶茶的时候。

"二○一×年六月二日，A省公安厅禁毒总队在十几个省市禁毒部门的协助配合下，破获一起部级督办大案，逮捕犯罪嫌疑人六十余人。这起案件侦查过程长达十个多月，专案组民警在极为危险的情况下多次深入犯罪团伙内部，彻底摸清该犯罪团伙组织架构、内部详情及运作模式，并于今年年初开始对该特大犯罪团伙精心布控有计划收网，成功于六月二日凌晨彻底摧毁该特大犯罪团伙……"

电视里新闻播报的声音不停，窗外蝉鸣阵阵又是一个初夏，电饭煲里炖着香甜浓稠的米粥，空调运转，冷气环绕……

顾桉却仿佛被人捂住耳朵，什么都听不清。

她的心脏不停下坠直至落入深海，整个人仿佛溺入深潭静水，时间凝固，空气不再流通，大片酸涩感兜头而来，将她彻底淹没。

她的江砚呢？

他在哪儿？

他还活着吗？

他什么时候回来？

直觉告诉她江砚执行的秘密任务正是此件部级督办大案，可是为什么，案件早在二十多天前就成功侦破，他却一点消息都没有？

顾桉眼睛一眨不眨地看着电视屏幕，因为极力忍着眼泪憋到眼眶发红酸疼，却还试图从某个边边角角找到江砚的痕迹——哪怕是个打了马赛克的背影也好……

然而整条新闻自始至终没有一名警察出现。

画面切回演播室，主持人做结束语："有这样一群人，行走在刀尖上却默默无闻，流血流汗负重前行却永远无法为人民所知，让我们向这些不能露脸的无名英雄致敬！"

顾桉的眼睛酸涩难忍，眼泪终于不受控制地砸在地板上。

她站在电视机前，看起来还是小小一团，擦着眼泪，委屈巴巴，身边却没有那个人伸手把她抱进怀里。

他身上有清浅好闻的薄荷香，怀里温度很舒服，他低头在她耳边轻声哄着："乖，不哭。"

她拼命克制的情绪遇到一点出口疯狂决堤，来势汹汹，而就在这时，放在桌上的手机响起提示音。

她的视野从模糊变清晰，手机屏幕上简明扼要的四个字，每个字都利刃一般，猝不及防地戳到她心尖最柔软的地方："他回来了。"

医院走廊上刑侦支队众人站了一排，流血流汗不流泪的铁血刑警无一例外红了眼眶，昔日嬉皮笑脸话最多的楚航蹲在角落，脸埋在掌心里，始终不肯抬头。

"江砚在追捕逃犯过程中遭到犯人同伙开枪伏击，中弹的地方是手臂动脉……他是怎样在这样的情况下还……他得多疼啊！"

"他应该是做好了和犯罪分子同归于尽的准备的。"

"已经昏迷二十多天……不知道什么时候才会醒……"

病房内很安静，只有精密仪器嘀嘀响，代替了他笑，代替了他说话，代替了他温温柔柔地俯身和她平视，叫她"顾桉""小哭包"，还有让人心尖发颤的"公主殿下"。

他安安静静地躺在那里，安静俊美。警官证放在一边，照片上的人干净明朗意气风发，目光清澈，瞳孔黑而纯粹，让人想起暴雨洗过的湛湛青空。

证件照后面，鲜血染过的平安符露出一角。

顾桉想起见第一面的时候，他把犯罪嫌疑人摁在地上，侧脸精致，眉眼冷淡："警察。"

想起他去图书馆接她放学的下雨天，他撑着警用黑色雨伞站在楼下，堪称绝色："跟警察叔叔回家。"

想起他那些可爱又不为人知的孩子气行为，夜跑要去买烧烤，晨跑要去买早餐，被人抓包还要不着痕迹地得意地道："老板说我长得好看，明天来还会送我。"

想起他环着她投出的篮球，想起他陪她度过的难挨高三，想起游乐场那个让她脸红心跳的拥抱……

他走的时候，侧头在她耳边说："好好长大，岁岁平安。"

现在她想想，那大概是他能给出的最好祝福。

职业原因，这四个字他不敢奢望也不能奢望。

他让她觉得命运把从她那里抢走的东西一点一点还了回来，让她觉得被照顾，被宠爱，可以随心所欲，可以任意依赖，可以不必自己坚强。

而现在，他闭着眼睛，苍白的日光从窗外照进来，抚过他清俊的侧脸。

她不知道他什么时候会醒，不知道会不会醒。

顾桢站在走廊里，后脑勺抵在冰冷墙壁上，自始至终一言未发，总是没个正形的人此时眼眶通红，眼睛里布满红血丝。

他今早回市局在江砚的抽屉发现一个信封，才发现江砚在走之前连遗嘱都写好了，只有两句话——

"如果受伤不要通知家人。

"如果殉职请取消我和她的婚约。"

在遗嘱的下面，还有一份提前签好的眼角膜捐赠协议。

他大概是提前估计到，等他经历完枪林弹雨不幸殉职，应该就只有一双眼睛还完好无损……

顾桢曾经他："为什么当警察？"

这哥们儿少爷做派少爷脾气，身上满是养尊处优的劲，那脾气烂得简直了，他想破头也想不明白江砚这种公子哥儿为什么会当警察。

闻言，江砚倒是收起懒散冷淡的少爷脾气，认真回他："被人救过。每次遇到案子，都会想，如果是他他会怎样做？"

日历翻到七月。

早上七点，顾桉拉开窗帘。清晨阳光大好，她转身问病床上的人，语调软糯，尾音轻快上扬："你这么白，应该不怕阳光吧？

"英美剧里的吸血鬼都可怕阳光了，会刺啦一下烧起来，需要女巫给他们做一枚特制的戒指。"

阳光遇到他也变温柔，浅浅落在他的眼角眉梢上，长而柔软的睫毛上有细碎的光。

"看来你不怕，这说明你不是吸血鬼，那你是睡美人吗？

"可能需要你的公主殿下来把你吻醒？"

这哥们儿以前叫她的时候，确实是一口一个"公主殿下"的。

顾桉看着近在咫尺的乖巧无害的睡颜，蹭蹭鼻尖。

不行不行，她下不了嘴。

"冒犯一下下哦……"

她手里温热的毛巾落在他的额头，顺着他眼角眉梢往下擦。

"怎么长这么长的睫毛呀？比女孩子的还好看。

"你怎么都晒不黑的呀。"

顾桉嘴上孩子气地嘟嘟囔囔，却仔仔细细、动作轻柔，生怕力道稍微重了哪怕一点点。

之前她哭，他帮她擦眼泪，就是这样子的。

顾桉的鼻子蓦地发酸，她极力忍下来，又搬了小凳子，坐到他的病床旁边。

她的胳膊肘抵在他的床沿，双手托着可爱的娃娃脸，掌心捧着个糯米团一般。

"你不知道吧？我很早的时候就喜欢你了。

"肯定是追你的小女孩里边，喜欢你时间最长的……"

毕竟其他小姑娘喜欢他，估计在听到他说什么110、漂流瓶时，就彻底死心了。就只有她迎难而上，偷偷暗恋他好几年。

只可惜她不能先到先得，不能近水楼台先得月，不能让江砚给她发个号，排队排在第一位。

"但是我觉得吧，一直暗恋你也不是个事，你要是再不醒的话……"顾桉撇撇嘴，用商量的语气小声说，"我就去喜欢别人啦？

"你不是说不准早恋吗？我马上就要二十岁了，可不算早恋了。"

"我们大学喜欢我的小男生可多了，"她掰着指头开始数，"'班草'算什么呀，还有'系草''校草'，那些小男生可以组成一片青青草原！

"可是……"

她垂眼看着病床上的人。

他的头发长了些，落在眉宇间，长睫低垂眼睛紧闭。她看不到他笑，只记得他笑时神采飞扬，万千星辰不及他的眸子明亮。

顾桉小脸皱作一团，声音带了很重的鼻音："可是我就只喜欢你怎么办呀？"

她没办法再装得开开心心地和他说话，寂静的空气里，自始至终只有她自说自话。

回应她的只有窗外蝉鸣和输液滴答声。

顾桉把脸埋进臂弯里，肩膀颤抖。

她不知道哭了多久，有什么触感微凉，轻轻拨了拨她的头发，力道轻得像蝴蝶翅膀掠过。

顾桉呆呆地抬起头，眼圈红着，鼻尖也是，大脑空白人还傻着，睫毛上的眼泪就被轻轻蹭掉，视野恢复清晰的那一秒，恰好撞进他深黑的眼底。

他的指尖冰凉，使不上力气，又轻轻带过她的眼角，他的表情看起来无奈极了。

顾桉捂住脸，眼泪更加汹涌地冒出来，像个受了天大委屈终于等到家长认领的小姑娘。

眼前的人直到这一秒才开始变得真实，才让她觉得，他真的回来了。她哭得停不下来，却又不舍得哭，憋着眼泪，眼睛一眨不眨地看着江砚，生怕他下一秒消失。

他的嘴唇没有什么血色，看起来英俊病弱，似乎每说一个字，都要牵扯身上数不清的伤。

时隔整整一年，她才再次听见他的声音。

"过来，"江砚开口，声音哑着，"哥哥给你擦眼泪。"

未完待续
《一朵棉花糖 2》即将上市。